Spades 黑桃A

轩弦 著

时代文艺出版社
SHIDAI WENYI CHUBANSHE

图书在版编目（CIP）数据

黑桃会 / 轩弦著. -- 长春：时代文艺出版社，2023.8
　　ISBN 978-7-5387-7209-8

　　Ⅰ.①黑… Ⅱ.①轩… Ⅲ.①推理小说－中国－当代 Ⅳ.①I247.5

　　中国国家版本馆CIP数据核字(2023)第074516号

黑桃会
HEITAOHUI
轩弦　著

| 出 品 人：吴　刚 |
| 选题策划：王　峰 |
| 责任编辑：李荣鉴　陈　阳 |
| 封面设计：青空工作室 |
| 版式设计：孙　利 |
| 排版制作：隋淑凤 |

出版发行：时代文艺出版社
地　　址：长春市福祉大路5788号　龙腾国际大厦A座15层　（130118）
电　　话：0431-81629751（总编办）　0431-81629758（发行部）
官方微博：weibo.com/tlapress
开　　本：880mm×1230mm　1/32
字　　数：216千字
印　　张：10.75
印　　刷：吉林省恒盛印刷有限公司
版　　次：2023年8月第1版
印　　次：2023年8月第1次印刷
定　　价：48.00元

图书如有印装错误　请寄回印厂调换

目 录

♠ 001 ｜ 第一章　黑桃 2 的反击

♠ 049 ｜ 第二章　黑桃 4 的抉择

♠ 099 ｜ 第三章　黑馆中的黑桃 10

♠ 135 ｜ 第四章　黑桃 K 的复仇

♠ 179 ｜ 第五章　黑桃 Q 的审判

♠ 223 ｜ 第六章　小鬼的召集

♠ 267 ｜ 第七章　黑桃 A 的死亡交易

♠ 301 ｜ 第八章　大鬼之死

第一章　黑桃2的反击

别墅内1-1：徐康（7时×分）

"我是黑桃会的黑桃4……"

一个男子的声音传入我的耳中，我逐渐清醒过来，慢慢睁开眼睛，发现自己在一个陌生的房间里，房间的墙上有一个壁挂音响，男子的声音就是从这个音响中传出来的。

"你们都是被我抓来的，现在身处一座位于郊外的别墅里。这座别墅的所有窗户都安装了防盗网，大门也上锁了，也就是说，你们身处一座巨大的密室之中，绝对无法逃跑。"

我所在的这个房间确实有一扇安装了防盗网的窗户，我走到窗边，探头一看，只见外面果然是渺无人烟的郊区。

黑桃4的声音再次从音响中传出来："现在别墅里有四个人，这四个人都是鬼筑成员，其中三个，是'任务失败者'……"

"任务失败者"？我大概就是黑桃4口中的"任务失败者"吧。

我叫徐康，是一个名为"鬼筑"的犯罪组织的成员。

黑桃会则是鬼筑内部的高层组织，由十五名成员组成，代号分别是黑桃2、黑桃3、黑桃4……直到黑桃A，此外还有小鬼和大鬼。不久之前，黑桃会中的黑桃4派遣我执行一个任务——杀死一个男人并且把他伪装成自杀。

原来，这个男人是L市内一家公司的董事长，他的竞争对手重金委托鬼筑杀死他，黑桃4则派遣我去执行这个暗杀任务。我虽然成功杀死了那个男人，但我伪装自杀的诡计却被警方识破了，警方因此展开调查，最后查到了委托我们行凶的那个竞争对手头上——毕竟他有作案动机。最终，这个竞争对手被警方逮捕了。我虽然杀死了目标人物，也没有暴露自己的身份，但却让委托人被捕，所以，我的任务失败了。

这也是我在鬼筑中第一次任务失败。

黑桃4还在通过音响向我们讲述目前的情况："至于最后一个人，则是我们鬼筑的'背叛者'，想要背叛鬼筑。对于'失败者'，我可以再给他一次机会，但对于'背叛者'，却是格杀勿论！"

是的，从我加入鬼筑的那一天开始，我就知道背叛鬼筑的下场只有一个——死。

"别墅内的四个人，你们都清楚自己的身份，对吧？听好了，那三个'失败者'的任务就是在十二个小时内找出'背叛者'，并且把'背叛者'杀死。十二个小时后，如果'背叛者'仍然活着，别墅就会发生爆炸，别墅内的四个人都无法幸免。"

我听到这里，不由得咽了口唾沫。我是"失败者"之一，我的任务是在十二个小时内,和其他两个"失败者"一起找出"背叛者",并且把他(她)杀死。

我看了看手表,现在是七点二十五分。

"好了,现在,任务开始!"这是黑桃4的最后一句话。

我走出房间,只见别墅的大厅有一个体型健壮的男人。我认得这个男人,他叫夏晓峰,和我一样是鬼筑成员。八年前,我和他曾合作执行过一个任务。

当时,一个外号为"妖术师"的鬼筑成员制定了一个犯罪计划(这也是我们鬼筑首次向L市警方发出挑衅),在那个计划中,需要十多名鬼筑成员合作用吊车把位于东山寺附近的一间小木屋吊起,放置于大货车中,运载到影子剧场附近,随后再把小木屋运回东山寺附近。

任务中,我负责现场的指挥工作,而夏晓峰则负责驾驶吊车。

(参看《魔法奇迹之移位》)

我走过去,向他挥了挥手,打了个招呼:"夏晓峰?"

夏晓峰看了看我:"你是?"

"我是徐康啊。"我向他提起八年前我们一起执行的那个计划,他听完以后总算记起我来了。

"这些年来,我们一直忠心耿耿地为组织办事,没想到失败了一次,就落得这样的下场呀。"我有些不甘心地说。

"现在说这些也没用了,我们赶紧把'背叛者'找出来吧。"

夏晓峰说完这句话以后就不再说话了。在我的印象中，他确实是个沉默寡言的人。

就在此时，某个房间的房门打开了，一个二十来岁、清秀美丽的长发女子从房间里走出来。在此之前，我并没有见过这个年轻女子。

我悄声问夏晓峰："你认识她吗？"

夏晓峰摇了摇头。

年轻女子看到我和夏晓峰两个男人，似乎不敢走过来。这时候，又有一个房间的房门打开了，这次从房内走出来的是一个我认识的女人。

这个女人叫李小冰，以前我曾和她一起执行过任务。

李小冰快速地扫视在场的三个人，当她的目光扫过我的脸时，她怔了一下，似乎认得我。但她并没有把这件事说出来，既然如此，我也假装没认出她。

好了，被关在别墅里的四名鬼筑成员都出来了，我自然知道自己不是"背叛者"，这么说，"背叛者"就在夏晓峰、李小冰和那个年轻女子中间了。到底是谁呢？

别墅内1-2：夏晓峰（7时×分）

我醒来的时候，发现自己在一个陌生的房间里。房内只有一张床、一把椅子和一个矮柜，其中一面墙壁上有一扇安装了防盗网的窗户，另一面墙壁上则挂着一个壁挂音响。

我记得自己是到地下停车场取车时被袭击的，我也不知道自己昏迷了多久。

这时候，墙上的音响传出了一个男子的声音："我是黑桃会的黑桃4，你们都是被我抓来的，现在身处一座位于郊外的别墅里……"

黑桃4说别墅内有四名鬼筑成员，其中三个是"任务失败者"，还有一个则是"背叛者"。三个"失败者"需要在十二个小时内找出"背叛者"，并且把他（她）杀死，否则别墅会发生爆炸，所有人都难逃一死。

我应该就是他所说的"失败者"吧。

我叫夏晓峰，确实是鬼筑的一名成员。不久前，黑桃4给我指派了一个任务：制作一个定时炸弹，并且安放在中兴广场的一个人流量极大的电玩城中。做炸弹对我来说轻而易举，但在安放炸弹的时候，我却被电玩城的工作人员发现了，只好逃之夭夭。后来警方来到电玩城，发现了炸弹，并且联系了拆弹部队，最终炸弹在爆炸前被拆除了。在这次任务中，我虽然全身而退，没有被警察抓住，但炸弹没有爆炸，任务自然算是失败了。

"好了，现在，任务开始！"随着黑桃4的这句话，这个寻找"背叛者"的任务正式开始。

在走出房间、来到别墅大厅的十多秒后，另一个房间的房门被打开了，一个皮肤黝黑的男人从房内走出来。我觉得这个男人有些眼熟，经他提醒，我想起了他叫徐康，八年前我曾和他一起执行过组织指派的一个任务，当时他负责现场指挥，我则负责驾驶吊车。

接下来，有两个女人先后从两个房间里走出来。

我认得其中一个女人，我曾和她一起执行过任务，我记得她当时说自己叫陈琳。因为她长得十分漂亮，所以当时她就给我留下了深刻的印象。只是在那次任务结束后，我就再也没有见过她了。

另一个女人身穿黑衣，是我不认识的。

我现在要做的就是，在徐康、陈琳和这个黑衣女人之中，找出"背叛者"，并且把他（她）杀死。

我不希望陈琳是"背叛者"，至于另外两个人谁是"背叛者"，倒是没有关系的。

别墅外1：求助（8时×分）

这天上午，夏寻语外出了，慕容思炫一个人待在穆雨墨的房间里，看着一动不动的穆雨墨，怔怔出神。

忽然门铃响起。思炫走出大厅，开门一看，只见门外站着一个二十来岁的女子,皮肤雪白,长发披肩,左眼是浅绿色的,右眼则是浅黄色的,竟是鬼筑黑桃会的黑桃2——吴依伦子。

五年前,这个吴依伦子策划了一场末日行动,她操控"傀儡",劫持了一架民航客机,试图撞击一个位于闹市中的加油站。在那起事件中,思炫第一次跟黑桃会的成员交手。(参看《末日前的审判》)

四年前,吴依伦子在嘎婆村被警方抓捕。(参看《愤怒的熊嘎婆》)

两年前,鬼筑救出了吴依伦子等数名被羁押在看守所的黑桃会成员。(参看《黑桃K的杀戮游戏》)

在此以后,吴依伦子便销声匿迹了。

现在,她竟然主动来找慕容思炫?

"怎么啦?来找我陪你去自首吗?"思炫面无表情地说。

吴依伦子苦笑了一下:"恭喜你,猜对了。"

思炫盯着吴依伦子没有说话。

吴依伦子话锋一转:"慕容大哥,你一定很好奇我当初为什么会加入鬼筑吧?"

思炫摇了摇头,"我不好奇。"

吴依伦子微微一怔,笑着说:"好吧,但我还是要跟你说说我的故事哦。"

"随便。"思炫一副你爱说就说的样子。

"在我四岁那年,我的爸爸自杀了,两年后,我的妈妈也自杀了,我成了无依无靠的孤儿。这时候,鬼筑黑桃会的黑桃A收养了我,后来,我便顺理成章地加入了鬼筑,为组织制定各种犯罪计划。可是在不久前我却查到,原来我的父母都不是自杀的,而是被鬼筑成员杀死的。"

"哦?"吴依伦子的话引起了思炫的兴趣。他的大脑快速地转动起来,分析着吴依伦子的话是否可信。

吴依伦子轻轻地叹了口气,继续讲述。

"原来,我的父母都是鬼筑成员,可是,在我出生后,他们不想再做犯法的事了,只想过上普通人的生活,于是他们向鬼筑高层申请退出组织。然而,因为我父母知道不少鬼筑内部的机密,所以组织清理门户,杀死了他俩,还伪装成自杀,让警方无法再查。最后,组织还让黑桃A收养了我,让我也加入鬼筑。

"我的父母,都是被鬼筑杀死的,我的一生,也被他们操控。我知道了这些事以后考虑了好久,最终我决定跟鬼筑划清界限,并且把我所知道的关于鬼筑的所有机密资料都告诉警方,这是我对他们的最后的报复。"

思炫一直在观察着吴依伦子的微表情和肢体动作,他判断吴依伦子所说的应该是真话,但他还是冷冷地说:"那你自己去警察局自首就可以了,来找我干吗呢?"

吴依伦子吸了口气,正色道:"因为我需要你的帮助。"

"解谜？"思炫已经猜到了。

吴依伦子嫣然一笑，"跟你这种聪明人说话就是不累呀。当年警察之所以认为我的父母是自杀的，是因为我爸是死在一个密室里面的，而我妈则是在证人的目击下自己跳湖的。现在看来，这自然都是鬼筑设计的诡计。我希望你可以帮我破解这两个诡计，解开他俩的死亡之谜，推翻他们自杀的结论，这样警方才会翻案，才能把当年杀死我父母的凶手绳之以法。"

"我有什么好处？"思炫一边问一边把手伸进口袋，抓出几颗软糖，塞到嘴里，算是给了吴依伦子一个暗示。

"只要你帮我解开父母的死亡之谜，我就会去自首。"

"这对我来说也不算是什么好处吧？"思炫一边咀嚼着嘴里的软糖一边说道。

"如果你不帮我，我会用自己的方法报复鬼筑。但因为实力悬殊，我大概率会被鬼筑杀死，这样一来，我就无法向警方提供那些鬼筑内部的机密资料了。"吴依伦子似笑非笑地说。

思炫打了个哈欠，"老实说，我现在有点儿犹豫，想帮你的心和不想帮你的心，大概是五五开吧。"

"麻烦你啦，慕容大哥。"吴依伦子把右手伸进手袋，掏出了一盒曼妥思薄荷糖，递给思炫，"一盒有六条哦。"

思炫两眼一亮，接过曼妥思，算是答应了吴依伦子。与此同时他还看了看吴依伦子的右手，淡淡地说："你的手还挺灵活的。"

"还好吧,反正右手是不能再开枪了。"吴依伦子晃了晃自己的右手,苦笑道。

两年前,在鬼筑成员救出被羁押在看守所的吴依伦子之前,刑警支队当时的支队长宇文雅姬在吴依伦子的右臂上植入了追踪芯片,但在吴依伦子获救后,这件事马上被鬼筑成员发现了。为了阻止警方追踪,吴依伦子被迫切断了自己的右臂,后来她便装上了假肢。

别墅内2-1:徐康(10时×分)

接下来这几个小时,我和夏晓峰、李小冰以及那个年轻女子搜查了这座别墅的每一个角落,果然正如黑桃4所说的那样,并没有离开的方法。看来要活着离开这里,只能完成任务,找出"背叛者",并且把他(她)杀死。

此时已经是十点多了。

"我们已经花费三个多小时了,接下来不能再浪费时间了,必须尽快找出'背叛者'。"我对众人说道。

"我事先声明,我可不是'背叛者'。"李小冰紧张地为自己澄清。

"'背叛者'肯定不会承认自己是'背叛者'的。要不这样吧,我们每个'失败者'都是因为任务失败才被抓到这里来的,那我们就来说一下自己失败的那个任务,要说出任务中的每一个细节,让大家一起来分析。'背叛者'没有执行过失败的任务,只能胡编乱造,肯定会露出马脚的。"我向众人提出了我的方案。无论面对什么人,我都能快速成为这群人中的领导者角色,只有这样,我才能掌控全局,并且让事情的发展偏向于对我有利的方向。

"这个方法可以试试。"夏晓峰话不多,只在关键时刻才会表态。

为了表示诚意,我先把自己杀死了一家公司的董事长后伪装自杀失败的经历如实告诉了大家。在我说完以后,夏晓峰也说出了他的失败经历:到中兴广场的电玩城安放炸弹时被发现。我一边听他讲述一边在心中分析,但暂时没发现什么漏洞。

然后就轮到李小冰讲述她的经历了。她本来是黑桃会成员黑桃 10 所管理的拐卖集团的一名"上线",从人贩子手上收购被拐的孩童,再转卖给黑桃 10 赚取差价。然而,三年前,刑警支队的支队长宇文雅姬瓦解了黑桃 10 的拐卖集团。(参看《边缘暗警》)

在此之后,黑桃 10 让李小冰自己在 L 市找一个地方作为窝点,由她把从人贩子手上收购的孩童直接运给"下线"。然而,就在不久前,李小冰的窝点被警方发现了,十多个本来将要被运到外省的被拐孩童全部获救。李小冰就是因为这件事被抓到这里来的。

李小冰的讲述是真是假呢?我认为是真的。因为我有个兄弟刚好就是黑桃10的手下，我听那兄弟说过这件事。他说那个被发现的窝点的负责人是个女人，平时大家都叫她"李姐"，原来这个李姐就是李小冰。

李小冰所讲的每一个细节，跟我兄弟讲述的都能对得上，也就是说，李小冰并没有撒谎，她确实和我一样是"任务失败者"。

最后轮到我不认识的那个年轻女子讲述她的失败任务了。她的任务是接近一个富豪，对他进行色诱，从他身上获取一些商业机密资料，再交给这个富豪的竞争对手（就是这个竞争对手委托鬼筑盗取富豪的商业机密的）。然而，她在执行任务的过程中，被富豪识破了，最后不仅没能获得那些机密资料，还打草惊蛇，让富豪对那个竞争对手有所防范。

我暂时无法验证夏晓峰和这个年轻女子有没有撒谎，我只能确定李小冰并非"背叛者"。我当然也不是"背叛者"，换句话说，这个"背叛者"要么是夏晓峰，要么就是那个年轻女子了。

别墅内2-2：夏晓峰（10时×分）

我们四人对别墅进行了地毯式搜索，但没有找到离开的途径。此时徐康提出每个人说出自己的那个失败任务，让其他人分析。他说他在杀死一家公司的董事长后，伪装自杀时被警方识破了，但我不知道他所说的是不是真话。

接下来，我也如实告诉大家我的失败任务——到电玩城安放炸弹被发现。

最后陈琳和黑衣女人也说出了自己的失败任务，一个说自己为了盗取商业机密而色诱富豪失败，另一个则说自己的拐卖窝点被警方发现了。

徐康、陈琳和黑衣女人，到底谁在撒谎呢？

我以前曾学习过一些肢体语言的解读与心理分析，可以通过一个人的肢体语言，判断他是否在撒谎。

徐康在讲述自己的失败任务时，一直把双臂交叉于胸前，这是一种躯干保护行为，说明他或许感到不适。但除此以外，他基本没什么肢体动作，而单凭躯干保护这一点，也无法断定他是否在撒谎。

黑衣女人在讲述时双手自然下垂，在讲述的过程中肢体动作也没什么改变，所以我也无法判断她的话是真是假。

倒是陈琳，她的肢体语言比较丰富，而且大部分肢体动作都表明她在讲述真话。

所以我认为，"背叛者"就在徐康和黑衣女人之中。

即使最后无法判断徐康和黑衣女人谁是"背叛者"也没关系，只要我和陈琳合作，把他们两个都杀死就可以了。

别墅外2：密室（11时×分）

此时此刻，吴依伦子在 L 市警察局的档案管理中心外面等候。慕容思炫已经进入档案中心了，他作为警察局的外聘刑侦专家，有权限到档案中心查看以前的案件的卷宗。

刚才在前往档案中心的路上，吴依伦子已经把她父亲死亡的案件详细地告诉了思炫。

一九九七年八月的某天晚上，吴依伦子的妈妈伊雪萍到商场买东西，吴依伦子和爸爸吴枝报在家。当时吴依伦子只有四岁，很早就上床睡觉了。

吴依伦子睡着睡着，做了一个噩梦，吓醒了，坐在床上哭了起来。此时伊雪萍也买完东西回来了，走进卧房看看吴依伦子为什么哭。就在这时候，她们听到书房传来一声枪响。伊雪萍抱起吴依伦子来到书房前，却发现书房的门上锁了。

书房门上的锁是吴枝报托人在国外定制的，只有一把钥匙，而且无法复制。书房的门可以在房内上锁、打开（不需要钥匙），也可以在房外用钥匙上锁、打开。

书房的钥匙是放在书房内的，所以伊雪萍此时无法开门，她一边对着书房叫唤一边拍门，但房内没人应答。她关心丈夫的安危，于是找来了一把锤子，尝试把门锁砸掉，然而门锁坚固之极，难以破坏，最后她到工具箱找来丈夫平时用的液压剪，才终于把门锁弄开。

打开房门后，只见一个男人趴在书桌上，背对着房门，他的右手握着一把手枪。伊雪萍认得这个男人的睡衣，他正是自己的丈夫吴枝报。

伊雪萍看到吴枝报手上的枪，猜到吴枝报死了。她是前鬼筑成员，处事冷静，为了不让女儿吴依伦子因为看到父亲的尸体而留下阴影，她马上把吴依伦子带到邻居家，交给邻居照顾。邻居告诉伊雪萍，她刚才听到枪声，已经报警了。

接着伊雪萍便回到家中，走进书房查看，她探了一下吴枝报的鼻息，已经没有任何呼吸了。此外，她还发现书桌上有一封吴枝报留下的遗书。

不一会儿警察到达，开始勘查现场、查验尸体。后来警方通过尸检得知吴枝报的死亡原因是太阳穴中枪，最后他们断定吴枝报是死于自杀的。

思炫听到这里问道："书房的钥匙呢？"

"慕容大哥，你说到重点了。在我妈弄开门锁之前，房门是上锁的，如果我爸是被人杀死的，凶手在杀死他并且伪装成自杀以后，需要拿到书房的钥匙，离开书房，在外面把房门上锁，对吧？可是警方解剖的时候却发现，书房的钥匙在我爸的胃里。也就是说，房门之所以上锁了，肯定是有人在房内上锁的。而当时房内只有我爸一个人,所以警方认为他是自杀的。"

"会不会是凶手在书房内把房门上锁后,就躲在房内,在你妈砸掉门锁,并且带着你离开书房后,他再离开书房?"思炫提出了一种常见的制造密室的手法。

吴依伦子此前自然也想过这种方法,她摇了摇头,"不会的,因为书房里只有一张书桌、一个书柜和一个保险箱,没有任何可以藏人的地方。而我妈在砸掉门锁、打开房门后,看到房内只有我爸的尸体。"

"书房有窗户吗?"

"没有。"

"书房的钥匙本来是放在什么地方的?"

"就放在书房内的那个保险箱里。"

"保险箱?"

"是的,事实上,书房平时一般都是在里面上锁的,而不会用钥匙在外面上锁。我爸担心如果被外人拿到钥匙,在外面把房门上锁,就能困住书房里的人,这对我们来说十分危险,所以他就把钥匙放在保险箱里了。说起来,保险箱的密码只有我爸一个人知道,连我妈也不知道,也就是说,打开保险箱、拿到钥匙并且把钥匙吞下,就只有我爸一个人可以做到。"

思炫快速地思索了一下,又问:"说说你爸留下的遗书吧。"

吴依伦子的表情有些黯然,"遗书就放在书桌上,内容说自己患了抑郁症，不想活了，让我妈妈好好照顾我。当时经过警方鉴定，那确实是我爸的笔迹。所以，最后这起案件便以自杀结案了。"

"那你是怎么知道你爸是被鬼筑成员杀死的呢？"

吴依伦子微微地咬了咬嘴唇，"不久前，我偷偷查看了鬼筑的内部资料，这才知道我父母是鬼筑成员的事。资料还记载，当年我父母想要退出组织，所以组织便派出两名成员去杀死我爸。那两名成员一男一女，都是三十来岁。"

"那两名鬼筑成员的详细信息，资料中也有记载吧？"

"是的。"但是吴依伦子暂时没有向思炫透露这两个凶手的信息。

思炫也没有追问，他只是说："好吧，基本情况我都了解了，其他的事等我看过卷宗再说吧。"

现在，思炫进入档案管理中心已经半小时了。吴依伦子的心情有些紧张：他是否已经解开了我爸的死亡之谜？

再过了一会儿，思炫便出来了。

"慕容大哥，怎么样啦？"吴依伦子无法通过思炫那张没有表情的脸猜到他是否有所收获。

"我已经看过卷宗了，基本跟你讲述的一样，但卷宗中记录了一个疑点：当时经过技术员的检验，射杀你爸的子弹上有轻微刮痕，他们最初认为是手枪安装了消音器造成的，但你爸手上的手枪并没有安装消音器，而且根据你妈和邻居们的讲述，当时确实听到了巨大的枪响。虽然这个疑点存在，但因为你爸留下了遗书，而且当时可以把房门上锁的人只有房内的他，所以最终还是以自杀案结案。至于子弹上的刮痕，他们最后的结论就是：并非消音器造成的。"

"安装了消音器的手枪吗？原来是这么回事呀。"吴依伦子作为黑桃会的成员，本来就十分聪明，此时得知这个重要线索，立即就解开了这个困扰了自己许久的密室之谜。

"你说那晚你做了个噩梦，吓醒了，现在你想起来那个梦的内容了吧？"思炫提出了一个关键问题。

吴依伦子闭上眼睛，努力回忆当时的梦境，过了好一会儿，她才慢慢地睁开双眼，"我梦见了一个面目狰狞的怪兽……现在看来，那根本不是梦。"

思炫点了点头，开始还原案发经过。

"那天晚上，你妈外出买东西，你和你爸在家，你睡着了。这时候，那两名鬼筑成员闯进你家，其中一人用手枪挟持着熟睡中的你，另一人则强迫你爸写下遗书，并且打开书房的保险箱，取出书房的钥匙，吞到肚子里，否则就开枪杀死你，你爸没有办法，只能照做。

"接下来，其中一人用一把安装了消音器的手枪对着你爸的太阳穴开枪，杀死了你爸。为什么要安装消音器呢？因为当时还不能把你吵醒，也不能惊动邻居。杀死了你爸以后，他们便把手枪上的消音器拆下来了。

"随后，那两名鬼筑成员合力把你爸的尸体搬到某个房间，暂时藏了起来。那个男成员穿上你爸的睡衣，走进书房，并且在房内把房门上锁。此时书房里只有他一个人。

"至于那个女成员则戴上了一张怪兽面具，留在你睡觉的卧房里。当她听到你妈开门的声音时，马上把你叫醒。你以为自己看到怪兽，吓得大哭。那女成员马上在房内某个地方躲了起来。你妈听到你的哭声，走进卧房，问你发生了什么事。你说自己看到了怪兽，你妈以为你只是在做梦，没有仔细询问。

"这时候，书房中的男成员用另一把手枪开了一枪。他是对着他带来的某个物件开枪的，所以没有在房内留下弹孔。开枪以后，他立即趴在书桌上，右手握着杀死你爸的那把手枪，假装你爸的尸体。

"你和你妈都听到枪声。你妈抱着你来到书房前，她打开门锁进入书房后，看到了那个穿着你爸睡衣的男成员趴在书桌上，因为他背对着你们，所以你们暂时没有看到他的样子，但你妈通过他身上的睡衣误以为那是你爸。

"你妈猜测'你爸'已经死了，因为此时你也在，为了不让你留下阴影，她马上把你带到邻居家，交给邻居照顾。"

吴依伦子听到这里长叹了一口气，"这就是在我妈回来时，那个女成员要把我弄哭的原因了——确保我妈在发现'我爸'的尸体时我也在现场,这样一来,我妈就不会立即进房查看,而是先带着我离开,从而不会发现此时房内的'尸体'根本不是我爸。"

"是的,在你妈带着你到邻居家的时候,那两个凶手立即把你爸的尸体搬回书房,男成员把自己身上的睡衣重新穿到他的身上,并且让他趴在书桌上,手上握着杀死他的那把手枪,最后两人从别的房间的窗户逃跑。你妈重返书房时,确认了房内的尸体就是你爸,却不知道这跟她第一次看到的'尸体',已经不是同一个人了。

"后来警察到场,根据你妈的讲述,错误地以为在你妈弄掉门锁前,书房内只有你爸的尸体,而书房的钥匙又在你爸的胃里,再加上遗书,他们便断定这是一起自杀案了。"

密室之谜解开了,吴依伦子的心情有些复杂。她待了一会儿,这才回过神来,幽幽地说:"慕容大哥,谢谢你,现在只剩下我妈的案子了。"

别墅内3-1:徐康(2时×分)

此刻,我在我醒来时的那个房间里。房门自然已经被我反锁了,毕竟我不清楚房外那三个人哪两个值得信任,哪个心怀鬼胎。

三个多小时前,我们四人因为无法判断谁是"背叛者",只好各自回房休息。

但这样下去也不是办法呀,十二小时转眼就会过去,到时候如果还没找出"背叛者",我们这三个"失败者"就要陪葬了。

这时候,一阵清脆的敲门声打破了僵局。

我走到门前,"谁呀?"

"是我。"那是李小冰的声音。

我跟李小冰曾一起执行过任务,彼此也算相识,最重要的是,我知道她所说的拐卖窝点被警方发现这件事是真实的,她绝对不可能是"背叛者",所以我打开了房门。

李小冰向我看了一眼,怯生生地问:"你好,我们……以前是不是一起执行过任务?"

我笑了笑,"你总算记起来了,李小冰。"

"啊!原来我没有认错人。"李小冰似乎有些欣喜。

"你找我有事?"

"我想跟你说,我真的不是'背叛者'。"李小冰再一次澄清。

我微微一笑,"我知道啊。"

李小冰"咦"一声,"你怎么知道的?"

"我有个朋友是十哥的人。"我所说的"十哥",就是黑桃会的黑桃10。

李小冰明白了,"原来如此。"

"那我也声明一下,我也不是'背叛者'。"我诚恳地说。

李小冰关上了房门，"嗯，我也觉得你说的是真话，所以我才敢来找你。如果我没有记错，你是姓徐的？"

"对的。"

"徐大哥，要不我们合作吧？"李小冰的眼神中充满期待。

"怎么合作？"我有些好奇。

"既然我俩都不是'背叛者'，那'背叛者'肯定在剩下那两个人之中，只要我们合作把他俩都杀死了，这样我们的任务就成功了。"李小冰的声音有些颤抖，但她的话却让我感到背脊一凉。

"但是，剩下那两个人其中一个是无辜的啊。"我脱口说道。

"那你有更好的办法吗？"

我想了一下，我确实无法判断夏晓峰和那个年轻女子谁是"背叛者"。

再说，我作为一名鬼筑成员，杀过的无辜之人难道还少吗？而且现在处于性命攸关之际，我又何必理会他人的死活？

"好吧，你打算怎么动手？"我决定了，现在在别墅内，就只信任李小冰一个人。当然，李小冰也信任我，我们达成了牢固的合作关系。

"我们先去找那个男人，跟他说我俩已经明确另一个女人就是'背叛者'，我们想跟他合作，一起对付那个女人。这样的话，那个男人就会认为我们是他的同伴，对我们放松警惕。接下来，我们只要找个机会杀死他就可以了。杀了他以后，剩下那个女人自然就不是我们对手了。"李小冰已经想好了计划。

"好，就这么干。我们现在就去找他？"虽然我和夏晓峰一起执行过任务，但彼此之间并没有什么交情。

"嗯。"

我大步走在前面，打开房门，正要走出去，忽然感到后颈一阵刺痛。

我回过头来，一脸茫然地问："怎么啦？"

我竟然看到李小冰向我露出了一个诡异的笑容！

我恍然大悟，"你用针刺我？"

李小冰冷笑一声，"准确来说，是毒针。"

果然，此时我已感到后颈一阵剧痛。

"你……你为什么要这样做？"这一切突如其来，我无法接受。不是说好一起对付夏晓峰的吗？怎么突然就出尔反尔呢？

"因为我不能确定你是不是'背叛者'，宁愿杀错，不可放过。接下来，我只需要把剩下的两个人都杀死，我就可以活着离开这个鬼地方了。"李小冰理所当然地说。

李小冰的话表明她确实不是"背叛者"，但那又怎么样呢？她是杀死我的凶手。

毒针上的毒极为厉害，我的意识正在迅速消失。

在生命结束前一刻，我不禁想起了那些被我杀死的人。他们死前在想什么呢？

善恶到头终有报，远走高飞也难逃。

别墅内3-2：夏晓峰（3时×分）

我回到我醒来时的那个房间后，锁上房门，接着便在房内思考怎样离开这座别墅。

过了三四个小时，我听到一阵敲门声。

我立即警惕起来，走到房门前，打开了一条缝，探头一看，只见站在门外的人是陈琳。这让我稍微松了口气。

"夏大哥，好久不见啦。"陈琳笑着跟我打招呼。

"原来你还记得我呀。"

陈琳左右看了看，低声说："进去再说吧，好吗？"

我点了点头，把陈琳请进房间，接着关上了房门。

"我当然记得你呀，夏大哥，只是如果让另外两个人知道我们是认识的，他们就会担心我们联手，对我们有所防备，所以我才假装不认识你。"陈琳笑着说。

"你真聪明。"

"夏大哥，我不是'背叛者'呀。"陈琳一脸诚恳地说。

"我知道，你的肢体语言告诉我了。"

"肢体语言？"

"反正我能判断你所说的失败任务是真的。"

陈琳"嗯"了一声,"夏大哥,你也不是'背叛者',对吧?我记得你确实会做炸弹,所以你的讲述应该也是真的。"

她的信任让我有些感动,"是的,我也不是'背叛者'。"

"这么说,剩下那两个人,其中一个就是'背叛者'了,可是,到底是哪个呢?"陈琳眉头紧皱。

我冷漠道:"何必想那么多?把他俩都杀死就行了。"

"啊!可……可以这样吗?"陈琳惊异地说。

"黑桃4只是说要杀死'背叛者',并没有说过不能杀死其他人。"我想黑桃4把我们这些"失败者"抓来,不光是为了考验我们的能力,让我们杀死"背叛者",还想让我们杀死那些连自己也保护不了、对组织已经毫无价值的废人吧。

"可是,这样就要杀死一个无辜的人了……"陈琳为难地说。

"我们不杀他们,他们也会来杀我们,因为他们也无法判断我们是不是'背叛者',所以,我们要先下手为强。"我的语气十分坚决。

陈琳终于被我说服了,"好吧,夏大哥,那你有什么计划吗?"

我早就想好了,"我们要先杀死徐康。"

"徐康?"陈琳自然没有听过这个名字。

"就是那个皮肤很黑的男人。"

"原来你认识他?"

"我八年前跟他一起执行过一次任务,不过我跟他只见过一次，没什么交情。"

陈琳怯生生地问："我……我跟你此前也只是见过一次呀。"

我笑了笑，"那怎么可以相提并论呢？我的直觉告诉我，你是值得信任的，我的直觉向来是很准确的。"

"好吧，那我们要怎么杀死徐康？"

其实我有信心搞定徐康，但保险起见，我还是说道："我们到外面去找找有没有什么可以使用的工具吧。"

"嗯，走吧。"

我往前走了一步，来到房门前，转动门把手，想要打开房门，却忽然觉得手掌有些刺痛。

我微微一惊，低头一看，竟见门把手上有一根针。

紧接着，我的手指感到一阵麻痹。难道是毒针？

陈琳进房后一直背靠着房门，是她趁我不注意时把毒针固定在门把手上的！

我咬牙问道："你……你为什么要这样做？"

陈琳呵呵一笑，"夏大哥，你刚才不是说过吗？要先下手为强哦。"

毒性发作得很快，不到十秒，我连站也站不稳了。我倒在地上，只感到意识越来越模糊。

"再见啦，夏大哥。"

这是我这辈子所听到的最后一句话。

别墅外3：跳湖（3时×分）

现在慕容思炫和吴侬伦子在 L 市刑警支队的前支队长韩启星家楼下。

数小时前，思炫和吴侬伦子解开了吴侬伦子的父亲吴枝报的死亡之谜。

接着两人到一家饭馆吃饭。吃过午饭两人稍作休憩，思炫说："我刚才在档案中心也查看了你妈死亡的那起案件的卷宗，她确实是跳湖自杀的。"

提起这件事，吴侬伦子的脸上掠过一丝阴霾。父亲被杀时她只有四岁，很多记忆都已经模糊，而母亲死亡时她已经六岁了，所以相比之下，母亲之死对她的影响更大。

"我爸死后，我和我妈相依为命。在我六岁生日的前几天，我妈答应我，在我生日那天带我去划船，我对此十分期待。在我生日那天下午，我妈果然带着我到湖畔公园划船。当我妈把小船划到湖中心的时候，不知道为什么，我突然觉得很困，然后就睡着了。后来我听到岸边有人大声呼叫，醒了过来，却发现我妈已经不在船上了。

"原来岸边那些游客之所以呼叫，是因为他们看到我妈跳湖了，并且再也没有浮起来。警察到场后，在湖底找到了我妈的尸体，死因是溺毙。目睹我妈跳湖的那几名游客一致说，当时没有任何小船接近我们，而我妈也确实是自己跳湖的，所以这起案件也以自杀结案。

"不久前我通过鬼筑的机密资料得知，我妈是被鬼筑派出的两名成员杀死的，那两名成员也是一男一女，其中那个女成员，就是杀死我爸的那个女成员。可是，他们是怎样操控我妈跳湖自杀的呢？"

思炫听完吴依伦子的讲述，心中已有一些猜想，他略一斟酌，说道："卷宗上写，主管这起案件的负责人是刑警支队当时的支队长韩启星，我刚好认识他，我可以去找他问问。"思炫跟韩启星是八年前在森流水疗中心认识的。（参看《人间蒸发》）

所以，接下来两人便来到韩启星家楼下。

"我上去找他，你在这里等我。"思炫自然不方便带着这个犯罪组织的成员去见韩启星。

"辛苦了，慕容大哥。"

思炫走进韩启星所住的那幢楼房，刚好看到电梯的门打开了，从电梯里走出几个人。其中一个正是韩启星的儿子——L市刑警支队现任副支队长韩若寻。在宇文雅姬被停职后，刑警支队便由他全权指挥了。

除了韩若寻，一同走出电梯的还有一个三十来岁的女子，以及一男一女两个小孩，两个孩子都是八九岁的年纪，那是韩若寻的妻子和龙凤胎孩子。

韩若寻看到思炫，微微一怔，"慕容？你来找我吗？"

"不是，我来找你爸。"

"哦？找他干吗？"

"了解一起当年他主管的案件。"

韩若寻点了点头，对妻子说："你先带孩子们到车上等我吧，我跟慕容聊两句就过来。"

韩若寻的妻子带着两个孩子离开后，韩若寻有些感慨地说："慕容，这些年我们也合作侦破过不少案子。不过，恐怕以后再也没有这样的机会了。"

思炫看向韩若寻，"你要辞职？"

"是啊，我老婆不想我再当警察了，她说她不想再过那种每天都担惊受怕的日子。我跟我爸聊过，他说让我自己决定。我自己考虑了很久，两个孩子长大了，我的顾虑确实越来越多了，所以前两天我已经跟魏局提出辞职了。"韩若寻的语气有些无奈。

思炫只是"哦"了一声。

韩若寻淡淡一笑，又说："不过你也不用失望，魏局说会让宇文队长复职，有她回来主持大局，我就放心了。"

"那你以后有什么打算？"

"我现在还没想好，到时候再跟你详谈吧。好了，我走了，我爸在家里，你上去找他吧。"

告别韩若寻后，思炫来到韩启星家中，见到了韩启星。韩启星已年逾古稀，但身体仍然十分硬朗。

"思炫？好久不见啦，什么风把你吹来啦？"韩启星笑问。

思炫说明来意。

"我记得那起案子。由于当时有几名游客亲眼看见伊雪萍自己跳湖，而且她的丈夫在两年前自杀身亡，她存在自杀动机——殉情，所以警方最后以自杀结案。不过，"韩启星话锋一转，"伊雪萍应该不是自杀的。"

"哦？"韩启星的话勾起了思炫的兴趣。

"事实上，在调查阶段，我们发现伊雪萍跳湖前曾接过一个电话。因为当时的手机卡是不需要实名认证的，所以我们没能查到机主的身份。我们也有想过那通电话会不会跟伊雪萍跳湖有关呢？她会不会是接完电话后才决定跳湖自杀的呢？但我们走访了她的人际关系后，并没有找到她跟他人的矛盾关系，对她的熟人和亲戚全部排除了作案可能。所以最后我们认为那通电话应该是推销电话，又或者是打错了。

"但是，在案发的一个多月后——当时已经结案了，我却无意中查到死者伊雪萍疑似某个犯罪组织的成员。这样一来，事情就完全不同了，那通电话很有可能是那个犯罪组织的成员打给伊雪萍的。

"于是我回到湖畔公园，找到了当天伊雪萍和她的女儿乘坐的那条小船。经过勘查，我发现船底似乎曾被安装过什么东西，但后来被拆掉了，只是留下了一些轻微的痕迹。我认为这件事跟伊雪萍自杀有关。遗憾的是，除此以外，我再也没有查到其他有价值的线索。最后调查就此中断了。"

"好的，再见。"思炫获取了自己需要的信息，跟韩启星摆了摆手，便径自离开了他的家。

吴依伦子见思炫回来了，连忙迎上来，"怎么样？有收获吗？"

"给我看一下杀死你妈的那两名鬼筑成员的详细资料。"

吴依伦子犹豫了一下，还是掏出手机，打开了一份文件。

思炫把两人的资料快速地浏览了一遍，"资料中说，这个男成员擅长制作炸弹。"

"哦？"吴依伦子若有所思。

思炫提出了另一个问题："那天你为什么会在小船里睡着了？"

"我后来才想起来，那天上船之前，售票员曾给了我们一杯饮料，说今天搞活动，划船送饮料。那好像是一杯芒果汁吧，但我妈芒果过敏，所以就把那杯饮料给我了。现在想来，饮料中应该有迷药吧？"吴依伦子也逐渐把当年的线索串联起来了。

"售票员是女的吗？"思炫追问。

"好像是。"

思炫得出结论："她应该就是参与行动的那个鬼筑女成员。"

吴依伦子也已经猜到了，"是的，我爸被杀，她也有参与。"

接下来，思炫先把韩启星当年的发现告诉了吴依伦子，然后便展开推理。

"鬼筑知道你妈会在你生日当天带你到湖畔公园划船,那个鬼筑男成员先做了一个炸弹,并且安装在某条小船的底部。当天,那个鬼筑女成员伪装成售票员,把投放了迷药的芒果汁送给你们,接着还引导你们走上那条安装了炸弹的小船。

"当那女成员看到你妈把小船划到湖中心,而你也因为服下迷药而入睡后,她就打电话给你妈,告诉你妈船底有炸弹。

"接下来是我的推测:那应该是一个构造特殊的炸弹,当小船的载重超过某个重量——假设是一百斤吧,炸弹的倒计时就会启动,并且在某个时间后爆炸。

"你妈和你的体重加起来,肯定超过了一百斤,也就是说,当时炸弹的倒计时已经启动了,很快就会爆炸。此时小船在湖中心,要回到岸边已经来不及了。你妈知道这件事以后,为了救你,只好自己跳湖,让小船的载重少于一百斤,让炸弹的倒计时停下。"

吴依伦子听到这里眼睛有些湿润。她的父母,都是为了保护她而死的。

她定了定神,问道:"我妈跳湖后,为什么不抓着小船的边沿?"

"你再看一下那个男成员的资料,他不仅擅长制作炸弹,还擅长潜水……"

"他当时在湖里!"

思炫点了点头,"是的,当时他穿着潜水服,背着氧气瓶,潜伏在湖里。你妈跳湖后,他就抓住你妈,让她无法上浮。直到你妈被溺毙,他才悄悄离开。"

吴依伦子呆了半晌,才喃喃地说道:"这就是我父母死亡的真相。"

别墅内4-1:徐康(4时×分)

(已死亡。)

别墅内4-2:夏晓峰(4时×分)

(已死亡。)

别墅内4-3:李小冰(4时×分)

已经四点多了。此时我待在自己的房间里。

想起刚才的杀人经历,我真是心有余悸。

我虽然是鬼筑成员,坏事做尽,但在此之前,我还真没有亲手杀过人。

我的手表里藏着三根毒针,那是黑桃10交给我的,他说,如果在我抓孩子时孩子挣扎得太厉害，引起路人的注意，出现暴露的风险，就让我用毒针把孩子刺死。他还说，只要被这种毒针刺入皮肤，一分钟内必死无疑。

但此前我并没有使用过这种毒针，今天第一次使用，毒性果然惊人。

接下来，我要去杀死那个年轻女子了。

我走出房间，来到她所在的房间前，轻轻地敲了敲门，但没人应答。

就在此时，我听到身后传来那个年轻女子的声音："你找我干什么？"

我吓了一跳，马上回头一看，站在我身后的正是那个身穿黑衣的年轻女子。

"没……没什么，想找你商量一些事。"我结结巴巴地说。

年轻女子紧紧地盯着我，用冷冰冰的语气说道："徐康和夏晓峰都是被你杀死的，对吧，李小冰？"

我吃了一惊，"你……你认识我？"

年轻女子轻轻一笑，从容不迫地说："我不仅认识你，我还知道你的一切。你是一九六四年出生的，今年五十三岁，你是在二十五岁时加入鬼筑的，至今已经二十八年了。你曾跟不少鬼筑成员合作执行过任务，起初你在跟他们接触时是使用李小冰这个本名的，后来你为了保护自己的信息，开始使用假名，对那些和你一起执行任务的鬼筑成员说你叫陈琳，对不对？"

别墅外4：夕阳（5时×分）

这里是 L 市墓园。此时慕容思炫和吴依伦子就在墓园外。

现在吴依伦子对思炫已经没有任何顾忌了，向思炫出示了她手上的那些关于鬼筑杀害她父母的内部资料，包括当时鬼筑派出的成员的详细信息。

"现在十分清楚了：二十年前，即一九九七年，鬼筑成员徐康和李小冰合作杀死了我爸，徐康在书房内假扮我爸的尸体，李小冰则戴上怪兽面具把我吓哭，两人制造密室，让警方误以为我爸是自杀的；两年后的一九九九年，李小冰又跟另一个鬼筑成员夏晓峰合作，杀死了我妈，安装在船底的炸弹是夏晓峰制作的，把我和我妈引上那条小船的'售票员'，自然便是李小冰。

"根据资料显示，李小冰从一九九八年开始使用'陈琳'这个假名，所以她在和夏晓峰合作杀死我妈的时候，夏晓峰应该以为她叫陈琳吧？"

思炫斜眼看了看吴依伦子，面无表情地问："那接下来你打算怎样对付徐康、李小冰和夏晓峰呢？"

吴依伦子浅浅一笑，"我不是说过吗？我只需要破解他们的诡计，然后让警方翻案，把他们绳之以法。"

"很好。"思炫觉得自己没有白帮吴依伦子。

"现在我进去再拜祭一下我的父母,然后就麻烦你陪我到警察局自首吧。"

"哦。"

吴依伦子正准备走进墓园,思炫却叫住了她:"等一下。"

吴依伦子回过头来,"怎么啦,慕容大哥?"

"当年收养你的黑桃A叫什么名字?"

"黑桃A吗?"吴依伦子想起这个人,心情有些复杂,"其实之前我也不知道他叫什么名字,甚至从来没有见过他的样子。"

"哦?"

"我妈死后,我被送到亲戚家,但亲戚对我很差,总是打我骂我。终于,我从亲戚家逃了出来,在街上流浪了几天,快要饿死了。这时候,有一个男人给我一些面包。那个男人的脸上戴着一张红色的魔鬼面具,看上去十分可怕,但我却不怎么怕他,一来因为他给了我食物,二来则是因为他的身上散发着栀子花的香味。"

"栀子花?他用了古龙水?"

"应该是吧,总之当时我觉得那种香味十分亲切。"

"为什么?"

"因为我外婆家后面有一大片栀子花,每年夏天开花的时候,妈妈总会带我去那里玩,那里的景色、声音和气味,对我来说都是十分美好的回忆。"吴依伦子的嘴角露出笑意。

"那个男人就是黑桃A吧？"

"是的。"

思炫猜测："他知道你妈常带你去看栀子花，所以特意用了栀子花香味的古龙水再接近你，让你对他产生信任？"

"我不知道，或许确实是这样，也或许只是巧合，反正最后我跟他走了，他也收养了我。"在知道自己的父母是被鬼筑成员杀死之后，这些天吴依伦子对这个收养了自己的黑桃A又爱又恨，"但这些年来，他每次跟我见面都是戴着那张魔鬼面具的，我一直没有见过他的样子。直到四年前，我才在鳄鱼峰上见到他的真面目。"

"他长什么样子？"思炫想要深入了解黑桃会的一切。

吴依伦子却抿嘴一笑，"慕容大哥，关于黑桃A的资料，以及其他我所知道的事情，我在自首的时候自然会对警察和盘托出。"

思炫不再多问，"好吧，那你进去吧，我在这里等你。"

吴依伦子独自走进墓园，来到父母的墓碑前，拜祭父母。此时已是黄昏，夕阳西下，晚霞洒在她父母的墓碑上。

"爸，妈，当时杀死你们的三个凶手，很快就会接受法律的制裁了，你们安息吧。"吴依伦子长长地嘘了口气。一切即将完结，一切即将重新开始。

可是她没想到，当夕阳落下，黑夜便会降临。只有熬过黑夜，新的一天才会来临。

当她准备离开墓园的时候,有一个黑影快速地接近她。

那个黑影的手上还拿着一把电击器!

别墅内5-1:李小冰(5时×分)

我不知道面前这个年轻女子为什么会知道我的详细信息,我只是知道她非死不可——无论她是否为"背叛者"。

我紧紧地握着最后一根毒针,一步一步地向她走去。

她说得没错,我今年已经五十三岁了,而她只有二十多岁,体力肯定比我好,要杀死她,我不能力敌,只能使用毒针,出其不意。

"你别过来哦。"年轻女子说。

我知道她看穿了我的意图,加快了脚步。

年轻女子微微一怔,往后退了两步,与此同时左手伸进口袋,掏出了一支口红。

口红?

我还没反应过来,她用口红对着我,"砰"的一声,我只感到肩膀一痛,整个人软倒下来。

那竟是一支口红手枪。

年轻女子一步一步地走到我的面前,用口红手枪对准了我的脑袋。

我抬头向她看了一眼,用嘶哑的声音问道:"你……你是'背叛者'?"

"是的,我不光是'背叛者',我还是鬼筑黑桃会的——黑桃2。"

别墅内5-2:吴依伦子(5时×分)

"你……你是'背叛者'?"李小冰用嘶哑的声音向我问道。

"是的,我不光是'背叛者',我还是鬼筑黑桃会的——黑桃2。"

"啊?你……你也是黑桃会成员?"李小冰愕然。

我知道我的下一句话会让她更加惊讶,"除此以外,我还有一个身份——吴枝报和伊雪萍的女儿。"

"什……什么?"李小冰果然目瞪口呆。

"你没忘记他俩吧?吴枝报是被你和徐康合作杀死的;而伊雪萍,则是被你和夏晓峰合作杀死的。"我向来爱笑,但在说这句话的时候却没有丝毫笑意。

李小冰早就吓得面如死灰了,她捂着自己肩膀上的伤口,辩解道:"我……我当年也是在执行组织指派的任务而已啊。再说,你的父母都不是我杀的,吴枝报是被徐康开枪杀死的,而伊雪萍则是因为被夏晓峰拉住了脚而溺毙的。我刚才杀死了徐康和夏晓峰，也算是为你的父母报了仇，你……你就放过我吧。"

我冷笑一声，"哪怕我放过你，你也难以活命呀。我是'背叛者'，但你现在已经杀不了我了，一个多小时后，这座别墅就会爆炸。"

话音刚落，别墅的大门被撞开了，十多名特警闯了进来。

除了特警，走进来的还有一个人——慕容思炫。

别墅外5：救援（6时×分）

慕容思炫在 L 市墓园外等了大半个小时，吴依伦子还是没出来。他心知不妙，走进墓园，果然看到墓园里空无一人。

思炫记得在自己等待的过程中，曾有一辆黑色的汽车从墓园驶出。现在看来，吴依伦子想要背叛鬼筑、向警方自首的事已被鬼筑发现，鬼筑派出成员把她抓走了。刚才开着那辆黑色汽车的人就是抓住吴依伦子的鬼筑成员，当时吴依伦子就在车内。

虽然墓园内没有监控摄像头，但思炫记住了那辆汽车的车牌号码。他马上打电话给他的刑警朋友霍奇侠，让霍奇侠立即去调取墓园附近街道的监控录像，找到那辆汽车，随后对它展开轨迹跟踪，还原它的行驶路线。

当天晚上八点多，霍奇侠查到这辆黑色汽车在离开墓园后，驶向城南的郊外，脱离了城市监控系统覆盖的范围。

霍奇侠立即请求特警队支援，对城南郊外进行大规模搜索。直到翌日凌晨五点多，他们才终于在一座位于郊外的别墅大门前找到了那辆黑色汽车。

特警破门而入，接着思炫和霍奇侠也走进别墅。

别墅内6-1：李小冰（5时×分）

为什么会有警察来到这里？

这不会是黑桃4安排的吧？可是我们被抓了，对他有什么好处？

别墅内6-2：吴依伦子（5时×分）

看到慕容大哥走进来，我笑了。他果然是一个值得信赖的人啊。

昨天傍晚，我打算拜祭完父母后就和慕容大哥到警察局自首，没想到在墓园内却被人用电击器袭击。醒来的时候，我就已经在这座别墅的其中一个房间里了。当时是晚上七点多，也就是说，我已经昏迷了一个多小时。

我看到床上有一封打印的信。

吴依伦子：

　　你试图联系警方，举报当年杀死你父母的徐康、李小冰和夏晓峰，对吧？可是，那两起案件已经过了接近二十年了，警方现在还能找到他们杀死你父母的证据吗？单凭你的所谓"推理"，警方真的会翻案吗？

　　不会的。法律根本无法制裁他们三人。

　　不过你不用担心，虽然你是组织的"背叛者"，但这些年来，你对组织的贡献确实不小，所以，我决定给你一个报仇的机会。

　　我已经派人把徐康、李小冰和夏晓峰这三个人都抓到别墅来了。而你随身携带的那把口红手枪我也没有带走，你可以用它来杀死你的三个仇人，亲手为你的父母报仇。

　　自己的仇自己报，这才是我们鬼筑黑桃会的处事方式，对吧？复仇完成后，你将获得重生，你的"背叛者"身份，也将不再存在。

　　希望你可以觉悟吧，也希望我们可以再次成为同伴。

黑桃4

　　我刚读完信上的内容，墙上的音响便传出了黑桃4的声音："我是黑桃会的黑桃4，你们都是被我抓来的……"

后来我来到房外，果然看到杀死我父母的那三个凶手：徐康、李小冰和夏晓峰。

此时他们都已经五十多岁了。他们杀了我的父母，坏事做尽，竟然还能活到现在，这个世界，真不公平。

徐康和李小冰曾合作杀死我爸，他们是见过面的，此时却假装不认识对方；夏晓峰和李小冰合作杀死我妈，所以夏晓峰也是认识李小冰的（只是他以为李小冰叫陈琳），但现在他们也假装不认识对方。

心怀鬼胎的人们呀……

他们三个有一个共同的目标——找出我这个"背叛者"。

后来徐康提出每个人都说出自己失败的任务，我便随便编了一个故事，说自己的任务是接近一个富豪，色诱他并从他身上获取一些商业机密，但最后任务失败了，让富豪有所防范。反正他们也无法验证我的话是真是假。

我深入研究过徐康、李小冰和夏晓峰这三个人的资料，我知道夏晓峰懂得肢体语言的解读与心理分析，所以我在讲述的时候，刻意隐藏自己的肢体动作，让他无法瞧出破绽。

三个仇人跟我近在咫尺，而我也是别墅内唯一有武器的人，我要杀死他们吗？

虽然黑桃4留给我的那封信写得十分"动人"，而我也确实动摇过，但最后我还是没有杀死他们三个。我不想再沦为鬼筑杀人的工具了，我要他们三个接受法律的制裁。

我知道，慕容大哥会来救我的。

当然，在此之前，我要隐藏自己的身份，不让他们知道我是"背叛者"。不过哪怕被他们发现了也没关系，我身上有口红手枪，随时可以自保。

只是我没有想到，李小冰为了保命，竟然先后杀死了徐康和夏晓峰，最后还想来杀我。

别墅外6：终结（6时×分）

东方泛白，新的一天即将开始。

警方封锁了别墅，李小冰被警察带走了，吴依伦子也即将被带到警察局。

离开之前，她走到慕容思炫面前，嫣然一笑，"慕容大哥，谢谢你啦。"

谁知她话音刚落，忽然"砰"的一声，她的脑袋竟然爆炸了！

思炫霎时间便明白发生了什么事，不禁咬了咬牙。

果然，接下来他的手机便响了。他掏出手机，接通了电话。

"是我，黑桃4。"

思炫没有回答。

"慕容思炫，你以为你解开了吴枝报和伊雪萍的死亡之谜，一切就结束了吗？不，并没有。昨天我抓走了吴依伦子，把她送到别墅的途中，在她的脑袋中植入了一枚微型炸弹。如果她最后亲手杀死徐康、夏晓峰和李小冰，回归鬼筑，我自然不会引爆这枚炸弹。可惜呀，她受了你的影响，竟然放弃了复仇的机会，慕容思炫，可以说是你害死她的呀！"黑桃4阴阳怪气地说。

"说完了吗？"思炫的声音冰冷得如寒潭之水。

"这次死的是吴依伦子这个叛徒，而下次死的就是你……"

没等黑桃4说完，思炫已挂断了电话。

他看了看吴依伦子，轻轻地叹了口气，接着便转身走上了霍奇侠的汽车。

在车上，他没有再向吴依伦子的尸体多看一眼，只是手上紧紧地握着一条吴依伦子昨天送给他的曼妥思。

第二章　黑桃4的抉择

1

冷夜被漆黑所包围。

此时此刻,"活尸"司徒门一站在一幢烂尾楼天台的边沿。

这时候,身后传来一个男子的声音:"司徒先生,不好意思,我迟到了,嘿嘿。"

司徒门一头也没回,"资料带来了吗?"

站在司徒门一身后的是一个身穿黑衣的男子,只见他晃了晃自己手上的公文袋,"刘一鸣被催眠时的所有资料,都在这里啦。"

黑衣男子所提到的"刘一鸣"是鬼筑黑桃会的成员,代号黑桃4。

刘一鸣是在七年前加入黑桃会的,加入之前,鬼筑的首领大鬼认为他日后背叛鬼筑的可能性颇大,所以让精通催眠的黑桃9易郁涵给他种下心锚,让他在任何情况下都不会出卖组织。

刘一鸣被催眠后,易郁涵进入了他的内心世界,知道了他的全部秘密。后来她把这些事情全部记录下来,作为鬼筑中最高级别的机密文件保存。

"这份资料你看过了?"司徒门一还是没有回头向身后的黑衣男子看上一眼。

"当然啦,资料中详细记录了刘一鸣加入鬼筑前发生的那件事。"黑衣男子的语气中带着一些幸灾乐祸。

"很好,你把资料放下就可以走了。"

"好咧,合作愉快哦。"黑衣男子顿了一下,又说,"对了,我还有一些东西要送给你。"

司徒门一这才回头看向黑衣男子,"什么?"

黑衣男子掏出了一个信封,"这个。"

"这是什么?"

"毒针,针上的毒是黑桃7汪叶瞳生前配制的,见血封喉,无药可解。"黑衣男子阴森森地说,"我想你或许会用到的。"

"好的,那你把毒针也放下吧。"司徒门一把头转过去,不再多瞧黑衣男子一眼。

"司徒先生,怎么说我们也算是合作伙伴,你就这样一直背对着我吗?难道你就不怕我突然暗算你吗?"黑衣男子摸了摸口袋中的手枪。

"你可以试试。"司徒门一俯视着黑暗中的城市,淡淡地说。

"哈哈,我是开玩笑啦。那么,司徒先生,一切就拜托啦。"黑衣男子转身走出天台。

数分钟后，司徒门一才转过身子，看着地上的公文袋和信封，喃喃自语："审判要开始了。"

2

刘午涛在千里马酒楼的一个包厢内等了一会儿，包厢的门打开了，走进来的是一个十七八岁的男生。

"爷爷，您这么早就到啦！"这个男生是刘午涛的孙子刘凡。

刘午涛见到孙子，轻轻一笑，掏出了一个红包，"凡凡，这是爷爷给你的生日红包。"

"爷爷，您请我吃饭，还给我红包，太破费啦，"刘凡跟爷爷已经好久不见了，现在见到爷爷，也是满心喜悦。

"今天是你十八岁的生日嘛，意义非凡。从今天开始，你就是成年人啦。"刘午涛看着长大成人的孙子，心中也十分欣慰。

刘凡坐下后，刘午涛把菜谱递给他，"凡凡，看看喜欢吃什么，不用跟爷爷客气。"

"好咧。"刘凡翻起了菜谱。

刘午涛又问："对了，凡凡，明年你就高考啦，你打算考什么大学呀？"

刘凡放下菜谱，一脸认真地说："我想报考警校，以后我要当一名警察。"

"警校?"刘午涛一怔。

就在此时,一个人打开门走进了包厢。那是一个头戴黑帽的男子,鼻子上还架着一副太阳眼镜。

"咦,你是谁啊?"刘凡有些警惕地问。

那男子摘掉了帽子和太阳眼镜,只见他满脸沧桑,虽然看上去只有四十来岁,但头发已白了一半。

刘凡脸色一沉,"你怎么来了?"

刘午涛连忙打圆场:"凡凡,是我把你爸叫来的,毕竟今天是你的生日嘛。"原来这个男子是刘凡的父亲。

刘凡的父亲掏出一部新手机,"阿凡,这是爸爸送给你的生日礼物……"

他话没说完,刘凡一把抓起手机,使劲扔在地上,"我不要你的东西!"

霎时间,刘凡的父亲脸上掠过一丝难过的表情。

刘午涛皱了皱眉,"凡凡,怎么这样跟爸爸说话呢?"

刘凡大声说:"他不是我爸,他是一个丧尽天良的黑社会!我当上警察后,要亲手逮捕他!"

刘凡的父亲名叫刘一鸣,他不光是刘凡口中的黑社会,还是犯罪组织鬼筑的核心成员。

刘一鸣是在十四年前加入鬼筑的,七年前成为鬼筑黑桃会的成员。

三年前，刘一鸣在百蛊村被警方逮捕。（参看《情蛊》）

两年前，他和吴依伦子等数名被羁押在看守所的黑桃会成员被鬼筑救出。

在此之后，他便继续为鬼筑制定、执行各种犯罪计划。

他性格谨慎，平时极少露面，只是今天是他的儿子刘凡十八岁的生日，所以他才冒险来到千里马酒楼，为儿子庆祝生日。

然而刘凡却不领情，还掏出了手机，拨打了报警电话。

刘一鸣一把抢过他的手机，喝道："你干什么？"

"报警啊，告诉警察这里有通缉犯。"刘凡冷冷地说。

刘一鸣怒不可遏，"我是你爸呀！"

刘凡针锋相对："我刚才说得还不够清楚吗？我没有爸爸！"

刘午涛叹了口气，对儿子说："一鸣，你先走吧。"

刘一鸣看着刘凡，见他对自己充满敌意，那盯着自己的双眼似乎要喷出火焰来一般，只觉得心如刀绞。他知道留下来也没什么意义，于是转过身子，走出包厢。

回家的路上，他沉浸在往事之中。他想起自己抱着几个月大的儿子哄他睡觉的情景，想起儿子学会翻身时自己的喜悦，想起牙牙学语的儿子第一次叫自己爸爸时的感动，想起自己牵着儿子的手教他走路……

那些日子，是他最幸福的时光。只是，这些片段永远只能留在回忆之中了，因为他和刘凡的关系，已经不可能再回去了。

大约半个小时后，刘一鸣回到他目前居住的出租屋。睡前，他收到一条微信消息，竟是儿子发过来的。

刘一鸣大喜，立即打开了那条微信消息，却见刘凡的微信发过来的是一张照片，照片中，刘凡的眼睛被黑布蒙住，嘴巴也被布条紧绑，手脚被缚，似乎身处一辆汽车的后备箱中。

刘一鸣大吃一惊，还没回过神来，刘凡的微信又向他发起语音通话。

刘一鸣立即接通："阿凡！阿凡！"

然而从手机中传出来的不是他儿子刘凡的声音，而是一个似乎经过变声器处理的怪异声音："黑桃4先生，你的儿子在我手上。"

对方竟然知道自己是黑桃4？刘一鸣定了定神，沉声问道："你是谁？"

"你不用管我是谁，你只需要告诉我，你想要你的儿子是死还是活。"神秘人一开口就掌握了这场谈判的主动权。

"你到底想怎样？"刘一鸣作为黑桃会成员，经历过不少风浪，平时遇到危险也能处变不惊，但此时涉及儿子的安危，他真的无法冷静下来。

"你不回答就算了。"神秘人有恃无恐。

"等一下！"刘一鸣生怕他挂断电话，放软了口气，"我要活的，你……你千万别伤害他。"此时他的身份不是什么黑桃会成员，而只是一个担心儿子安危的父亲。

"好的，你要你儿子活，就跟我做笔交易吧。"

"什么交易？"

"你替我杀三个人，事成以后，我就把你的儿子毫发无损地还给你。"

刘一鸣本来就是一个杀人不眨眼的魔鬼，杀人对他来说又有何难？只要可以救回儿子，别说三个人，要他杀三十个人也没有问题。

于是他一口答应："可以啊，你想我帮你杀谁？"

神秘人却卖了个关子："明天我会告诉你的，今天晚上你儿子就留在我这里吧，你放心，我会好好照顾他的。"

"你……"

刘一鸣还没说完，神秘人便结束了语音通话。刘一鸣马上拨打儿子的手机，但对方已经关机。

插曲之一：子昕和美术老师

子昕发现自己深深地爱上了美术老师。

一开始子昕只是被美术老师的俊美的外貌所吸引，后来经过相处，逐渐因为美术老师的性格而爱上了对方。

虽然子昕今年只有二十一岁，而美术老师已经三十出头，两人的年龄相差了十多岁，但子昕并不在意。

美术老师其实也喜欢子昕，只是担心在世俗的眼光之下，这段感情没有结果。不过，最终在子昕的坚持下，美术老师终于被打动。在子昕大学毕业后，两人便结了婚，生活幸福美满。

结婚后，子昕在一家IT公司当程序员，而美术老师则辞职了，在家专心画画。那天下午，子昕收到了美术老师的电话："亲爱的，今晚我做了你最喜欢的菜，下班后早点回来吃饭吧。"

"知道啦，我下班后马上回来。"

然而美术老师等到晚上八点多，也不见子昕回家。

因为，在下班途中，子昕被人抓走了。

当美术老师再次见到子昕时，子昕已经是一具没有任何温度的尸体了。

3

翌日清晨，神秘人用刘凡的手机打电话给刘一鸣："黑桃4先生，早上好。"

"快说吧，你到底要我杀谁？"刘一鸣迫不及待地问。他担心儿子的安危，昨晚一夜没有合眼。

"你今天不是约了一个人喝早茶吗？"

"你怎么知道的？"刘一鸣的心中惊疑不定。这个神秘人，为什么可以掌握自己的一举一动？

"我要你杀的第一个人，就是今天跟你喝早茶的人。"跟昨晚一样，不等刘一鸣回答，神秘人便结束了通话。

昨天下午，刘一鸣的妹夫杨高突然打电话给刘一鸣，约他今天上午到位于郊外的悠然居喝早茶，还说有十分重要的事要跟他商量。

其实刘一鸣跟杨高并不熟，两人平时基本没有联系，所以当时刘一鸣就问杨高为什么有自己的手机号码，杨高说他是向刘一鸣的父亲刘午涛要的。

刘一鸣当时就起疑了：这不会是警察设的局吧？警察想利用杨高把我引出来？

所以刘一鸣本来没打算到悠然居赴约。

然而现在，抓走儿子的神秘人竟然让自己去杀了杨高。难道这个神秘人跟杨高有矛盾，想借自己的手杀死杨高？

虽然杨高是刘一鸣的妹夫，但刘一鸣跟杨高基本没有交情，对于刘一鸣来说，杨高是死是活本来就跟他无关。何况现在要救回自己的儿子，就必须杀死杨高，所以刘一鸣对于神秘人的要求没有丝毫犹豫。

他开车来到悠然居，走进杨高所预订的包间。那是一个很小的包间，里面只有一张可供四人坐的方桌。但包间虽小，也设有独立的洗手间。

此时杨高还没到。刘一鸣刚坐下，又接到了神秘人的来电："到了吧？"

"到了。"

刘一鸣一边回答一边四处张望，心想：我一进来他就知道我到了，他正在监视着我，难道这个包间里安装了摄像头？

神秘人的话打断了刘一鸣的思索："包间内洗手间的洗手盆下方有一个信封，你去拿出来吧。"

刘一鸣走进洗手间，果然在洗手盆下方找到了一个信封。他带着信封回到餐桌前，打开信封看了一下，只见里面有一支类似飞镖的针筒。

此时手机中又传出了神秘人的声音："你手上的针筒是一支毒针，把这支毒针刺入杨高的脖子，他就会在十秒内死亡，这样你就完成了三分之一的任务了。"

毒针？刘一鸣拿着针筒的手不禁有些发颤。

他带了手枪，本来打算直接开枪射杀杨高，但这样或许会惊动酒楼里的人，现在神秘人提供毒针，那就再好不过了。

等了一会儿，一个五十出头、面白如玉的男子打开门走进包间，正是刘一鸣的妹夫杨高。

"一鸣，好久不见啦。"杨高笑着跟刘一鸣打招呼。

"是啊。"刘一鸣站了起来，走上前去迎接杨高，顺手把包间的门关上了。

"坐吧,今天我请客,你可别跟我抢买单呀。"杨高热情地说。

两人坐下后,刘一鸣劈头就问:"老杨,你今天找我有啥事呀?"

"主要是有件事想找你帮个小忙啦。"杨高有些不好意思地说。

"什么事啊?"刘一鸣颇感好奇。

"是这样的,我最近开了一家早餐店,本来生意就不怎么样,可是还有几个小混混儿每几天就来收一次保护费,不给的话,他们就会来捣乱……"

看来杨高是想自己帮他摆平这几个小混混儿。刘一鸣一听杨高所讲的事跟自己毫无关系,突然掏出毒针,以迅雷不及掩耳之势刺向杨高的脖子。

"啊?一鸣,你这是……"杨高还没说完,忽然跪倒在地,在地上抽搐起来。

刘一鸣怕毒性不够,不能把他毒死,于是掏出手枪,想要朝他的脑袋补上一枪,然后逃跑。

然而就在此时,包间的门打开了,一个女服务员走了进来。

"先生,请问你们要喝什么茶……啊!"女服务员看到刘一鸣手持手枪,尖叫一声,逃了出去。

刘一鸣呆了一下,马上回过神来,快步走到门前,关上了包间的门,并且把门上锁了。

4

"我有一个愿望……"郑天威一边给慕容思炫倒了一杯茶,一边一脸认真地说。

此时他和思炫在悠然居喝早茶。

"什么?"思炫抬头向他看了一眼。

"我希望可以安安静静地吃完这一顿……"

他话音刚落,忽然听到不远处的一个女服务员尖声大叫!

两人同时一跃而起,快步走过去,只见那女服务员站在一个包间门外。

郑天威掏出了工作证,"我是警察,发生了什么事?"

女服务员惊魂未定,指了指面前这个包间的门,"里面有个人倒在地上,还有一个男人……拿着一把枪……"

她还没说完,包间内忽然传来一阵玻璃碎裂声。

思炫大步上前,转动门把手,想要把门打开,却发现包间的门从内反锁了。

此时一名男服务员快步走过来,"发生了什么事啊?"

"拿工具来,我要砸掉这门锁。"思炫不慌不忙地说。

"你……你是谁?"男服务员满脸疑惑。

"他们是警察。"女服务员说。

"噢！请稍等。"

男服务员马上跑去取工具了。片刻以后，他便拿着一把铁锤跑回来。思炫接过铁锤，"砰"的一下把门锁砸开了，接着右足一提，一脚踹开了包间的门。

众人探头一看，不见包间内有人，只是看到包间内的落地窗被砸碎了，窗前满是玻璃碎片。

这个包间位于一楼。思炫走进包间，通过落地窗走到酒楼外面，四处望了望，没有发现可疑的人。

郑天威也走进包间，来到窗前，"看来凶手破窗逃跑了。"

"从我们听到落地窗的碎裂声到现在，最多只有两分钟，凶手可以在两分钟内逃跑，但却不可能在两分钟内把另一个人也带走。"思炫说罢回过头来向女服务员看了一眼。

郑天威会意，向那女服务员问道："你确定看到有个人倒在地上？"

"是……是的。"

"是男人还是女人？"

女服务员想了想，"好像是男人。"

郑天威又问："悠然居外面有安装监控摄像头吗？"

"我……我不知道。"

那男服务员答道："只有后面那个露天停车场的出入口安装了一个监控摄像头。"

郑天威点了点头，又问那女服务员："你还记得那个持枪男子有什么特征吗？"

"我没看清楚……我当时太害怕了。"

思炫冷不防问道："他穿的衣服是什么颜色的？"

"这个……"女服务员尽力回忆着，"应该是黑色的。"

思炫打了个哈欠，对郑天威道："走吧，我们到那个停车场去看看。"

两人来到悠然居后面的露天停车场，并没有发现可疑人员，于是又来到悠然居的办公室，调取停车场的摄像头监控画面。

女服务员是在二十分钟前目击持枪男子的。监控画面显示，最近二十分钟只有三个人开车离开了悠然居，虽然那三个人都是男人，但衣服却都不是黑色的。

"看来那个凶徒在进入停车场前，脱掉了身上的黑色衣服。我马上找人查一下这三辆车的车主……"

思炫打断了郑天威的话："只需要调查第二个离开的人就可以了。"

"为什么？"

思炫咬了咬手指，展开了推理："这个人的衣服虽然是灰色的，但可以看出这件衣服是反穿的，衣服的外面应该就是黑色的。此外，这个人戴着帽子和墨镜，有意遮挡自己的样貌。最重要的一点，我觉得这个人走路的姿势跟我认识的某个人十分相似。"

郑天威奇道:"是谁?"

思炫一字一顿地说:"鬼筑黑桃会的黑桃4——刘一鸣。"

"什么?"郑天威微微一惊,"你是说,刚才那个服务员看到的持枪男子,是刘一鸣?"

"有这种可能性存在,你叫霍奇侠帮忙查一下他的汽车吧。"

"好!"

郑天威马上打电话给霍奇侠,让他帮忙调查这个疑似刘一鸣的人所开走的那辆棕色的汽车。不一会儿霍奇侠便来电回复:果然是一辆套牌车。

"没想到我和思炫阴差阳错地碰上的案件,竟然跟鬼筑有关呀。"郑天威发誓以后再也不到悠然居喝茶了。

霍奇侠也加入调查:"老郑,我现在到交警支队那边,通过街道上的监控录像对那辆棕色汽车展开轨迹跟踪,实时向你们报告那辆车的行驶路线。"

"辛苦了。无论那个持枪的凶徒是不是刘一鸣,我们都一定要把他抓住!"郑天威信誓旦旦地说。

插曲之二:茜茜和她的爸爸

茜茜每天最期待的事情,就是爸爸下班回家了,因为爸爸每天回来都会给她带一些小零食或小玩具。

茜茜的妈妈在她很小的时候就去世了，茜茜跟爸爸相依为命。她真的很爱爸爸。当然，爸爸也很爱她。

茜茜逐渐长大，有时候会想，如果有一天爸爸老了，永远离开了她，这个世界上不就只剩下她孤零零一个人吗？到时候她要怎么办？

当时她还不知道，这一天永远不会来临。

5

刘一鸣虽然把包间的门上锁了，但他知道这只是权宜之计，外面的人很快就会破门而入。他迅速来到包间内的落地窗前，举起一把椅子，砸掉了落地窗上的玻璃。

"要怪就怪那个想杀你的人，不要怪我。"刘一鸣最后向横躺在地、已经一动不动的杨高看了一眼，便通过落地窗走出酒楼，一边把身上的衣服脱掉、反穿，一边跑向停车场。上车以后，他便立即开车离开。

就在此时，他又收到了神秘人的电话："已经杀死杨高了，对吧？做得很好。"

神秘人的赞赏在刘一鸣听来无比刺耳。

"我儿子呢？"

"他很好，等你帮我杀死三个人后，自然就能见到他。好了，接下来我们来杀第二个人吧。"

"你还要杀谁呀？"

"你的岳父。"

"什么？"刘一鸣越来越觉得不对劲了。这个神秘人先让他杀死妹夫，现在又要他杀死岳父，到底是什么居心？

"在你杀死你的岳父后，我会再联系你的……"

"等一下！"刘一鸣叫住了准备挂机的神秘人，"你先给我看看我儿子现在的情况。"

神秘人冷笑一声，"黑桃4先生，你有资格跟我讨价还价吗？"

没等刘一鸣回答，神秘人再次挂断了电话。

我真的要杀死我岳父吗？刘一鸣只考虑了半秒，便做出了决定——是！

刘一鸣的岳父叫赵远安，他跟岳父已经很久没见了。他记得岳父一个人住在牧文新村——一个老式住宅小区。他开车来到这里，刚下车，又收到了神秘人的电话："你的汽车的排气管下面有一个信封，里面有一支毒针，用它来杀死你的岳父吧。"

刘一鸣走到汽车后面，蹲下来一看，果然看到排气管下方贴着一个信封。刘一鸣打开信封，只见放在里面的正是自己刚才杀死杨高的那种毒针。

这个人是在什么时候接近我的汽车、留下毒针的？刘一鸣觉得这个神秘人真是神出鬼没。

"对了，你刚才用毒针杀死杨高后，是不是还想开枪？我劝你不要自作聪明，我提供给你的毒针有着极强的毒性，要杀一个人绰绰有余，你没必要节外生枝。"看来悠然居的那个包间里确实安装了针孔摄像头。

"我知道了。"这次轮到刘一鸣挂断了神秘人的电话。他十分清楚，在杀死三个人之前，跟神秘人多说无益。

岳父赵远安住在四楼，但这里的楼房没有电梯，刘一鸣爬楼梯来到四楼赵远安的家门前，按下了门铃。

开门的是一个六十来岁的老人，正是刘一鸣妻子的父亲——赵远安。

"你是？"赵远安一时之间似乎没有认出自己的女婿，毕竟两人已经好久没见面了。

刘一鸣懒得跟他废话了，直接把毒针扎进了他的脖子里。

"哎呀……"赵远安叫了一声，接着便像杨高那样软倒下来，在地上抽搐了几下，便再也不动了。

刘一鸣倒抽了一口凉气：毒针的毒性果然厉害，跟黑桃7汪叶曈所配制的那些毒药不相上下。

为了不让尸体被发现，刘一鸣把赵远安的尸体拖到屋内，接着才走到门外，关上了大门，下楼离开。

"老婆，你原谅我吧，我也是为了救我们的儿子。"他一直在心中默念。

6

慕容思炫和郑天威根据霍奇侠查到的汽车踪迹,来到牧文新村小区,果然看到刘一鸣所开的那辆棕色汽车停在这里。

"刘一鸣来这里干什么呢?难道他现在住在这里?"

郑天威话音未落,思炫忽然看到一个人从第五幢楼房走出来。这人戴着黑色帽子和太阳眼镜,身上穿着一件"灰色"的衣服,正是他们在监控画面中看到的那个疑似刘一鸣的人!

思炫没有认错人,此人正是刘一鸣。

在思炫看到他的同时,他也看到了思炫。他吓了一跳,马上返回那幢楼房。

"刘一鸣在那边。"思炫指了指第五幢楼房的出入口。

"真的?快追!"郑天威准备跑向第五幢。

"等一下。"思炫拉住了他。

思炫一走进这个小区就观察到了,这个小区的楼房的天台是两两连在一起的,大概是方便火灾时逃生吧。其中,第五幢和第六幢的天台是相连的,刘一鸣刚才跑进了第五幢,也就是说他可以跑到天台,然后前往第六幢的天台,最后从第六幢下楼离开。

他快速地思索了一下,再次指了指第五幢的出入口,"你从这里追上去,必要时开枪。"

不等郑天威回答，思炫已向第六幢楼房的出入口跑去。

思炫一口气跑到第六幢的天台，却见第六幢和第五幢的天台都空无一人。等了十秒左右，只见一个人气喘吁吁地从第五幢天台的门跑出来，正是郑天威。

思炫快步走过去，"刘一鸣呢？"

"我……我一直跑上来……没看到他啊……"郑天威喘着气说。

"以我的速度，他不可能在我前面来到天台，也就是说，他现在还在第五幢里面。"思炫推想道。

"可是我上楼的时候真的没有看到他啊。"

思炫已经看穿了刘一鸣的把戏，"他应该是在第五幢某个住宅单位里躲起来了。"

两人立即从第五幢下楼，回到楼下，果然看到刘一鸣的那辆棕色汽车已经开走了。

7

刘一鸣离开岳父赵远安的家以后，快步来到楼下，准备离开，然而他刚走出来，就看到不远处有两个男子，其中一个不到三十岁，头发杂乱，双眉斜飞，脸上一副木然的表情，竟是鬼筑的头号敌人——慕容思炫！

此时慕容思炫也在望着他。

刘一鸣吃了一惊,马上回到楼房里。

他知道这个小区的楼房的天台是两两相连的,他现在身处的第五幢,跟第六幢的天台是连在一起的。他也知道以慕容思炫的观察力,此刻应该已经发现了这件事。

那么现在慕容思炫会怎么做呢?刘一鸣一边跑上楼,一边快速地思考起来。

跟慕容思炫同来的还有一个男人,慕容思炫和那个男人肯定是一个人从第五幢进来,另一个人则从第六幢进去,进行包抄。那男人看上去已经快五十岁了,体力肯定不如慕容思炫,所以慕容思炫应该会让那个男人从离他俩比较近的第五幢进来,而他自己则会从第六幢进去。

刘一鸣想到这里的时候,已经来到三楼了。他脚步略停,掏出手枪,打算在那个男人追上来时,就开枪把他射杀,然后下楼逃跑。此时慕容思炫已走进第六幢,应该也已经跑到三楼,根本来不及追赶自己。

然而就在此时,三楼某个住宅单位的门打开了,一个女人从里面走了出来。

刘一鸣心念一动:与其冒险射杀那个男人,不如暂时"隐身"!

他马上举起手枪对着那个女人,低声道:"别出声,否则我立即开枪。"

那女人吓得花容失色，颤声道："你……你……"

刘一鸣为了让她配合自己，又说："只要你好好配合，我不会伤害你。我在躲避仇家的追杀，你让我到你家躲一会儿。"

女人无奈地点了点头。

刘一鸣挟持着女人走进她家，刚进门，他便听到楼下传来一阵急促的脚步声。

刘一鸣轻轻地关上大门，接着通过门镜监视屋外的情况，果然看到那个跟慕容思炫同来的男人经过三楼，跑到楼上去了。

他又等了十多秒，见屋外没有动静，于是转头对那个女人说："我现在就走，如果我离开后你敢大叫，我会回来杀了你，我说到做到。"

女人噤若寒蝉，只是点了点头。

刘一鸣打开大门，快步跑到楼下，果然此时楼下空无一人，看来慕容思炫已经走进第六幢了。他不及细想，立即开车离开了牧文新村。

"慕容思炫，要跟我玩，你还嫩了点儿。"他不由得有些自鸣得意。

插曲之三：沈琦和她的爱人

沈琦一个人坐在阳台，呆呆地看着阳台里的盆栽，似乎在想着一些什么。

这时候，大门打开了，一个男人走了进来，那是沈琦的爱人。他拿着一束玫瑰，径自走出阳台，一步一步地来到沈琦面前。

"送给你的。"爱人把玫瑰递给沈琦。

"好漂亮呀！"沈琦高兴地接过玫瑰。

爱人接着又从口袋中掏出一枚戒指，"琦，嫁给我吧。"

"啊！"沈琦又惊又喜。

沈琦答应了爱人的求婚。

这一天是二〇〇三年七月十七日。

当时沈琦和她的爱人都没有想到，翌日两人便会阴阳相隔，永远再也没有见面的机会。

8

刘一鸣刚离开牧文新村，便又接到了神秘人的电话。

刘一鸣马上接听了电话："我已经按照你的指示杀死我岳父了。"

"我知道。"神秘人似乎有些笑意，"如果你妻子知道你杀死了她的爸爸，不知道她会怎么想呢？呵呵。"

刘一鸣咬了咬牙，"别废话了，还要杀谁？"

"我要你杀的最后一个人就是你的父亲——刘午涛。"

"什么?"刘一鸣诧然。

"怎么啦?觉得为难吗?你都已经杀死了你的妹夫和岳父啦,接下来再杀死自己的父亲也没什么吧?"神秘人停顿了一下,"只要你杀死了刘午涛,我就放了你的儿子。"

"你到底为什么要杀他们三个?"刘一鸣有些恼羞成怒地问。他觉得自己就像一颗被神秘人所利用的棋子,偏偏又无法违抗他的命令。

"这跟你无关。你现在只需要回答我,我们的交易你还做不做?如果做,你现在就到你父亲的家里杀了他;如果你想取消交易也没关系,我会把你儿子的尸体送回给你。"神秘人自然知道刘一鸣会怎么选。事实上,在这场谈判之中,刘一鸣的每一步都在他的意料之中。

"那我就等你的好消息了。"神秘人结束了通话。

刘一鸣马上开车来到父亲刘午涛所住的永宝花园小区,刚到父亲家的大门前,又接到了神秘人的电话:"到了吧?"

刘一鸣暴跳如雷:"你有种就现身,老是这样用摄像头监视着我有什么意思?"

神秘人完全无视刘一鸣的愤怒,从容不迫地道:"第三支毒针就在你脚下的那张地毯下面,用它来杀了你的父亲以后,你的任务就全部完成了。"

"哼!"刘一鸣挂断电话,掀开大门前的地毯,果然看到地毯下有一个信封，打开信封一看，里面果然有一支毒针。

刘一鸣取出毒针，紧紧地握在手里，然后按下了门铃。

"谁啊？"屋内传来刘午涛的声音。

"爸，是我。"刘一鸣忽然觉得这个即将要杀死父亲的自己的声音有些陌生。

刘午涛"咦"了一声，打开了大门，"一鸣？你怎么来啦？"

"进去再说吧。"刘一鸣说罢走进屋内，并且关上了大门。

"一鸣，你是为了凡凡的事来的吧？唉，他昨晚那样跟你说话，确实是他不对……"

刘一鸣打断了父亲的话，"爸，我想问你一个问题。"

"什么问题呀？"

刘一鸣吸了口气，似有深意地问道："如果有人抓走了我跟阿凡，要在我们两人中杀死一个，另一个则可以活着离开，至于要杀死哪个呢，则由你来选择，那么你会怎么选？"

"问这种问题干吗呀？"刘午涛满脸疑惑地问。

"你先回答我。"

刘午涛认真地思考了一下这个问题，忽然感到鼻尖一酸，眼睛也湿润了，"我……我会选择让你活着。"

"为什么？"这个回答倒在刘一鸣的意料之外。但刘一鸣可以听出，父亲的回答是真心的。

"因为你是我的儿子，是我最爱的人。"刘午涛哽咽道。

他的回答让刘一鸣感到全身发热。他忽然记起，自己不光是一个父亲，还是一个儿子。

"爸，对不起，我也是这样选的。"刘一鸣说完，举起毒针扎向父亲的脖子。

"你干吗？啊！"刘午涛倒在地上抽搐起来。

刘一鸣蹲了下来，"爸，原谅我。"

但此时刘午涛双目圆睁，一动也不动，似乎没有听到他的话。

此地不宜久留，刘一鸣马上离开刘午涛的家，回到车上。启动汽车的时候，他无意中向车内的后镜看了一眼，只见自己的双眼都噙着泪水。

他永远失去父亲了——这个世界上最爱他的人。

神秘人再次来电："黑桃4先生，恭喜你完成任务了。"

刘一鸣红着眼睛嘶吼道："快放了我儿子！"

"你放心吧，我是不会食言的。我现在就把你儿子带到一家酒店去，一个小时后我会告诉你酒店的名字和房间号，到时候你去接你儿子吧。"

神秘人和刘一鸣之间的交易，正在走向结局。

9

慕容思炫和郑天威离开牧文新村小区后，继续根据霍奇侠提供的线索，跟着刘一鸣的汽车。

"刘一鸣刚才到牧文新村干什么呢？他现在又要去哪里呢？"郑天威一边开车一边跟思炫讨论。

"根据新黑桃8范倚维向宇文提供的情报，刘一鸣的母亲、妻子和妹妹均在二〇〇三年遇害，她们都是被一个名为蜈蚣帮的黑社会组织的成员杀死的。而刘一鸣的岳父，就是在牧文新村独居的。"范倚维花了几年时间所搜集的那份部分鬼筑成员的名单、背景及犯罪证据，思炫虽然只看过一次，但已记住了里面的全部内容。(参看《情蛊》)

"难道刘一鸣刚才是去找他的岳父？我稍后找人查一下他岳父住在牧文新村哪一幢……"

郑天威的手机一直跟霍奇侠处于通话状态，此时他一句话还没说完，忽然听到手机中的霍奇侠说道："刘一鸣的汽车驶进了一条没有监控摄像头的小巷，追踪暂时中断了。"

"哪条小巷？"思炫问。

"白玉巷。"

郑天威皱了皱眉，"刘一鸣去白玉巷干什么呢？"

思炫快速地回忆了一下范倚维所搜集的那份情报中跟刘一鸣相关的内容，接着说道："永宝花园小区就在白玉巷旁边。"

"永宝花园怎么啦？"郑天威不解。

"范倚维提供的那份情报有提到，刘一鸣的父亲刘午涛，就是住在永宝花园的。"

郑天威总算明白了思炫的意思,"你怀疑刘一鸣到他父亲家中去了?"

"有这种可能性存在。"刘一鸣先去岳父所住的小区,现在又去父亲所住的小区,到底要干什么呢?思炫开始把这起案件中的各种重要线索串联起来了。

"那我们快到永宝花园去看看吧。"郑天威只想尽快抓住刘一鸣。

两人开车来到永宝花园小区后,直奔管理处调取小区大门的监控录像,果然发现刘一鸣在二十多分钟前来过,并于十分钟前离开。

"我们现在是要去追刘一鸣,还是先去他父亲家里看一下?"郑天威向思炫征求意见。

思炫微一沉吟,说道:"他恐怕已经回到白玉巷开车走了,你让霍奇侠继续监视他的移动轨迹,我们则到他爸的家里去看看。"

"好!"

两人向工作人员询问了刘午涛的具体地址后,来到刘午涛的家门前。郑天威按下门铃,却久久没人来开门。

"难道刘午涛外出了?"郑天威话音刚落,思炫已经用铁丝把门锁打开了。

"哎呀,你这是让我私闯民宅呀!"郑天威脸露难色。

"那你在外面等我吧。"思炫不等郑天威答话,径自走进屋内。

"喂,等我一下。"郑天威也跟着思炫走了进去。

两人快速地搜查了刘午涛的住宅,却发现屋内空无一人。不过,思炫在大厅的茶几上发现了一支类似飞镖的针筒。

郑天威打量了一下这支针筒,"这有点儿像狗贩子毒狗用的那种毒针啊。"

思炫没有回答。他的心中,已经有了结论。

10

一个小时后,神秘人果然再次来电:"黑桃4先生,久等了。"

"我儿子在哪里?"刘一鸣劈头就问。

神秘人也不卖关子了,说道:"新紫翠酒店815房,你来接他回家吧。"

不等刘一鸣答话,神秘人又挂了电话。

现在刘凡真的在新紫翠酒店吗?刘一鸣总觉得其中有诈,但为了救儿子,哪怕是刀山火海,他也要闯一闯了。

他马上开车前往新紫翠酒店,途中心中一直在默念:儿子,你千万不要出事啊,你是我在世界上唯一的亲人了。

曾经,除了儿子刘凡,还有一些他所爱着的人。可是现在,这些人都已永远离开了他。

他不禁想起了那明明已经很遥远，却又历历在目的往事。

十四年前，还不到三十岁的刘一鸣是一个名为鬼王社的黑社会组织的成员。他为了快速上位，主动向鬼王社的帮主裘夜留提出，由他潜入鬼王社的敌对黑社会组织蜈蚣帮当卧底，为鬼王社收集情报。帮主裘夜留十分欣赏刘一鸣的野心，答应让他执行这个卧底计划。

不久以后，刘一鸣成功加入了蜈蚣帮，成为蜈蚣帮一个堂主的手下。他经过调查，得知这个堂主把一批价值几百万的毒品藏在某个地方，于是把这个情报告诉了裘夜留。裘夜留黑吃黑，派人去把这批毒品抢走了。

一个月后，蜈蚣帮的帮主鲍剑波查到刘一鸣是内鬼，于是派人抓走了他的四个至亲之人：母亲、妻子、妹妹以及儿子刘凡。当时刘凡只有四岁，因为服下了安眠药而处于昏睡状态，跟刘一鸣的妈妈、妻子和妹妹一起被带到蜈蚣帮的一个窝点。

随后，帮主鲍剑波叫人把刘一鸣也带来了，刘一鸣看到自己的亲人们被抓，知道事情败露，马上跪下来求鲍剑波放过他的亲人。

"波哥，罪不及父母，祸不及妻儿呀，请你放了他们，至于我，你想怎么处置都可以。"刘一鸣求饶道。

鲍剑波翻了翻眼皮，阴阳怪气地道："一鸣呀，你向鬼王社那边的人告密的时候，就该想到自己会有这么一天呀。"

"波哥，我错了，我真的错了。"刘一鸣一个劲儿地向鲍剑波磕头。鲍剑波却只是冷笑。

那个被抢走了几百万毒品的堂主此时也在现场，他知道刘一鸣今天是必死无疑了，但也不忍心看着他的亲人被杀，于是走出来向鲍剑波求情："波哥，让我亲手干掉刘一鸣这个叛徒。但是这件事确实跟他的家人无关，您就放了他们吧。"

鲍剑波向那个堂主瞥了一眼，忽然掏出一把手枪，对着堂主的脑袋扣动了扳机。只听"砰"的一声，堂主被爆头倒地，一命呜呼。这一切突如其来，在场众人都瞠目结舌。

"你用人不慎，害我损失了几百万，还有脸说话？"鲍剑波鬼气森森地说。

刘一鸣听他这么说，不禁倒抽了一口凉气。这个堂主只是因为没有发现自己是内鬼，就被一枪爆头了，那自己这个内鬼，哪里还有活命的可能？他知道求饶也没用，索性就不说话了。

没想到鲍剑波却斜眼看了看他，狞笑道："你以为我一定会杀死你和你的亲人，对吧？我就偏偏不这么做。"

刘一鸣双眼一亮，但仅仅在半秒以后，心中却是一沉：这个鲍剑波阴险毒辣，他不肯爽快地杀了我们，肯定是要用什么恶毒的手段来折磨我们。

只见鲍剑波叫手下取来一副扑克牌，放在桌面上，"刘一鸣，你随便抽一张牌吧。如果你抽到红桃，那就可以带走一个人。但如果抽到其他花色，我就立即杀死一个人——要杀谁由你来选。"

人为刀俎，我为鱼肉，刘一鸣根本没有选择的余地，只好开始抽扑克牌。

第一张他抽到了"死牌"——梅花K。如果不做出选择，鲍剑波会杀死他的所有亲人，迫于无奈之下，刘一鸣先选择了自己的妹妹。

鲍剑波吩咐一名蜈蚣帮成员就在刘一鸣面前杀死了他的妹妹。刘一鸣的妈妈目睹女儿遇害，晕了过去。

第二张还是"死牌"——梅花4。这一次他忍痛选择了自己的妈妈。一名蜈蚣帮的成员在鲍剑波的授意下杀死了刘一鸣的妈妈。

第三张终于抽到了"活牌"——红桃7。刘一鸣选择带走儿子——他最重要的人。

第四张还是"活牌"——红桃3。就当刘一鸣以为自己可以把妻子和儿子都带走时，鲍剑波却说他自己也算一个。刘一鸣把这张红桃3留给了自己。

最后一张是"死牌"——黑桃4。刘一鸣的妻子终究难逃一死。

"好了，带着你儿子滚吧。"看到刘一鸣被折磨得血泪盈襟，鲍剑波感到心满意足。

一名蜈蚣帮的成员向他提醒："波哥，他害我们没了几百万的货，你就这样放了他？"

"我向来是说话算话的，我说只要他抽到一张红桃花色的牌，就放走一个人，难道我在放屁？"鲍剑波阴恻恻地道。

那成员听鲍剑波这样说，大吃一惊，哪里还敢说话？其他成员想到那个堂主的下场，自然不敢再有异议。

鲍剑波最后对刘一鸣说："听清楚了，我给你三天时间滚出L市，三天后，如果我还在L市见到你，格杀勿论。"

刘一鸣也不回答，抱起还在昏睡中的刘凡，狼狈地逃离现场，逃离这个地狱般的地方。

翌日，刘一鸣准备带着刘凡离开L市，远走他乡。没想到有一个自称"黑桃A"的人联系他，邀请他加入一个名为鬼筑的组织。

"只要你愿意加入鬼筑，我们可以为你的亲人们报仇。"这是黑桃A开出的条件。

原来，刘一鸣所在的黑社会组织鬼王社的帮主裘夜留，实际上是鬼筑当时的首领大鬼。他之所以同时也担任鬼王社的帮主，只是为了掩人耳目，用鬼王社来掩饰鬼筑这个庞大犯罪组织的存在而已。

裘夜留通过一段时间的观察，发现刘一鸣虽然人品不怎么样，但头脑聪明，处事冷静，是一个可用的人才，于是便让黑桃A招募他加入鬼筑。

为了给妈妈、妻子和妹妹报仇，刘一鸣毫不犹豫地加入了鬼筑。

两个月后，刘一鸣在鬼筑成员的协助下，亲手杀死了蜈蚣帮的帮主鲍剑波，以及当天在自己三个亲人被杀时在场的十多名蜈蚣帮成员。蜈蚣帮因此元气大伤，不久以后便解散了。

后来，刘一鸣凭着自己的实力，多次出色地完成组织指派的任务，在鬼筑中步步高升，最后还加入了鬼筑的黑桃会，代号黑桃4——竟然跟杀死他妻子的那张扑克牌一样。

刘一鸣没有把当年的事告诉儿子，所以刘凡一直以为是因为刘一鸣混黑社会，得罪了其他黑社会的人（事实上确实是这样），才导致自己的奶奶、妈妈和姑姑被杀害，所以跟他的关系一直不好。

"他甚至说要当警察，亲手抓我，唉——"

当刘一鸣想到这里的时候，他已经来到新紫翠酒店的大门前了。

"儿子，我不会让你出事的，十四年前不会，现在也不会。"

刘一鸣吸了口气，大步走进了新紫翠酒店。

11

霍奇侠通过街道上的监控录像查到，刘一鸣在十多分钟前开车来到新紫翠酒店，马上把这件事告诉了慕容思炫和郑天威。

两人立即开车前往新紫翠酒店。

"为什么刘午涛家里会有一支针筒呢？"郑天威一边开车一边

问道。

思炫蹲在后排的座位上,正在快速地组装着一个"二十四锁"孔明锁,听到郑天威的话,手上的动作没有丝毫停滞,嘴上则说道:"那根本不是毒针。"

"不是毒针?"郑天威微微一怔。

"针筒里所装的,应该只是注射用水或者蒸馏水。"

12

刘一鸣来到新紫翠酒店815房,看到房门虚掩,于是推开房门走了进去,只见床上有一张被子,被子下面似乎有一个人。

"阿凡!"

刘一鸣大步走到床前,掀开被子,却见被子下方只是几个枕头而已。刘一鸣心头一惊,知道中计。几乎在同一时间,几个人突然从身后的衣柜窜出来,合力把他按在床上,其中一个人还拿着一把电击器,向刘一鸣的脖子戳去。刘一鸣只感到脖子一阵麻痹,接着便不省人事了。

不知道过了多久,刘一鸣悠悠醒来,只见自己躺在床上,全身上下被五花大绑。在他面前还有三个人,竟然是今天被他"杀死"的妹夫杨高、岳父赵远安以及父亲刘午涛。

"你……你们……怎么会……"哪怕刘一鸣经历过不少大风大

浪，此时也不禁目瞪口呆。

"看到我们没死很奇怪吧？"杨高向刘一鸣瞥了一眼，淡淡地说。

刘午涛走前一步，一脸严肃地问："一鸣，我要问你一个问题。"

"爸，你们这是在搞什么呀？快帮我把绳子解开呀。"刘一鸣佛然道。

刘午涛一字一顿地问："当年你妈她们遇害的时候，你是不是也在场？"

他在说这句话的时候，不禁又想起了自己的亡妻沈琦。

刘午涛和沈琦婚后相敬如宾，数十年来都十分恩爱。可是，那一年，沈琦患上了老年痴呆症，忘记了刘午涛是谁，也忘了自己的一对儿女。

于是刘午涛买了一束玫瑰，还有一枚戒指，就像当年向沈琦求婚那样，在家里的阳台再次向妻子求婚，希望妻子可以记起他，记起以前的事。

"送给你的。"刘午涛把玫瑰花递给沈琦。

"好漂亮呀！"沈琦的目光恢复神采。

刘午涛又掏出了戒指，"琦，嫁给我吧。"

"啊！"沈琦又惊又喜。

"答应我，好吗？"一切就跟当年的情景一模一样。

"好啊……午涛……我本来就是你的妻子啊。"沈琦终于记起刘午涛了。

刘午涛喜极而泣。

"一鸣呢？子昕呢？"她接着还想起了自己的一对儿女。

"他们都很好啊，我叫他们这两天一起回来吃饭，好不好？"刘午涛喜不自胜。妻子真的什么都记起来了。

可是他万万没有想到，第二天，沈琦却被蜈蚣帮的人抓走了。

当刘午涛再次见到她的时候，她已经被蜈蚣帮的人杀死了，千疮百孔的尸体惨不忍睹。

刘午涛一直以为妻子之所以被杀，是因为他俩的那个混黑社会的儿子刘一鸣得罪了蜈蚣帮的人。直到不久前，他才知道事情的真相。

"爸，你说什么呀？妈遇害的时候，我怎么会在场呢？"刘一鸣装傻。

刘午涛的脸上掠过一丝失望的表情，他叹气道："事到如今，你还不承认吗？你知道吗？不久前，有个自称'H先生'的人联系我和老赵、阿高，他说要让我们亲眼看一下我的妻子、老赵的女儿和阿高的妻子的死亡真相，我们三个人根据H先生的指示来到我们现在身处的这个房间，发现他给我们留下了一台平板电脑，里面有一段视频，是当年你妈她们遇害时，蜈蚣帮的一个成员偷偷拍下的。"

当时竟然有人拍下了视频？刘一鸣心中一凛，却仍然矢口否认："什么视频啊？跟我有什么关系吗？"

"一鸣，你现在真的没必要再说这种话了，我们三个都看过那段视频。当时那个黑社会老大让你抽扑克牌，还说如果你能抽到红桃花色，就可以带走一个人，如果抽到其他花色，他就会立即杀一个人，对吧？你所抽的第一张扑克牌是什么，视频没有拍到，但显然不是红桃花色的。而你第一个人要杀的人，就是你的妹妹，后来，她……她就被人用刀子捅死了……"

刘午涛提到女儿惨死的情景，声音呜咽，心中悲痛欲绝。

杨高听刘午涛说到这里，也感到椎心泣血，他不禁想起了自己和妻子刘子昕的往事。

杨高本来在一所大学里当美术老师，他是个儒雅英俊的美男子，学校里有不少单身女老师都暗恋他，但他从来没有心动过，直到他遇到那个叫刘子昕的学生。

刘子昕那开朗热情、敢爱敢恨的性格吸引了杨高，但一开始他不敢去爱，毕竟他和刘子昕相差了十二岁，他不想刘子昕活在别人的流言蜚语之中。但刘子昕却十分坚定，对于世俗的眼光毫不理会，非君不嫁，杨高终于为之感动。刘子昕毕业后没多久，两人便结婚了。

婚后，从小喜欢打游戏的刘子昕自学了编程，后来在一家IT公司任职程序员，而杨高则辞职了，在家专心绘画，想要实现自己当画家的梦想。

那天下午，杨高完成了一幅作品，心情大好，于是做好了饭菜，并且给刘子昕打了一通电话："亲爱的，今晚我做了你最喜欢的菜，下班后早点回来吃饭吧。"

"知道啦，我下班后马上回来。"

没想到刘子昕在下班回家的途中被蜈蚣帮的人抓走了。当杨高再次见到她的时候，她已经是一具体无完肤的尸体了。

在此之后，杨高没有再婚，他一直放不下刘子昕——这辈子他最爱的女人。

他本以为一切将会逐渐被淡忘，没想到不久前他却看到了H先生提供的那段视频，亲眼看到刘子昕被杀的情景。

视频中的刘一鸣抽出第一张扑克牌以后，根本没有经过考虑，直接指向刘子昕。那可是他的亲妹妹呀。如果当时刘一鸣没有选刘子昕，她或许就不会死。杨高认为是刘一鸣害死了自己的妻子，他要为爱妻报仇。

此时，刘一鸣就在他的面前了，他紧紧地盯着刘一鸣，目光之中充满恨意。

刘一鸣听完刘午涛的话，知道他们三个确实已经知道了当时的情况，索性豁出去了，大声说道："那我要怎么选啊？被抓走的四个人，有我的妈妈、我的妻子、我的妹妹，还有我的儿子，哪个我都不想选。你们自己说，如果你们是我，当时你们怎么选？

如果可以，我希望那些人渣杀了我，然后放了他们四个，可是这有可能吗？"

"现在说这些有什么用？"杨高冷冰冰地说，"刘一鸣，当年你第一个选的人是我的妻子，就凭这一点，今天我就不可能让你活着离开这里了。"

"爸，你先解开我的绳索再说！"刘一鸣现在只能向父亲求救。

但刘午涛却说："你抽的第二张牌仍然不是红桃花色的，对吧？这次你竟然要杀生你养你的妈妈，你是怎么狠下心来的？"

"爸，我当时真的没得选呀。"刘一鸣咬着牙说道。

"那茜茜呢？"赵远安冷不防说了一句。

他的妻子早死，他和女儿赵惠茜相依为命。赵惠茜跟刘一鸣结婚后，家里便只剩下赵远安一个人了。女儿出嫁之后，他整整三个月夜不能寐。

幸好赵惠茜也十分挂念他，每个星期都会回来陪他一两天。在刘一鸣和赵惠茜的儿子刘凡出生后，赵惠茜更经常带着这个小外孙回来探望外公。女儿和外孙回家的时候，便是他最快乐的时光。

可是他没有想到，自己的爱女突然死于非命，自己竟然要白发人送黑发人。

此时，他向刘一鸣质问道："你抽到的第三张牌是红桃花色的，对吧？那个黑社会老大让你选一个人带走，而你，竟然没有选茜茜。你为什么不选她啊？你们结婚的时候，你明明答应过我，要代替我照顾她一辈子，为什么你没有做到？"

刘一鸣反驳道："如果让茜茜选，她也会选我们的儿子的。你也是当父亲的，你应该知道，我们做父母的，宁愿自己死，也要保住孩子。"

赵远安冷然道："那第四张牌呢？你还是抽到红桃花色的吧？可是，你把这张牌留给了自己。"

"我……我……"这一回刘一鸣无从辩驳。

"你这个贪生怕死的人，是你害死了我的女儿！"赵远安义愤填膺。

刘一鸣知道杨高和赵远安都对自己恨之入骨，想要活命，只能靠自己的父亲，"爸，你别听他们的，先帮我解开绳子再说。"

刘午涛长长地叹了口气，慢悠悠地讲了起来。

"当时，我们三个人看完那段视频后，H先生又给我们打了一个电话，他说他可以为我们制定一个计划，让我们三个人联手杀了你，为我们最爱的人报仇。老赵认为确实是你害死了他的女儿，阿高也认为的确是你害死了他的妻子，他们都要找你报仇。但是，你虽然间接害死了我的妻子和女儿，但你终究是我的儿子啊，我怎么忍心让他们杀了你？

"于是我对他俩说，你当年也是迫不得已，这些年来，你肯定经常被良心折磨，内心十分痛苦。我求他们给你一个机会。但H

先生却说，你并没有为当年的事感到内疚，如果再来一次，你还是会义无反顾地对自己的亲人痛下毒手。

"最后我和老赵、阿高经过商量，决定执行H先生的计划，对你进行测试。我们让H先生帮忙抓走凡凡，然后给了你三支'毒针'，让你杀死我们。你……你居然真的像H先生所说的那样，毫不犹豫地'杀死'了我们三个。"

刘午涛说到最后，想到自己"死于"儿子之手，真是无肠可断，连声音也嘶哑了。

而刘一鸣则感到怒火中烧。这一切竟然是一个测试自己的局？此时此刻，他已经猜到了H先生的身份：这个多管闲事的混蛋！

但相比于愤怒，他的心中更多的是恐惧。

"你没有通过测试。这个房间，就是你人生的终点。"杨高用冷漠的语气说道。

今天上午，在刘一鸣把"毒针"刺进他体内的那一刻，他便明白这个大舅子无可救药，当时便下定决心要把他杀死。刘一鸣砸窗逃离包间后，杨高知道服务员很快就会破门进来，为免节外生枝，他自己也马上从地上爬起来，通过窗户离开了包间。

他当时本想追上刘一鸣，把他杀死，但一来没有信心对付刘一鸣，二来他想让赵远安和刘午涛明白刘一鸣确实如H先生所说的那样，丧心病狂，死不足惜，所以才暂时没有动手。

"爸，我这样做也是为了救阿凡啊，为了救你的孙子啊！"刘一鸣知道现在自己随时都会死于杨高或赵远安之手，只好再次向父亲求助。

刘午涛却摇头不语。

"老刘，别跟他说了，他'杀死'我们的时候，也是出手果断，没有任何迟疑。"赵远安说罢掏出了一把水果刀。

刘一鸣脸色大变，难道我堂堂黑桃会的黑桃4，今天竟然阴沟里翻船，要命丧于此。

"老赵，让我亲手来了结这个不肖子吧。"刘午涛向赵远安伸出了手。

赵远安想了想，把刀子递给了刘午涛。他想，刘午涛要为女儿报仇，要为妻子报仇，还要为他自己报仇，他对刘一鸣的怨恨，应该比自己要深。

"爸，不要杀我……不要杀我……"平日杀人不眨眼的黑桃4在面对死亡时，显得气急败坏。

刘午涛举起刀子，却忽然以极快的速度向自己身旁的杨高刺去！

杨高毫无防备，还没反应过来，便被刘午涛捅了一刀，手捂腹部，受伤倒地。

赵远安大喝："老刘，你在干什么？"

"他再怎么说也是我儿子，我不能让他死！"刘午涛大吼一声，高举水果刀，又向赵远安刺去。

赵远安手无寸铁，后退了两步，双手抱头。眼看刀子来到赵远安的身前了，就在此时，躺在地上的杨高忍着疼痛，一把抓住了刘午涛的双脚，把他往后拉了一下。刘午涛惊呼一声，摔倒在地，刀子脱手飞出，落在地上。

赵远安眼疾手快，跑过去捡起了刀子。

"茜茜，我的乖女儿，安息吧！"

他说罢举起刀子，狠狠地向刘一鸣的心脏刺去。

"阿凡……"在生命的最后一刻，刘一鸣想到的人还是自己的儿子刘凡。

13

慕容思炫和郑天威来到新紫翠酒店，调取监控录像，得知刘一鸣进入了815房。可是当他俩来到815房的时候，刘一鸣已经死了。

杨高身受重伤，气息奄奄；刘午涛瘫坐在地上，看着刘一鸣的尸体，怔怔出神；至于杀死了刘一鸣的赵远安此时则已经逃之夭夭了。

当然，在这个满布监控摄像头的城市里，他是逃不掉的。

郑天威马上拨打急救电话，让救护车前来把杨高送到医院。

思炫则用房间里的毛巾先为杨高止血。

在等待救护车前来的过程中,刘午涛收到了刘凡的电话。

"爷爷,我昨天跟您吃完饭,回家的途中被坏人抓走了,直到刚才那个人才放了我。哼,肯定是刘一鸣又得罪了什么人!爷爷,这几天您也要小心一些呀。那个混蛋,到底还要连累我们多久呀?"刘凡愤愤不平地说。

刘午涛呆呆地看着刘一鸣的尸体,低声说道:"他再也不会连累你了,你永远都不会再见到他了……"

这时候,思炫的手机响起,来电是一个陌生号码。他接通电话后,只听从手机中传出来的是"活尸"司徒门一的声音。

"慕容,别来无恙?"

"有话就说。"

"数个月前,你决定协助吴依伦子,可是最后刘一鸣却把吴依伦子炸死了,这也太不给你面子了,所以今天我便送给你一份礼物——刘一鸣的命。怎么样?还喜欢吧?"

那个为刘午涛、赵远安和杨高制定复仇计划的 H 先生,自然就是慕容思炫命中注定的对手——司徒门一。

"如果你把你自己的命送给我,我会更加高兴。"不等司徒门一回答,思炫便挂断了电话。

14

仍是一个冰冷的夜。

司徒门一再次来到那幢烂尾楼的天台,跟不久前把刘一鸣被催眠后的资料交给他的那个男子碰头。

"刘一鸣已经死了,不会再对你造成威胁了。"司徒门一淡淡地说。

那男子咧嘴一笑,"哈哈,司徒先生,辛苦啦。上次在香港我带了两组人开直升机救了你,现在你帮我弄死了刘一鸣,咱俩算是扯平啦。"(参看《裁决者之殇》)

司徒门一向男子瞥了一眼,冷冷地道:"是的,我必须尽快把当时的人情还给你,否则就没有机会了。"

男子收起笑容,"为什么呀?"

司徒门一没有回答他的问题,只是说道:"你为什么要杀死刘一鸣?因为你想除掉大鬼,取而代之,成为鬼筑的首领,对吧?要除掉大鬼,首先要对付黑桃会的成员,其他成员还好说,但曾被易郁涵种下心锚的刘一鸣绝对不会背叛大鬼,所以你便要先除掉他。"

男子皮笑肉不笑地说:"司徒先生果然聪明呀,那接下来我们还要不要继续合作呢？等我成为鬼筑的首领后，我们便可以联手创造一个罪恶的世界啦。"

"我很久以前就说过，道不同不相为谋。我在人间赏善罚恶。而你们却为了谋求利益，无恶不作。你觉得像你这种双手沾满鲜血的魔鬼，有资格与我为伍吗，黑桃10先生？"

此刻站在司徒门一面前的这个在黑桃会中位高权重的黑桃10听司徒门一这样说，微微一呆，干笑道："哈哈，随便你吧。"

"对了，我最后还要提醒一下你，在黑桃10和大鬼之间，还隔着黑桃J、黑桃Q、黑桃K、黑桃A和小鬼五张牌。虽然现在黑桃J和小鬼已经被干掉了，只剩下三张牌，但你的实力不足以支撑你的野心，你想一下子连跳三级，小心摔死哦。"司徒门一神态自若地说。

"格局小啦，不合作就不合作呗，干吗要咒我死？"黑桃10虽然仍是一副嬉皮笑脸的样子，但脸上已有怒色。

司徒门一却不再理会他，转过身子，大步离开天台。

他知道，这应该是自己最后一次见到这个笑里藏刀的家伙了。

第三章　黑馆中的黑桃10

1

"叮咚——叮咚——"

清脆的门铃声响起。慕容思炫慢悠悠地走到大门前,开门一看,站在门外的是一个三十来岁的女子,容貌绝丽,但神色冰冷,正是有"冰冷女诸葛"之称的 L 市刑警支队的支队长宇文雅姬。

思炫打了个哈欠,面无表情地问:"你才刚复职,就来找我干活儿?"

雅姬微微一笑,"毕竟你是咱们警察局外聘的刑侦专家嘛,不用白不用。"

"说吧,什么事?"

雅姬掏出了一张照片,"你认识这个人吗?"

思炫接过照片一看,是一个二十多岁的男子,容貌俊雅,英气逼人。他认得这个人叫陈究风,是一名欺诈师。

十年前,思炫和郑天威在悠然居喝早茶,无意中看到一场街头骗局,一个神棍想对一名妇女实施调包骗,幸好在关键时刻,一个男生出手阻止，骗走了神棍，挽回了那妇女的损失。这个男生便是陈究风。

五年前，思炫在一家游艇俱乐部兼职驾驶员，刚好又碰到陈究风。当时陈究风在游艇上设局，想要对付一个老千，没想到反被那个老千暗算，险些失手，幸好在危急关头，思炫出手相助，最后陈究风安然无恙，而那个老千也被警察逮捕了。（参看《欺诈之狐》）

在此之后，思炫便没有跟陈究风见过面。

"认识。"思炫答道。

"他是怎样的一个人？"雅姬问。

"他是一个欺诈师，据我所知，他向来只会骗坏人，不会对好人下手。"思炫很好奇雅姬为什么会突然对陈究风感兴趣。

雅姬点了点头，"是的，我也听说过他的事。不过，最近发生的几宗诈骗案，似乎都跟他有关。在那几起案子中，被骗的都是正当商人。有些人被他诈骗后，不仅公司破产，还欠下巨额债务，最终因为走投无路而自杀。"

"哦？"思炫觉得此事并不简单。

"所以，"雅姬说出来意，"我想你帮忙调查一下这个陈究风。"

"报酬呢？"

"十斤糖果。"

思炫"咦"了一声，"按斤算？是选什么都可以吗？"

雅姬笑了笑，"对。"

"成交。"

2

二〇一八年六月二十四日。

晚上八点四十七分。

L市城南郊外，乌云密布，飞沙走石，偶尔还有一两道闪电在夜空中划过，似乎即将要下一场大雨。

此时此刻，王子夏就在城南郊外，站在一座形状奇特、外墙全黑的房子前面。这座房子名叫"黑馆"，是由天才建筑师狄追设计的。

狄追是建筑界公认的设计大师，曾设计过不少稀奇古怪的建筑，其中位于L市的"黑白双馆"就是他的代表作之一。

黑馆和白馆的外形都是一个巨大的立方体，因为设计新颖，曾获得不少关注。其中，黑馆位于L市城南的郊外，无论是外墙还是内墙，都是黑色的；白馆则位于L市城北的郊外，跟黑馆相反，它的外墙和内墙都是白色的。

除了颜色不同，黑馆和白馆的面积、布局都是完全一致的。

黑馆和白馆不仅都是狄追设计的，同时也是他名下的房产。狄追有一对双胞胎儿子，他跟妻子以及两个儿子，一家四口，本来住在远离市区的一栋别墅里。狄追喜欢安静,所以在两个儿子成年后,便把黑馆赠予大儿子狄青林,把白馆赠予小儿子狄青亮,并且让他俩搬过去住。

后来狄追的妻子去世了,狄追便在别墅里独居,专心创作。大儿子狄青林一直住在黑馆中,而小儿子狄青亮也一直住在白馆中,两人跟父亲狄追很少见面。

一周前,狄追因为癌症病逝,他的遗嘱将在第二天上午由律师公布。他拥有巨额遗产,他的遗产要如何分配,自然是他的两个儿子都极为关心的问题。

目前,狄追的遗嘱内容无人知晓,但他的律师说,狄追生前交代过,在遗嘱公布之时,不在现场的人将失去继承资格。

他为什么要这样做呢?外界传闻,狄追的妻子在去世前曾向他坦白,狄青林和狄青亮并非他的亲生儿子。狄追听后怒不可遏,但妻子已经撒手人寰,他只能把怨气发泄在两个"儿子"身上,所以试图让他俩在继承遗嘱时自相残杀。当然,这只是传闻,真相是否如此,除了狄追没人知道。

那么,王子夏又为什么会来到狄青林所住的黑馆前呢?

原来,王子夏有个哥哥,名叫王子冬,是一名资深老千。五年前,王子冬在一艘游艇上设局,想要对付一个叫陈究风的欺诈师,没想到却意外失手,被警察逮捕,目前仍在服刑。

王子夏是鬼筑黑桃会的成员,代号黑桃10,不少鬼筑成员都听命于他，有一些成员还是他的心腹，跟着他出生入死，对他忠心不贰。这些年来，王子夏一直在让这些心腹追查陈究风的下落，想要把他揪出来，好好地教训一下，甚至想杀了他，为自己的哥哥出一口气。但陈究风行踪飘忽，他的追查一直徒劳无功。

今天中午，他的一名心腹查到了一件事：狄追的小儿子——白馆的馆主狄青亮，委托了"千面狐"陈究风对付他的哥哥——黑馆的馆主狄青林，让他在明天律师宣读遗嘱时无法出现。陈究风要对付狄青林，自然要来黑馆。也就是说，今天陈究风很有可能在黑馆出现。

王子夏知道这个消息后，立即开车来到黑馆，就在黑馆大门外监视。他早就把陈究风的背景调查得一清二楚了，对于他的长相、身高、体形等都了然于胸。只是，根据他的调查，这个陈究风精通易容化装，可以戴上一张硅胶人脸面具，伪装成另一个人。所以，今天所有接近黑馆的人，都是王子夏的重点调查对象。

然而王子夏从下午等到现在，仍然没看到一个人接近黑馆。难道自己来迟了一步，在自己到达之前，陈究风已经对付了狄青林？

就在此时，暴雨倾盆而下。王子夏只好走到黑馆的大门前，按下了门铃。

不一会儿，大门打开了。来开门的是一个六十岁左右的灰衣男子，他的头上戴着一顶深蓝色的鸭舌帽。

"请问你找谁?"灰衣男子向王子夏看了一眼,礼貌而冷淡地问。

王子夏笑嘻嘻地说:"大爷,我的汽车抛锚了,手机也没电了,能借手机给我打个电话吗?我想找人过来拖车。"

灰衣男子犹豫了一下,"你稍等一下,我到屋里取手机。"

"好嘞,麻烦啦。"

片刻以后,灰衣男子和一个二十来岁的男人一起出来。王子夏今天下午监视黑馆时,曾上网查过狄追的资料,他认得此时和灰衣男子一起出来的这个男人,正是狄追的大儿子狄青林。

当然,狄追的两个儿子长相是一样的,但这个人住在黑馆,应该就是大儿子狄青林没错了。

王子夏心中暗喜:看来陈究风还没动手,也就是说,他今晚会来黑馆,到时候我就可以把他干掉了。

狄青林十分热情,"这位大哥,现在雨这么大,恐怕拖车的人也不会过来吧?要不你先进来避避雨吧。"

他的话正合王子夏的心意,王子夏双掌合十,一脸感激地说:"那我就打扰啦。"

王子夏跟着狄青林以及灰衣男子走进黑馆,来到大厅,四处打量,果然和外界所说的一样,馆内的所有墙壁都是黑色的,看上去十分诡异。

"大哥,你贵姓呀?"狄青林问道。

王子夏随口说道："我姓张。"

"张大哥，这雨恐怕还要下一段时间呀，现在都快九点了，恐怕你今晚也回不了城区了，如果你不嫌弃，就在我这儿住一晚吧？"狄青林提议道。

然而王子夏见他如此好客，反而提高警惕。自己可是A级通缉犯，虽然已经做了简单的化装，难道还是被对方认出来了吗？

不等王子夏回答，狄青林又对那灰衣男子道："马管家，麻烦你带这位张大哥到客房吧。"原来那个灰衣男子是狄青林的管家。

"好的。张先生，请跟我来。"马管家恭恭敬敬地说。

"这样会不会不方便啊？"王子夏有些迟疑。

"不会啊，反正这里只有我和马管家两个人。"狄青林笑着说。

"好吧，那今晚就打扰你们啦。对了，阁下怎么称呼？"王子夏明知故问。

"我姓狄，你叫我小狄就好啦。时间也不早啦，你快去休息吧，有什么需要你吩咐马管家就可以了。"狄青林说罢打了个哈欠，看来他也已经困了。

接下来，王子夏便跟着马管家来到一条走廊，走廊内有几个房间，每个房间的房门都是打开的，马管家带着他来到某个房间前："张先生，这个房间我今天刚打扫过，今晚你就住在这里吧。"

"谢谢啦，马管家。"

"不客气。"

王子夏走进客房后,刚关上房门,忽然听到大厅那边传来了门铃声。

难道是陈究风来了?

3

二〇一八年六月二十四日。

晚上九点零五分。

这是陈究风第一次见到建筑大师狄追所设计的建筑。他打着雨伞,看着面前这座立方体建筑,心中暗赞:大师的设计果然非同凡响。

这时候,大门打开了,开门的是个二十来岁的男子,正是这里的馆主。他之所以来开门,自然是因为听到陈究风所按下的门铃声。

馆主并不认识陈究风,"请问您是?"

陈究风轻轻地咳嗽了两声,"是这样的,我在附近夜钓,不小心迷路了,现在又下雨了,我能不能进来避一下雨呀?"

陈究风当然是在撒谎,他来这里的目的怎么会是避雨呢?他是要来对付面前这个馆主。

他接受了馆主的双胞胎兄弟的委托,让馆主在明天律师宣读他的父亲狄追的遗嘱之时,无法在现场出现。至于要怎样才能达到这个目的呢？陈究风自然已经想好了计划。

馆主看到陈究风的手上确实拿着一个钓鱼包，点了点头，"可以啊，请进来吧，今天来避雨的人还真不少呀。"

陈究风微微一怔，"有其他人来了？"

"对啊，刚才还有一位客人来了，我让他在这儿住一晚，要不您也在这儿住一晚吧？"馆主热情地邀请。

"这样呀……"陈究风求之不得，"那就打扰你啦，天一亮我就走。"

就这样，陈究风跟着馆主走进屋内。

"对了，您怎么称呼？"馆主边走边向陈究风问道。

陈究风当然不能告诉他自己的真名，"我姓杨，你呢？"

"我姓狄，您叫我小狄就可以了。"

根据陈究风此前的调查，这里本来住着两个人，现在来了一个客人，再加上自己，馆内总共有四个人。

陈究风心中隐约有些不安：那个客人是谁呢？他出现在这里，只是巧合吗？还是说，自己要来对付馆主的事，已经被其他人提前知道了？

4

王子夏打开房门，走出客房，只见马管家已经离开了走廊。他快步回到走廊的入口处，只见馆主狄青林正在跟新来的客人交谈，而马管家则不知道到哪里去了。

这个客人看上去不到三十岁，面如冠玉，丰神俊朗，正是他找了好几年的欺诈师陈究风！

王子夏心中一喜：踏破铁鞋无觅处，得来全不费工夫呀！陈究风，你既然进来了，就别想活着离开这座黑馆了。

"我带你去客房休息吧。"

狄青林带着陈究风走向走廊，王子夏生怕他俩发现自己在窥视，马上把脑袋缩了回去，接着快步回到自己的客房里，轻轻地关上了房门。

接下来，他把耳朵贴在房门上，想要听一下房门外的动静。

狄青林和陈究风经过王子夏所住的客房时，王子夏果然听到门外传来狄青林的声音："另一位客人就住在这个房间啦。"

狄青林为什么知道王子夏住在这里呢？王子夏心中明白：在马管家把自己带进走廊前，走廊里所有房间的房门都是打开的，此时狄青林看到这间客房的房门关上了，自然猜到马管家把自己带进了这间客房。

随着一声关门声，走廊外再也没有任何声息。过了片刻，王子夏把房门打开，探头一看，只见旁边的客房房门关上了，看来陈究风就住在里面。

陈究风，你要来对付馆主，却不戴上硅胶面具隐藏身份？你还真是狂妄自大呀。今天我就要你为自己的自大付出代价，嘿嘿嘿！王子夏不禁摸了摸自己口袋里的那把五四手枪。

5

馆主带着陈究风走向走廊的时候，陈究风觉得似乎有人在监视着自己。他心中一凛：难道是之前来的那个客人？

他快速地向走廊的入口处看了一眼，果然看到有人躲在走廊入口。但仅仅半秒钟以后，那人便把脑袋缩了进去，消失于他的视线之中。

虽然时间极短，但陈究风已看清楚那人的样子，心中讶然：是他？

他不禁想起五年前王子冬因为自己被警察逮捕的事了。

6

凌晨一点多，王子夏觉得时间差不多了，想要潜入陈究风所住的客房，把陈究风杀死。他刚站起来，正要离开房间，忽听传来一阵敲门声。

"谁呀？"王子夏立即进入戒备状态，他一边把右手伸进口袋，摸着口袋里的手枪，一边走到房门前，取下保险链，开门一看，却看到房门外没人。

就在此时，王子夏所住的客房正对面的房间房门也打开了，从里面走出来一个老人，却是马管家。原来马管家住在这个房间里。

马管家也看到了王子夏，他的神色似乎有些不悦，但还是比较礼貌地问道："张先生，请问你找我有什么事呢？"

王子夏怔了一下，已经明白了是怎么回事，问道："刚才有人敲你房间的门？"

"对呀，"马管家皱了皱眉头，"不是你敲的门？"

王子夏摇了摇头，"不是，我也是因为听到有人敲我房间的门才开门看看的。"

"你是说有人敲了我俩的房门，然后就走开了？奇怪。"马管家脸露疑惑。

这时候，王子夏所住的客房旁边的房间门也打开了，陈究风从房内走出来，打着哈欠问道："什么事啊？"

"朋友，刚才有人敲你房间的门，对吧？"王子夏找了陈究风几年，现在陈究风就站在他的面前，这让他的心情有些激动。

第三章 黑馆中的黑桃10

"对啊。不是你们找我吗？你们是谁呀？"陈究风问。

王子夏指了指马管家，"这位先生姓马，是这里的管家。我姓张，和你一样是在这里避雨、借宿的。对了，不是我们找你，刚才有人也敲了马管家和我的房门。"

"哦，是这样呀。"陈究风点了点头。

这时候，王子夏发现马管家的房门上贴着一张小卡片。他走过去一看，只见卡片上写着一行字："我在'冥想之间'等你们。"

"'冥想之间'？"王子夏转过身看了看马管家，"马管家，'冥想之间'是什么地方呀？"

"那是黑馆里的一个正方形的房间，房内没有窗户，也没有灯具，关上房门后，里面便漆黑一团。"马管家讲解道。

"怎么会有这么奇怪的房间？有什么用呀？"陈究风好奇地问。

"顾名思义，就是冥想用的，但狄先生平时很少进去，只有我偶尔进去打打扫卫生。"

王子夏指了指房门上的卡片，"你们说，是谁在'冥想之间'等我们呢？"

陈究风走过来看了一下卡片上的内容，稍一琢磨，说道："我们去看看吧。"

"可以呀，我带你们去吧。"

接下来，马管家便带着王子夏和陈究风来到"冥想之间"。马管家打开房门，房内果然一片漆黑，伸手不见五指。

与此同时，还有一股寒意从房间里扑面而来。

"咦，是谁把这里的空调打开了？"走在最前面的马管家问道。

空调的控制面板就在房外的墙壁上，王子夏走过去看了一下，"十六度？"

马管家一边关掉空调一边说道："'冥想之间'里没人啊，不是说在这里等我们的吗？"

"可能是恶作剧吧。"陈究风满不在乎地说。

马管家思索片刻，煞有介事地说："现在黑馆内除了狄先生，就只有我们三个人，狄先生自然不会恶作剧，我也不会这么无聊。这么说，在我的房门上贴上小卡片的人，是你们其中一个？"

王子夏似笑非笑地说："我怎么看也不像是会干这种无聊之事的人吧？"

陈究风也连忙澄清："也不是我啊，我根本不知道这里有一个什么'冥想之间'。"

马管家关上了"冥想之间"的房门，有些冷淡地说："算了，大家都回去休息吧。"

三人正准备离开，陈究风忽然指了指房门，"马管家，要不你把这个'冥想之间'的房门上锁吧，免得有人来搞破坏。"

马管家点了点头，从口袋中掏出一串钥匙，找到了"冥想之间"的钥匙，把房门锁上了。

接下来，三人便离开"冥想之间"，各自回房休息。

在这种陌生的地方，像王子夏这种疑心极重的人自然不会入睡。他在房内思索着要怎样杀死陈究风才能万无一失，不知不觉又过了一个小时。这时候，再次传来一阵敲门声。

那个恶作剧的人又来了？

王子夏快步走到房门前，开门一看，却见站在门外的人是马管家。

"马管家？什么事啊？"

"刚才又有人敲我的房门，我走出来没看到走廊上有人，不过我发现我的房门上又被贴了一张新的小卡片。"

"哦？"

王子夏向马管家房间的门看了一眼，果然又被贴上一张卡片，他走过去一看，只见新卡片上写着："狄青林在'冥想之间'等你们哦。"

"这是什么意思啊？馆主在等我们？"王子夏有些摸不着头脑。

"我也不知道。张先生，"马管家稍有犹豫，还是问道，"卡片真的不是你贴上去的？"

"不是！"王子夏在心中琢磨了一下，又说，"走吧，我们再去'冥想之间'看看吧。"

"要不要叫上另一位客人呀？"马管家看了看陈究风所在的客房的房门。

"随便吧。"

马管家走过去敲了敲陈究风的房门。片刻以后，陈究风从房间里走出来，脸上仍带着睡意。马管家跟他说明了当前的情况。接下来，三人便再次来到"冥想之间"。

王子夏走到门前，转动了一下门把手，发现房门仍然处于上锁状态。

马管家左右张望，"不是说狄先生在这里等我们吗？人呢？"

陈究风指了指"冥想之间"的门，"会不会在里面呀？"

"不可能呀，房门不是上锁了吗？"马管家说罢还从口袋里掏出了那串钥匙。

"狄先生没有'冥想之间'的房门的钥匙？"王子夏问。

马管家摇了摇头，"没有，狄老先生在设计黑馆的时候，给'冥想之间'的房门安装了一把特制的锁，这把锁只有一把钥匙，而且这把钥匙无法复制。目前这把钥匙是由我保管的，所以哪怕是狄先生，也无法打开'冥想之间'的门。"

他一边说一边从那串钥匙中再次找出了"冥想之间"的钥匙，补充道："刚才把'冥想之间'的房门上锁后，这把钥匙一直在我身上。"

"你现在开门看看不就知道了吗？"陈究风有些不耐烦地说。

马管家十分固执，"用得着看吗？我锁门前房内没人，现在房内肯定也没人呀。"

王子夏觉得事情似乎越来越诡异了，"还是看看吧。"

马管家轻轻地"哼"了一声,用钥匙打开房门,竟然看到地上有一件白色的长袖衣服。

他"咦"了一声,掏出手机,打开照明灯一看,竟然发现"冥想之间"内躺着一个人!

这个人穿着白色衣服、黑色裤子和黑色袜子,头上还戴着一个黑色的头套,他把双手插在口袋里,整个人一动也不动。

正因为头套、裤子和袜子都是黑色的,他的双手又放在口袋里,而房内的所有墙壁都是黑色的,所以在马管家打开照明灯之前,他的头部、双臂和双腿都隐藏在黑暗中,马管家只看到他身上的那件白色衣服。

"这……这是谁啊?"

马管家突然看到房内躺着一个人,似乎吓了一跳,一个踉跄,后退了两步,不小心撞了王子夏一下。王子夏扶了他一把,"小心呀,老人家。"

"我进去看看。"陈究风自告奋勇走进"冥想之间",摘掉了躺在地上的那个人的头套,发现竟是狄青林!

"狄先生!"马管家诧然。

陈究风探了一下他的呼吸,摇了摇头,"没呼吸了,死了。"

"啊!"马管家惊呼一声,"怎……怎么会这样?"

"让我看看。"王子夏也走进"冥想之间",蹲下身子查看了一下狄青林的情况,发现他没有心跳和脉搏,确实已经死亡。

"他的颈部有勒痕,应该是被勒死的。"陈究风推测道。

"是谁干的呢?"王子夏似有深意地向陈究风看了一眼。

陈究风嘴角一扬,"谁是凶手,我已经清楚了。"

"是谁?"王子夏好奇地问。

"出去再说吧。"

两人走出"冥想之间"。陈究风向马管家看了一眼,淡淡地说:"马管家,是你杀死了馆主吧?"

"你……你说什么?我怎么可能这么做?"马管家听陈究风这样说,情绪激动,一时站不稳,似乎又要跌倒。站在他身边的王子夏连忙又扶了他一下,"没事吧?"

马管家站稳了身子,向王子夏摇了摇头,"没事。"

陈究风咄咄逼人:"马管家,你不用装啦,肯定是你杀死了馆主。"

"我怎么会杀死狄先生呢?"马管家一脸无辜。

陈究风有条不紊地分析起来:"除去被杀的馆主,黑馆里只有我们三个人。你刚才说过,'冥想之间'的门只有一把钥匙,而这把钥匙在你身上。一个多小时前,我们来到'冥想之间',当时'冥想之间'里没有人,对吧?随后你用钥匙把房门上锁了。在此之后,直到现在,可以打开房门、把馆主尸体放进去的人,就只有持有钥匙的你啊。"

"这……"马管家觉得陈究风所说的也有道理,一时之间不知道如何辩解，但还是大声说道，"真的不是我干的！"

王子夏没有理会陈究风和马管家的争论，只是提出了另一个问题："你们不觉得房内的温度有些不正常吗？"

"哪里不正常啊？"陈究风不解。

"一个多小时前，这里的空调是十六度，整个房间的温度很低，虽然当时马管家关掉了空调，但之后这里一直关着门，而且房间又没有窗户，所以按常理说，现在房内的温度应该还是比较低的。然而事实上，现在房内已经恢复了常温。"王子夏的直觉告诉他，这个疑点十分重要。

"为什么会这样呢？"马管家疑惑地问。

王子夏猜想："可能在我们离开之后，有人来到这里，打开了空调的暖气，让'冥想之间'快速升温，然后在我们第二次到达之前，关掉了暖气。"

"为什么要这样做啊？闲得慌吗？"陈究风觉得王子夏的猜测毫无依据。

王子夏也不多说了，心中暗忖：马管家看上去不像凶手，难道凶手是陈究风？陈究风到黑馆来，确实是为了对付狄青林，让他明天无法在宣读遗嘱的现场出现的。可是根据之前的调查，陈究风应该不会杀人啊。

"我先报警吧。"马管家的话打断了王子夏的思索。

"好啊，就让警察来查一下到底是谁杀死了馆主啰。"陈究风神态自若地说。

王子夏却心中暗惊：报警？怎么可以？

但他担心如果阻止马管家，会遭到怀疑，所以只好眼睁睁地看着马管家掏出手机，拨打报警电话。在马管家跟报警台的接线员讲述情况的时候，王子夏开始在心里盘算着下一步行动：我必须在警察到达前杀死陈究风，然后离开黑馆。那马管家呢？也杀了他灭口吧。

他本来就是一个心狠手辣的人，只要是对他有威胁的人，一律杀无赦。

他把手伸进口袋，摸到了口袋里那把五四手枪，正要动手，忽听马管家喃喃自语："有些奇怪呀。"

"怎么啦？"王子夏问。

马管家指了指躺在"冥想之间"的狄青林的尸体，"狄先生所穿的衣服，好像不是狄先生的。"

王子夏心念一动，"你肯定？"

马管家稍微想了想，答道："狄先生确实没有这样的衣服，他平时一般都是穿深色的衣服的，很少穿白色的衣服。"

"也就是说，他现在所穿的这件衣服，是凶手在杀死他以后给他换上的？"王子夏的脑海中冒出了一个想法。

"其实刚才我就觉得奇怪，现在是夏天，狄先生怎么会穿着长袖衣服呢？"陈究风接着说。

王子夏再次走进"冥想之间",仔细检查了一下狄青林的衣服的布料,忽然想到一件事,马上掏出手机查询了一下相关资料,接着自言自语:"果然是这样呀。"

"张先生,你说什么?"马管家看出王子夏有新发现。

王子夏走出"冥想之间",对马管家笑吟吟地道:"马管家,你确实不是杀死狄先生的凶手。"

"不是他?除了他谁还能把馆主的尸体放进去?"陈究风反问。

王子夏一语道出关键:"在我们第一次来到'冥想之间'的时候,狄青林的尸体就已经在里面了。"

"怎么可能?"陈究风摇了摇头,"当时马管家不是打开房门确认过吗?我们都看到房内什么都没有!"

"因为当时狄先生穿着一件黑色的衣服,还戴着黑色头套,穿着黑色裤子和袜子,而双手又插在口袋里,所以全身上下都是黑色的。而房间的墙壁也是黑色的,在这样的情况下,我们自然看不到跟墙壁的颜色融为一体的狄先生的尸体。"王子夏分析道。

"可是,在我把房门锁上后,凶手怎样隔着房门给狄先生换上一件白色的衣服?"马管家觉得这是不可能的事。

王子夏咧嘴一笑,"凶手根本不用给狄先生换衣服,因为狄先生所穿的那件黑色的衣服,会自动变成白色。"

"什么?"马管家一脸惊异。

陈究风也微微一怔,接着不屑地道:"你也太异想天开了吧?"

"这不是异想天开。我刚才还特意上网查了一下，现在确实有一种变色衣服，使用的是感温变色染料，这种染料会随着周围的环境温度和阳光的变化而变色。当低于某个温度时，衣服会呈现出某种颜色，而当高于某个温度时，衣服又会呈现出另一种颜色。"

马管家跟上了王子夏的思路："你是说，狄先生现在所穿的这件衣服，在低温时会呈现黑色，而在温度高时则会呈现白色？"

"对！"

王子夏咳嗽了两声，清了一下喉咙，接着便展开了推理。

"凶手的作案流程大概是这样的：他首先勒死了狄先生，给他换上了一件变色衣服，接着把他的尸体拖进'冥想之间'——当时房门还没上锁，打开空调，并且调到最低的十六度，这样一来，衣服便会变成黑色。

"然后凶手在马管家的房门贴上小卡片，再逐一敲我们的房门，把我们引到房外，再通过卡片把我们引到'冥想之间'。当时我们没有在'冥想之间'看到全身都是黑色的狄先生，以为'冥想之间'里什么也没有。接着马管家便用钥匙把房门上锁了。

"在我们回房后，凶手再次来到这里，通过房外的控制面板打开了房内空调的暖气，让房内快速升温，使狄先生所穿的衣服从黑色变成白色，然后便关掉暖气。

"最后凶手在马管家的房门贴上另一张小卡片，引导我们再次来到'冥想之间',看到狄先生的尸体。由于我们以为在马管家把房门上锁前,房内没有尸体,所以便会误以为把尸体放进去的人是持有钥匙的马管家。"

马管家咬了咬牙,"这个凶手也太可恶了,竟然这样嫁祸我。"

陈究风则轻轻地"哼"了一声,"你说了这么多,全部都是你瞎猜的吧?"

王子夏对于自己的推理颇有信心,不慌不忙地说:"只要打开空调,调到十六度,看一下狄先生身上的衣服会不会变成黑色不就一清二楚了吗?"

"到底是谁杀死了狄先生?"马管家脸色铁青。

"我们第一次离开'冥想之间'之前……"王子夏说到这里指了指陈究风,接着对马管家说道,"是这位客人提醒你把'冥想之间'的门上锁的,对吧?因为只有'冥想之间'的门是上锁的,他才可以嫁祸给持有钥匙的你呀。"

马管家吃了一惊,盯着陈究风,质问道:"是你杀死了狄先生?"

陈究风咽了口唾沫,没有说话。

"肯定就是他啊。狄先生带他到客房的时候,在经过我的房间时,狄先生曾跟他说另一个客人住在这里。他因此知道黑馆里有另一个客人,所以打算利用这个客人当证人,在杀死狄先生后,嫁祸给马管家你……"

王子夏还没说完,陈究风忽然左手一扬,掏出了一把刀子,直指着王子夏,"别动!别追来!"

不等王子夏答话,他已转过身子,匆匆向黑馆大门跑去。

王子夏冷笑一声,掏出手枪,向陈究风的脚边开了一枪。

陈究风吃了一惊,还没反应过来,已听王子夏笑嘻嘻地说:"我劝你别跑了,否则我就要开枪打头了。"

陈究风知道无论自己跑得多快,都比不上子弹,只好停住了脚步。

马管家看到王子夏掏出一把手枪,不禁吞了下口水,颤抖着声音问道:"张先生,你……你是谁啊?"

"马管家,别怕,我是警察。"不知道为什么,王子夏在说这句话的时候,心中忽然有些奇怪的感觉。

"警察?"马管家似乎松了口气。

"陈究风,把刀子扔在地上,把身体转过来,双手抱头,蹲下。"王子夏命令道。

陈究风害怕王子夏开枪,只好照做。

"陈究风,我已经追查你很久了,你原来也只是个诈骗犯而已嘛,怎么现在沦为杀人犯啊?"王子夏皮笑肉不笑地说。

"哼,只要委托人出得起钱,杀个人又算什么?"陈究风理所当然地说。

王子夏推测道:"是狄青亮请你来杀死狄青林的吧?"

"是又怎样呀?反正败露了,我也没什么好解释的了。"陈究风顿了一下，又问，"对了，张警官，我现在跟你回去，算是自首吗？"

"算是……"

王子夏这样说，本来是想让陈究风放松警惕，便于自己动手对付他，怎知道陈究风这样问，原来也只是为了分散他的注意力。王子夏才说了两个字，陈究风忽然捡起地上的刀子，接着左手一挥，把刀子掷向王子夏！

在刀子脱手的同时，陈究风转过身子，拔腿就跑。王子夏眼见刀子飞到自己的眼前，心中一惊，连忙侧身避过刀子，紧接着对准陈究风的脑袋开了一枪。

"砰"的一声，子弹穿过了陈究风的后脑，陈究风哼也没哼一声，整个人倒在地上，再也不动了。

王子夏走到陈究风的尸体前，冷笑了一下，心道：哥，这个害你坐牢的混蛋，总算被我干掉了。

可是他突然觉得有些不对劲。根据他的心腹的调查，陈究风是惯用右手的，然而眼前这个人，刚才却是左手持刀的。对了，根据调查，陈究风左手的手背上有一道十字形的刀痕……

王子夏想到这里，连忙蹲下来看了看眼前这个陈究风的左手，却哪有什么刀痕！

这个人根本不是陈究风！可是为什么他跟陈究风长得一模一样？

王子夏心念一动,伸手扯了一下他的脸皮,果然撕下来一张硅胶面具。

眼前这个男子二十来岁,獐头鼠目,跟形象俊雅的陈究风哪有半分相似!

7

凌晨时分,陈究风准备去对付馆主了。

他从钓鱼包中取出准备好的挂锁和信号屏蔽器,走出客房,来到馆主的卧室前方。他的计划是用挂锁把馆主卧室的房门上锁,然后在房外放一个信号屏蔽器,这样馆主就无法出来了,也无法打电话求助,明天在律师宣读遗嘱时他便不能在现场出现了。

然而他刚把房门上锁,却听身后传来一个男子的声音:"你果然是来对付我的。"

陈究风微微一怔,回头一看,只见身后站着两个人,其中一个正是馆主,此时他的手上拿着一把手枪,枪口正对着自己。

至于站在馆主身旁的则是一个长发女人,陈究风知道那是馆主的妻子。

馆主的妻子向陈究风瞥了一眼,转头对馆主道:"没想到你哥会找这么一个老头来对付你啊。"

"那只是化装而已。"馆主冷笑一声,冲陈究风问道,"喂,我老婆没说错吧？是我哥狄青林找你来对付我的吧？"

馆主夫妇猜对了，黑馆馆主狄青林通过朋友联系上陈究风，委托他到白馆去对付自己的双胞胎弟弟狄青亮，让他明天无法到达宣读遗嘱的现场，从而失去继承资格。

陈究风行骗有两个原则：第一，不出卖最初的委托人；第二，不骗好人。他经过调查，发现这个狄青亮坏事做尽，所以他便接受了狄青林的委托。

他戴上了一张老人面容的硅胶人脸面具，伪装成老人，带着钓鱼包来到白馆借宿，本想把狄青亮夫妇锁在卧室里，没想到自己的计划却被狄青亮识破了。

此刻陈究风只是紧紧地盯着狄青亮夫妇，没有说话。

"现在我们要怎么处置他啊？"狄妻向丈夫问道。

狄青亮目露凶光，"当然是杀了他。"

狄妻却皱了皱眉，"要处理尸体很麻烦吧？"

狄青亮阴恻恻地道："埋在山里就可以了，我们之前不是也做过吗？"

陈究风心中一凛：这对夫妇不仅做过不少伤天害理的事，竟然还杀过人、埋过尸？

"好了，朋友，永别了。"狄青亮准备扣动扳机。

陈究风却嘴角一扬，不慌不忙地说："你看看你的后面。"

狄青亮"咦"了一声，还没反应过来，忽然从身后飞来一个黑色的小铁盒，击落了他手上的手枪。

那是一个装薄荷糖的铁盒。

狄青亮骇然，他快速回过神来，正想去捡回手枪，却见一个人以极快的速度跑过来，一把捡起了手枪，直指着自己的脑袋。

狄青亮呆了一下，向这个人看了一眼，只见对方是一个三十岁左右的男子，头发杂乱，双眉斜飞，脸上一副木然的表情。

陈究风轻轻一笑，"果然是你呀，慕容思炫。"

原来白馆馆主狄青亮对陈究风提到的那个在他之前来的客人便是慕容思炫。

思炫打了个哈欠，漫不经心地讲述起来。

"两个月前，刑警支队的宇文雅姬来找我，说你跟几宗诈骗案有关，叫我对你展开调查。我调查后发现，有人制作了一张你的面容的硅胶面具，冒充你四处行骗。我还查到那个人叫朱利俊，是个老千。

"不久前，我查到白馆馆主狄青亮联系了'陈究风'——实际上是朱利俊，委托他到黑馆去杀死自己的哥哥狄青林，动手的时间刚好就是今天晚上——现在应该已经动手了。狄青亮之所以让我和你在这里过夜，大概就是为了让我们当他的时间证人，给他提供不在场证明。"

陈究风点了点头，"是啊，这里只有他和他老婆两个人住，如果只有他的妻子当他的时间证人，这个不在场证明确实不怎么站得住……"

"等——等一下!"狄青亮打断了陈究风的话,"我找到的'千面狐'陈究风是个冒牌货?你……你才是真正的陈究风?"

陈究风笑了笑,揭掉了脸上的老人面具,露出了本来的样貌。

思炫继续讲述:"与此同时,我还查到狄青林找到了你——真正的陈究风,并且委托你对付他的弟弟狄青亮。他还算有良心,没想过要杀死自己的弟弟,只是希望你可以阻止他在宣读遗嘱时出现而已。我知道接受了委托的你今晚会在这里现身,所以便来到这里跟你碰个头,把我的调查结果告诉你,让你对那个朱利俊有所提防。"

"哈哈,谢谢啦,慕容兄。"陈究风向思炫拱了拱手,"我刚进来的时候,就看到你在走廊的入口附近啦。虽然这次我们没有交流过,但我知道在我的计划中,你会像上次那样,为我担任'脱将'。"

在江湖中,那些行骗的团队被称作"千门八将",这八将又分为上八将和下八将,其中上八将分别是正将、提将、反将、脱将、风将、火将、除将、谣将。行骗的过程中,八将需要相互配合。上八将中的"脱将",是指在出千败露时负责制造混乱,让大家安全撤退的角色。

思炫向狄青亮瞥了一眼,面无表情地说:"五年前,有个家伙也是用枪对着他,现在这个家伙还在服刑呢,恐怕你也要步他后尘了。"

陈究风幸灾乐祸地续道:"他不但雇佣杀人,以前还亲手杀人埋尸,看来进去以后是没机会出来了。"

狄青亮装傻:"你们在说什么呢?我怎么听不懂呀?"

思炫淡淡地说:"不用浪费口水狡辩了,刚才你承认自己杀人时,我已经用手机录下来了。"

狄青亮夫妇听思炫这样说,一脸绝望。

"其实你应该庆幸,因为你的哥哥没你这么狠,所以你现在还活着。至于你的哥哥,现在恐怕已经被朱利俊杀死了。"

思炫话音刚落,屋外传来一阵警笛声。

"是宇文他们到了,这里的一切告一段落了。"思炫顿了一下,有些遗憾地说,"这里的事确实挺乏味的,早知如此,我就该到黑馆去,或许还能精彩一些。"

8

王子夏十分失望,自己所杀的原来只是个冒牌的陈究风,真是白忙活一场。

马管家走过来,战战兢兢地问:"警官,他……他死了吗?"

"对啊。"王子夏奸笑一声,阴阳怪气地说,"接下来就轮到你啦,马管家。"这个马管家目睹自己杀人,自然不能留下来,他打算射杀马管家后便溜之大吉。

"什么？"马管家愕然。

王子夏不再跟他废话，举起手枪，对着他的头扣动了扳机。

"啪"的一声，子弹没有射出，马管家也没有倒下。

王子夏微微一怔，还没反应过来，已听马管家淡淡地说："怎么啦？没子弹了吗，王'警官'？"

王子夏骇然："你……你说什么？"

马管家轻轻地摇了摇头，从容不迫地讲述起来。

"你作为黑桃会的成员，竟然到现在还没想到发生了什么事？我该说你当局者迷，还是愚笨之极？

"刚才在发现狄青林的尸体时，我不是撞了你一下吗？当时我就取走了你口袋中的手枪。而在你和'陈究风'进入'冥想之间'查看狄青林的尸体时，我把手枪里大部分子弹取了出来，只留下两颗子弹。后来我假装跌倒，你扶了我一把，我则趁机把手枪放回你的口袋里。

"我知道，手枪里的这两颗子弹，其中一颗你会用来警告'陈究风'，另一颗则会用来杀死'陈究风'。也就是说，在你开枪杀死'陈究风'的那一刻，你自己便也失去了自保的能力啰……"

王子夏知道来者不善，不等马管家说完，便把手上的手枪用力向他扔去。马管家脑袋微侧，轻易避开了手枪。但与此同时王子夏已转过身子，跑向黑馆的大门。

马管家快步追上去，三两下便把王子夏制伏了，整个过程行云流水，没有丝毫的龙钟老态。接着他掏出一副手铐，把王子夏的双手反铐，又用绳子把他的双脚也绑住了。

"黑桃10先生，没想到自己会在这里翻船吧？"马管家笑道。

"你……你到底是谁？"总是笑里藏刀的"笑面虎"王子夏，此刻却连一丝笑容都挤不出来了。

"你的心腹查到狄青亮委托'陈究风'到黑馆对付狄青林，可是你知道是谁向他提供线索，让他查到这件事的吗？"马管家问。

"难道是你？啊？"王子夏总算反应过来了，惊叫道，"你是……司徒门一？"

"马管家"呵呵一笑，揭掉了脸上的硅胶面具，出现在王子夏面前的是一张清秀俊美的脸庞，正是"活尸"司徒门一。

"喂，司徒先生，你也太不讲道义了吧？我上次带人到香港救了你，你现在却恩将仇报？"王子夏咬着牙质问。

司徒门一悠悠地道："我协助你杀死了刘一鸣，已经把人情还给你了，现在我们两不相欠，我自然可以算计一下你啦。"

"你！"王子夏发指眦裂。

司徒门一指了指自己头上的鸭舌帽，"你知道吗？我的帽子上安装了一个针孔摄像头，它拍下了你刚才射杀朱利俊的情景。对了，朱利俊就是这个冒牌陈究风的真名。这段你杀人的视频，现在已经同步到宇文雅姬的邮箱了。当然，你之前贩卖儿童，杀人无数，恶贯满盈，哪怕没有这段视频，恐怕也足够你被判十次死刑了。反正我已经报警了，你就在这里等警察来吧，王'警官'。"

"你……你这个混蛋！"王子夏气得七窍生烟。

司徒门一火上浇油："对了，忘了告诉你，上次在香港，我是故意被飞虎队抓住的，目的就是让你出手救我，这样看上去是我欠了你一个人情，实际上却给了我一个接近你、接近黑桃会的机会。现在黑桃会的人已经死得差不多了，所以你也没什么利用价值了。"

"你不得好死！"王子夏怒目圆睁，歇斯底里地吼叫起来。

"你曾经也算个人物，怎么现在这样狼狈呢？真叫人失望呀。"

司徒门一不再理会王子夏，转身走向黑馆的大门。

数十分钟后，警察到达，他们在黑馆内发现了三具尸体：馆主狄青林、老千朱利俊以及黑桃10王子夏。

其中，王子夏的喉咙上插着一把剪刀。

9

一个金发女子坐在一辆汽车里。她正拿着手机拨出一串号码。

电话接通后，只听手机中传出一个经过变声器处理的低沉声音："黑桃K？"

金发女子恭恭敬敬地说："大鬼阁下，我已经杀死了黑桃10。"

原来此时跟金发女子通话的人，竟是鬼筑的首领大鬼。

"很好，你为组织除掉了一个叛徒。"大鬼的语气让人听不出他的喜怒哀乐。

"大鬼阁下，您是怎么知道黑桃10背叛了组织的？"金发女子有些好奇地问。

"因为他太信任他的那些心腹了，却不知道他的两个心腹，实际上是黑桃A的卧底。本来我念在他为组织出过不少力的分上，想要给他一个机会，可是他为了上位，竟然杀死了黑桃4。像他这种冷酷无情的人，如果落在警察手上，肯定会为了自保而向警方提供他所知道组织的机密情报，既然如此，不如先送他一程吧。"

金发女子"嗯"了一声。

这时候大鬼又说："作为你杀死他的报酬，我给你一个情报吧。"

"哦？"金发女子有些好奇，"什么情报？"

"我可以告诉你，你一直想找的那个人的下落。"

霎时间，金发女子的双眼中掠过一丝异样的光芒。

第四章　黑桃K的复仇

1

二〇一五年，十二月，寒冬。

费懿辉在自己的书房里。此时此刻，他被一个男子用粗绳紧紧地勒住了脖子。

那男子的身高接近两米，他留着白色的短发，目光锐利，神情冷漠，左脸上还有一条极长的疤痕，从眼角一直延伸到下巴。

这个白发男子名叫断然，是一名杀手。

原来，费懿辉跟一名女子发生了婚外情，这个情人不甘心当小三，要费懿辉跟妻子离婚，和自己结婚。然而费懿辉跟情人只是逢场作戏，怎么可能为了她离婚？再说，费懿辉之所以有今天的地位，全靠岳父支持，如果跟妻子离婚了，他便一无所有了。所以，他索性跟情人摊牌，表示自己跟她只是玩玩而已。没想到情人对费懿辉动了真情，因爱成恨，后来在朋友的介绍下，找到了杀手断然，并且雇佣他杀死费懿辉。

费懿辉一开始使劲地挣扎着，试图摆脱断然，然而断然身材高大，虎背熊腰，而且力气极大，费懿辉又怎么摆脱得了？不一会儿，因为气管被阻塞，费懿辉的氧气供应被切断了，他的意识也在绝望中迅速地消失。

就这样，断然又杀死了一个人。这是他杀手生涯所杀死的第几个人，他早已忘记。

2

这是一个只有七八平方米的房间，房间没有窗户，灯光也十分昏暗。

在房间的角落有坐便、洗手盆淋浴设备。

房间里还有一张木床，断然走进来的时候，看到床上有一个六七岁的孩子。

孩子的双脚戴着脚镣，脚镣的另一端铐在木床的护栏上，所以孩子无法离开这个房间，甚至无法远离木床。

看到断然走过来，孩子的眼神中充满恐惧，此外还夹杂着一些迷茫。

断然此前在调查、监视费懿辉的时候，曾见他进过这个房间，知道这个房间的存在，只是在进来之前，断然并没有想到费懿辉竟然会把一个孩子藏在这个房间里。

此时断然看到房间里的淋浴设备，看到孩子所穿的单薄衣服，看到孩子所流露出的惊恐眼神，什么都明白了，不禁低声骂道："人渣！"

如果早知道费懿辉是这种衣冠禽兽，哪怕没有接受委托，他也会来杀死费懿辉，替天行道。

他回到书房，在费懿辉的尸体上找到了脚镣的钥匙，打开了孩子脚上的脚镣，把孩子救走了。

当时断然并没有想到，这个孩子将会进入他的生活，甚至改变他的人生。

插曲：断小寒的故事（一）

小男孩醒来的时候，发现自己躺在床上。他向四周看了看，只见自己身处一个小房间里，房间内的摆设虽然简单，但整个房间却整齐干净，给人一种舒服的感觉。

小男孩忘了自己为什么会在这里，还忘了之前发生过的事情，甚至忘了自己是谁。

他只是依稀记得之前发生过一些极其可怕的事。他想，自己或许是因为惊吓过度而失去了当时的记忆吧。

虽然身处室内，但小男孩还是觉得有些冷，毕竟现在是寒冬。

这时候，一个男人开门走了进来。

小男孩认得这个男人。他最后的记忆就是自己被这个男人抱起，然后因为心力交瘁，在这个男人的怀中迷迷糊糊地睡着了。

他知道，是这个男人带着自己离开了那个如地狱般可怕的地方。

此时男人的手上端着一碗热粥，他看到小男孩醒了，淡淡地问："饿了吗？吃点粥吧。"

"嗯。"小男孩吃了几口热粥，身体逐渐暖和起来，他这才认真地看了看男人的脸，问道："叔叔，你知道我是谁吗？"

男人微微一怔，"什么？"

"我……我忘了自己叫什么名字了。"小男孩神色茫然。

男人皱了皱眉，"那你知道自己为什么会在这里吗？"

"我只记得自己本来是待在一个很可怕的地方，后来是叔叔你把我救走的。叔叔，这里是你的家，对吗？"

男人没有回答小男孩的问题，而是又问道："你记得自己的爸爸妈妈是谁吗？"

"我……我真的想不起来了。"小男孩以为男人要把他带回那个可怕的地方，连忙请求道，"叔叔，求求你，不要赶我走。"

"嗯，你先在我这儿住下来吧，等你想起你的爸爸妈妈是谁，我再把你送回去吧。"

就这样，小男孩在这个男人的家里住了下来。一眨眼几个月过去了，但小男孩始终没有想起以前的事。

这时候已经是春天了。有一天晚上，刚下完一场小雨，空气十分清新，小男孩躺在屋外的草地上看星星。过了一会儿，男人回来了。

"你还没睡吗？"男人问。

"准备睡啦。对了，叔叔，我可以问你一个问题吗？"小男孩笑着问。

男人有些好奇，"什么？"

"你为什么经常晚上出去呀？你去干什么呀？"

"工作。"

"你是做什么的呀？"

男人稍一犹豫，如实回答："杀手。"

"杀手？杀手是干什么的？"小男孩不懂。

男人冷冷地说："杀人。"

小男孩听男人这样说，咽了下口水，表情有些害怕。

男人有些后悔，干吗要吓着他呢？他连忙补充道："我杀的都是坏人。"

小男孩这才松了口气："嗯，我就知道叔叔不是坏人。"

事实上，男人骗了小男孩。他只是一个收人钱财替人消灾的杀手，只要委托人给得起钱，他就会去把目标对象杀死，才不会管对方是好人还是坏人。

"你还没想起以前的事吗？"此前男人已经几次问过小男孩这个问题。

"还没有……杀手叔叔,你不要赶我走,好不好?"小男孩不想离开。

被小男孩称作"杀手叔叔",男人有些啼笑皆非,"放心吧,在你想起自己的家人之前,我是不会赶你走的。对了,我给你取个暂时的名字吧。"

"好啊。"小男孩早就觉得没有名字的感觉真是太糟糕了。

杀手叔叔略一思索,"我和你认识的那天,天气十分寒冷,要不我叫你小寒吧?"

"好啊,我喜欢这个名字。对了,杀手叔叔,你姓什么?"小男孩问。

"我姓断,折断的断。"

"那我跟你姓好不好?"小男孩满怀期待地问。

"随便你吧。"

"那以后我就叫断小寒啦。"小男孩为自己拥有了一个新名字而十分高兴。

3

二〇一七年,九月,初秋。

人民医院肿瘤科的马医生此刻在自己的诊室里,紧紧地盯着桌子上的手机,一副惴惴不安的表情。这时候,手机响了,马医生一看来电显示，连忙接通了电话。

他还没说话，只听手机中一个女人劈头就问："研究得怎样了？"

原来，这个神秘女人抓走了马医生的女儿，并且寄给他一沓资料——那是一名因为癌症而去世的病人的病历。女人让马医生好好研究这份病历，如果可以找出疑点，就放走他的女儿。

马医生战战兢兢地说："我深入研究过了，病历中的那名患者之所以致癌，确实有可能是因为持续摄入了黄曲霉素 B1。"

"持续摄入是什么意思？"女人追问。

"就是每天低剂量摄入黄曲霉素 B1，这样会造成慢性中毒，对肝脏的损害尤其大，最终很有可能诱发癌症。当然，只是存在这种可能性而已，病人的癌症也不一定是摄入了黄曲霉素 B1 而诱发的。"

女人"哦"了一声，淡淡地说："我知道了，你把我给你的资料全部烧掉吧，我今天会让你女儿回家。"

这个女人名叫韦诗赟。她是一名杀手。

韦诗赟本来是住在孤儿院的。在她五岁那年，孤儿院里有几个坏孩子欺负她，把她拉到后院，用绳子把她绑在一棵老树的树干上，接着还模仿卡通片里的情节，点燃了老树周围的干草，想要吓唬她。没想到火势越来越大，竟然烧到了韦诗赟身上，韦诗赟拼命呼叫，几个坏孩子知道闯祸了，吓得四散奔逃。

韦诗赟以为自己会被烧死，幸好在危急关头，有一个男人把她救了。

那是一个四十来岁的男人，双目如电，英气逼人。他救下韦诗赟后对她说："留在这里只会被欺负，跟我走吧。"

韦诗赟毫不犹豫地跟着男人离开了孤儿院，从此再也没有回去。

男人把韦诗赟带回自己家中。从那天起，韦诗赟便和这个男人一起生活。

在韦诗赟获救的翌日，男人问她："你叫什么名字？"

"韦诗赟。"

"赟？哪个赟？"

"我写给你看。"韦诗赟虽然只有五岁，已经可以歪歪扭扭地写下自己的名字。

男人看到韦诗赟的名字，双手一拍，"巧了，真是巧了！我叫贝斌，而这两个字加起来，就是你的'赟'字。看来我俩很有缘分呀。"

等韦诗赟长大一些，男人告诉她，他来自一个名叫鬼筑的组织，他在组织中的代号是黑桃K。

在黑桃K的影响下，韦诗赟也加入了鬼筑。

黑桃K是鬼筑中的金牌杀手，他身手极好，每次杀人都能一击毙命，干净利索。他曾刺杀过不少大人物，在鬼筑中声名显赫。

第四章 黑桃K的复仇

后来，黑桃K把各种格斗技巧和杀人技巧对韦诗赟倾囊相授。终于，在他的精心培养之下，韦诗赟也成了一名出色的杀手，为组织执行各种暗杀任务。

九年前，黑桃K病逝。

当时鬼筑的首领大鬼裘夜留十分赏识韦诗赟，于是让她代替黑桃K的位置。从此，韦诗赟便成为鬼筑黑桃会中的黑桃K。

在师父病逝之前，韦诗赟和师父是住在一间出租屋里的。最近，有人委托韦诗赟杀一个男人，要杀的对象竟然就是当年那间出租屋的房东。

韦诗赟不愿杀这个房东，因为这个房东是她的救命恩人。

原来，在师父死前，有一次师父到外地办事，韦诗赟一个人留在出租屋中。有一天晚上，她在阳台抽烟时不小心引起了火灾，虽然火势不大，但她因为小时候的阴影，一见到火就吓得双脚发软，瘫坐在地上，无法逃跑。

楼下有不少居民都看到坐在阳台的她，但见她暂时没什么危险，便也不多管闲事，等消防员来处理。房东见韦诗赟虽然暂时没有生命危险，但十分害怕，心中不忍，于是冒着危险跑进出租屋，把她救了出来。

韦诗赟是个知恩图报的人，所以，虽然接受了委托，但她不仅没有去杀房东，还杀死了那个想要杀死房东的委托人。她担心委托人的亲人还会来找房东报复，于是又去找到房东，告诉房东有人想杀他,让他赶紧离开 L 市。

房东一脸感激,"谢谢你告诉我这个消息啊,我明天就让中介去把我的三套房子都卖掉,以后我也不回 L 市了。"

"三套房子?"韦诗赟觉得有些奇怪。

当年她和师父租了 304 室,房东则住在隔壁的 303 室,她一直以为房东只有 303 室和 304 室两套房子而已。

房东点了点头,"嗯,305 室也是我的。"

韦诗赟在 304 室住了这么久,从来没有见过有人在 305 室出入,她好奇地问:"那你当时为什么不把 305 室也租出去?"

"我租了呀,在你和你爸爸租了 304 室没多久,就有个男人租了 305 室。"当年为免节外生枝,师父和韦诗赟以父女相称,直到现在房东也以为老一代黑桃 K 是韦诗赟的爸爸。

"咦?我从来没有见过 305 室的租客。"韦诗赟觉得事有蹊跷。

"对啊,那个男人挺奇怪的,基本上足不出户。"

"你还记得那个租客的样子吗?"韦诗赟追问。

房东搔了搔头,"都这么多年了,样子我是完全没有印象啦,不过我记得那个男人很高,应该有两米吧……对了,他的头发是白色的。"

特别高、白色头发?韦诗赟心中一凛:是断然!

师父病逝前,曾给韦诗赟看过一张照片,照片里有一个白发男子。当时师父说:"诗赟,你要记住这个人。他叫断然,是我的死敌。他和我们一样,也是个杀手。以你现在的实力,他应该打不过你,但明枪易躲暗箭难防,以后如果遇到他,一定要小心一些。"

老黑桃K大概没有想到,在自己病逝一年后,他的死敌断然竟然被鬼筑的成员抓走了,并且囚禁起来。

当时鬼筑为了招募成员,四处掳走在逃的罪犯,让他们每两人为一组,参加各种死亡游戏。一般来说,在每场游戏中,失败者会死亡,而胜利者则晋级,继续参加下一场死亡游戏。

鬼筑成员掳走断然的目的,就是让他参加死亡游戏。

韦诗赟作为鬼筑黑桃会的成员,自然知道此事。但她认为师父已经死了,师父和断然的恩怨也该一笔勾销,自己和断然没有瓜葛,也没必要为难他。而且这个断然可以被师父视为死敌,想必也具备一定的实力(虽然师父说断然打不过她),如果他最终能通过考验,成为鬼筑的一分子,对鬼筑来说也是一件好事。

五年后,赢得了五十场死亡游戏的断然终于通过考验,获得了加入鬼筑的资格。但断然并没有加入鬼筑,恢复自由以后他便离开了。当时韦诗赟觉得有些可惜,但也没有太在意这件事。

然而现在,竟然让韦诗赟在无意中得知,在师父病逝前几个月,断然一直住在师父和自己的出租屋隔壁!

难道师父不是病死的,而是被断然害死的?

于是韦诗赟抓走了人民医院肿瘤科的一名医生的女儿,并且把师父的相关病历寄给那个医生，让他对病历加以分析。现在她终于知道了，师父之所以患癌，是因为断然每天潜入他俩的家，在师父的杯子里投放黄曲霉素 B1，让师父慢性中毒！

断然既然知道师父的下落，为什么不直接杀死他，而要采取这种长期投毒的方法呢？韦诗赟推测断然知道师父是鬼筑中举足轻重的黑桃 K，如果师父被杀，鬼筑一定会竭尽全力揪出凶手，为师父报仇，到时候断然就永无宁日了，所以他通过这样的方法，让鬼筑认为师父是病死的，不再追究此事。

韦诗赟心中后悔不已。早知如此，在断然被鬼筑囚禁的那几年，自己就应该杀了他为师父报仇。

现在天大地大，人海茫茫，却到哪里去找他？

插曲：断小寒的故事（二）

转眼间，断小寒跟着杀手叔叔生活了三年。

但他一直想不起以前的事。他也不想想起。

在断小寒十岁生日那天，杀手叔叔对他说："小寒，从今天开始，我教你功夫吧。"

这三年来，在杀手叔叔潜移默化的影响下，断小寒决心长大后也当一名杀手，跟杀手叔叔一样，杀尽坏人，替天行道。所以当他听到杀手叔叔说要教自己功夫时，手舞足蹈，十分兴奋。

就这样，杀手叔叔收了断小寒为徒弟。从此，断小寒也不再称呼他为杀手叔叔了，而是叫他师父。

此后每一天，师父都向断小寒传授各种杀人技巧。断小寒天资聪颖，很快就学会了不少本领，为自己日后的杀手之路奠定了坚实的基础。

4

二〇一八年，七月，炎夏。

宇文雅姬在翻看自己停职期间发生的一些案件的卷宗时，发现三年前的一起自杀案存在疑点。

死者名叫费懿辉，当时四十三岁，是一家运输公司的老板。某天，他的妻子在书房外发现房门从里边反锁了，知道费懿辉在书房里，但拍门叫唤，房内却没有回应。费妻担心丈夫在书房里发生什么意外，想要破门，刚好此时一名外卖员上门送餐，于是费妻让外卖员帮忙把书房的门锁砸掉（后来那个外卖员向警方证明在他砸门之前书房的房门确实是从内反锁的）。

外卖员砸掉门锁后，费妻和外卖员看到费懿辉悬吊在书房的天花板上，早已死亡。房内虽然有窗户，但窗户上安装了防盗网，人是无法通过窗户进出书房的。如果费懿辉是被谋杀的，凶手在杀死他以后，又在房间内把门反锁，怎样离开书房？因为这是不可能的事，所以最终警方断定费懿辉是自缢身亡的。

警方通过调查，发现费懿辉最近跟妻子存在矛盾，费妻甚至提出了离婚。费懿辉本来只是一个来自农村的小伙子，后来之所以能成为大老板，是因为岳父的支持。如果和妻子离婚了，费懿辉将失去一切，这应该就是他自杀的原因。不过当时两人还没离婚，费懿辉应该还没走到自杀这一步，所以警方认为费懿辉的自杀动机多少有点牵强。但费懿辉死于密室之中是毋庸置疑的事实，所以最后还是以自杀结案。

但雅姬觉得这起案件疑点重重，决定重新调查此案。

她叫上了慕容思炫，两人来到费懿辉的家——一座别墅。费妻在家。在费懿辉死后，她一直自己住在这里。

雅姬跟费妻说明来意，费妻十分配合，带着雅姬和思炫到三年前费懿辉死亡的书房查看。

书房在一楼，雅姬和思炫来到书房后，简单地查看了一下书房内部以及附近的房间，两人心中都产生了一些想法。

"费太太，当时你和外卖员发现了你先生的尸体后，你们是怎么做的？"雅姬向费妻问道。虽然卷宗上有当时的询问笔录，但雅姬还是想再向费妻确认一下当时的情况。

"我马上打电话报警啊。"费妻的回答和当年的笔录是一样的。

"就在书房门外用手机报警吗？"

"是的。"

"然后呢？"

"然后那外卖员说他要走了，我就请他先留下来，等警察来了再说。他可能也觉得事关重大，听我这样说，就先不走了。最后我和他便在大厅等警察前来。"

"大厅吗？这么说，在警察到场前，你和外卖员离开了书房？"雅姬找到了突破口。这些情况笔录中并没有记录。

"是的。"

雅姬在心中略一琢磨，问道："你认为会不会存在这样一种情况：当时凶手还在书房里，你们发现尸体、回到大厅后，凶手才逃离书房呢？"

思炫冷不防插话："书房旁边的厨房有一扇窗户，通过那扇窗户可以通往别墅外的院子。凶手从书房走进厨房，是不需要经过大厅的，也就是说，他可以在你和外卖员看不到的情况下离开别墅。"

费妻却摇了摇头，"不会啊，你们也看到了，这个书房里根本没有可以藏人的地方，当时我和外卖员也确实只看到我老公在书房里。"

思炫向书房看了一眼，对雅姬说："再看看吧。"

两人再次查看书房，这次进行了地毯式搜索，不一会儿，思炫果然发现书房内有一块地砖是可以撬起来的！

三年前警方并没有发现这件事。

思炫掀开地砖，发现地砖下方是一条向下的楼梯。费妻也十分惊讶，因为她也不知道书房里竟然有这样一条密道。

思炫和雅姬走下楼梯，发现下面是一个只有七八平方米的地下室，地下室内有坐便、洗手盆和淋浴设备，此外还有一张木床。

"这个密室之谜，还真是毫无悬念呀。"思炫说罢大大地打了个哈欠。

雅姬"嗯"了一声，推理道："凶手知道这间地下室的存在，他在杀死费懿辉并且伪装成自杀后，把书房的门反锁，然后自己便躲进了这间地下室。在费太太和外卖员确认书房内没有其他人，并且离开书房后，凶手再从地下室出来，最后通过厨房离开别墅。"

思炫补充："他应该还带上了食物和水，如果费懿辉的妻子在报警后没有离开书房，一直等到警察到达，那他就暂时待在地下室里不出来了。只要有食物和水，在这里住上几天是没问题的。他可以在警察离开后，再寻找机会离开。"

雅姬向地上的脚镣看了一眼，"难道曾经有什么人被囚禁在这里？"

思炫爬进床底，找到了一只童鞋，"应该是一个六到八岁的孩子。"

雅姬秀眉一蹙，"费懿辉曾经把一个孩子囚禁在这里？他想干吗呢？那个孩子又是什么人呢？"

第四章 黑桃K的复仇

后来经过深入调查，雅姬发现费懿辉似乎是有恋童癖的。接着雅姬又调查了费懿辉死亡前接触过的人，果然有所发现：在费懿辉死亡前一周，他曾向一个名叫唐瑞的男人的银行账户转账三十万。

雅姬进一步调查，得知这个唐瑞在十年前曾跟一名女子谈恋爱，然而那个女子怀孕后，唐瑞却抛弃了她。后来那个女子把孩子生下来了，取名为唐子洋。唐子洋一直跟着妈妈生活，两人相依为命。再后来那个女子病逝了，作为父亲的唐瑞便接走了唐子洋，当时唐瑞已经跟一个叫李冬萍的女人结婚了。

思炫推断，被囚禁在费家书房地下室的孩子，就是唐子洋。唐瑞以三十万的价格把自己的孩子卖给了费懿辉，费懿辉则把唐子洋囚禁在地下室里，对其实施侵犯。雅姬认同思炫的推理。

根据资料显示，唐瑞和他的妻子李冬萍目前居住在W市。雅姬和思炫决定到W市跑一趟，会一会唐瑞。

在前往W市的途中，雅姬一直在想着各种问题：那个叫唐子洋的孩子现在在哪里呢？最大的可能是被那个杀死费懿辉的凶手带走了。费懿辉被杀已经三年，那个孩子恐怕早就凶多吉少了吧？

她并没有想到，此时此刻，唐子洋跟杀死费懿辉的凶手断然好好地生活在一起。

插曲：断小寒的故事（三）

断小寒和师父本来是住在郊区的。在断小寒十六岁那年，师父说他已经长大了，让他自己在 L 市城区租了一间房子，自己生活。

此后师父不定期给他指派一些跟踪、监视任务，断小寒住在城区，要执行这些任务确实更加方便。

有一次断小寒回到师父的家，想要取走自己没带走的一些衣服，却无意中看到师父家中有一个五六岁的戴眼镜的小女孩。

师父对断小寒说，这个小女孩和他小时候一样，无依无靠，所以自己收留了她。断小寒知道，这个小女孩的命运将和自己一样——被师父培养成杀手。

那次以后，断小寒便再也没有见过那个小女孩了。

在断小寒二十岁那年，师父带着他执行了一个暗杀任务，这是断小寒第一次杀人。

此时断小寒自然早就明白，当杀手要杀的不只是坏人，只要客户愿意付钱，无论目标人物是谁都得杀。

他所杀的第一个人就不是坏人，只是一个在生意场上得罪了竞争对手的可怜人而已。

渐渐地，断小寒成了一台没有感情的杀人机器。除了对自己有养育之恩的师父，他的心对任何人都没有羁绊。

第四章　黑桃 K 的复仇

在断小寒二十五岁那年，他收养了一条被主人抛弃的流浪金毛犬，并且为金毛犬取名为"阿然"。

此时断小寒跟师父的联系已经不多了，金毛犬成了他唯一的朋友。

在断小寒三十岁那年，他接受了一个黑社会副帮主的委托。这个副帮主想断小寒帮他杀死帮主，这样他便可以上位。这些黑社会的内部争斗跟断小寒没有关系，他收了副帮主的钱，便杀死了帮主，简单直接。

帮主死后，帮主的一个兄弟调查帮主之死，查到了是副帮主雇凶杀人，于是对副帮主严刑逼供，副帮主说出帮自己杀死帮主的人是断小寒。

帮主的兄弟想要杀死断小寒为帮主报仇，但却找不到断小寒的下落。断小寒作为一名杀手，又怎会让别人轻易找到自己的行踪？

有一天晚上，断小寒回到家中，看到师父来了。他跟师父已经大半年没有见面了，此时见到师父，十分高兴。

当晚师父就留在断小寒家中过夜，两人喝酒聊天，酒过三巡，师父忽然说："小寒，师父已经老了，马上就要退休了，想再干几票就收手了，这时候有人找我，花两百万在我这里买下你的命，你说我该怎么办呢？"

断小寒皱眉不语。

"小寒，你不要怪师父，如果有人要花两百万从你这里买我的命，我想你也不会对我留情的，毕竟我们是杀手啊。"师父阴阳怪气地说。

断小寒明白了，要雇佣师父杀死自己的人，就是被自己杀死的那个黑社会帮主的兄弟。他不禁心如刀绞：自己把师父当成父亲，然而在师父眼中，自己却连两百万也不如。

他知道师父顷刻之间就要动手，自然不能束手就擒，然而想要先下手为强，却觉得浑身无力，看来自己刚才所喝的酒被师父下了药。

只见师父掏出一把刀子，毫不留情地向自己的面门刺来。断小寒手脚酥软，连躲避的力气也没有，只能耗尽全力缩了缩脑袋，勉强避开了师父的攻击，但左脸上仍然留下了一条长长的血迹，从眼角一直延伸到下巴。

师父的这一刀，让断小寒那封存多年的记忆瞬间被唤醒了。他终于想起了自己父母的事。

他还没回过神来，师父的第二刀又来了。这一次断小寒真的避无可避，只能闭目等死。

就在此时，金毛犬阿然扑过来咬住了师父的脚，把他往后一拉，让断小寒又躲过了一刀。接下来，金毛犬死死地咬住师父，为断小寒争取了逃跑的时间。

断小寒终于逃掉了，但金毛犬的脑袋却被师父刺了十多刀。

它直到死，也没有把师父的脚松开。

断小寒在养伤的时候，总算全部想起以前的事了：当年师父根本不是救了自己，而是杀了自己的父母！

不，以后再也不必称呼这个人为师父了，直接叫他的名字吧——断贝斌。

一九八〇年的那个冬天，断贝斌接受了一个客户的委托，来到断小寒的家，杀死了断小寒的父母。七岁的断小寒目睹父母被杀，因为惊吓过度而失去了记忆。断贝斌或许是不忍心对一个孩子下手吧，暂时没有杀死断小寒，而是把他带走了。

后来断贝斌发现他失去了记忆，便索性收养了他，并且为他取名为小寒。

断贝斌当年杀死了断小寒的父母，现在又为了两百万要杀死断小寒，断小寒决定和断贝斌恩断义绝。他不想再使用断贝斌所取的名字了，他不再是断小寒。

他知道自己的命其实是金毛犬阿然用它的命换回来的，为了纪念阿然，他决定使用它的名字。

从此他便叫断然。

插曲：断然的故事（一）

在此以后，断然不再相信任何人。

他一直在寻找断贝斌，想要杀死他，为父母和自己报仇。

断贝斌知道断然逃过一劫后，一定会来杀死自己，所以连夜搬走了。断然痊愈以后，来到断贝斌郊区的房子，这里早已人去楼空。

断然明察暗访，调查了四年，终于查到了断贝斌的下落。

此时断贝斌跟一个二十来岁的金发女生住在一间出租屋中。断然在跟踪监视他俩的时候，认得那个金发女生便是当年断贝斌收留的那个戴眼镜的小女孩。

断然还查到这个金发女生名叫韦诗赟，原本是在孤儿院生活的，后来被断贝斌带走了。

此时断贝斌在明，断然在暗，断然有数百种方法杀死断贝斌。但断然迟迟没有动手，因为他在调查的过程中得知，断贝斌和韦诗赟都是一个名叫鬼筑的犯罪组织的成员，断贝斌更是这个组织的核心成员，代号黑桃 K。他知道，如果自己杀了断贝斌，势力庞大的鬼筑肯定会倾力调查，到时候自己将永不安宁。

后来，他租下了断贝斌和韦诗赟所住的出租屋隔壁的房子，每天趁他俩外出时，潜入他俩的家中，在断贝斌喝水的水壶中投放低剂量黄曲霉素 B1。

数个月后，断贝斌果然患癌去世，鬼筑没有怀疑断贝斌的死因。断然成功杀死了断贝斌，并且掩饰了断贝斌死于谋杀这件事。

他和断贝斌的恩恩怨怨，就此也就告一段落了。

不久后,断然接受了一宗委托,前去杀死一个名叫曾婉莹的女子。一个名叫慕容思炫的侦探介入调查此案,还破解了断然的诡计。(参看《亡灵武士》)

一个多月后,断然再次跟这个慕容思炫以及刑警支队的副支队长宇文雅姬交手,因为诡计又被慕容思炫识破,最终被警方逮捕。(参看《摩天轮上的生死赌局》)

但在被带回警察局的途中,却有一个自称"活尸"的人救走了他。"活尸"让断然去杀死慕容思炫,以此还他人情。

断然心高气傲,不愿意对"活尸"有所亏欠,于是花了一个月的时间制定了一个谋杀慕容思炫的计划。然而在他准备动手之前,却被一个神秘组织掳走了,随后还被监禁起来。

这个神秘组织,就是断贝斌和韦诗赞所在的鬼筑。

直到四年前,断然通过了鬼筑安排的五十场死亡游戏,终于恢复自由。他没有加入鬼筑,甚至还协助"活尸"对付鬼筑的黑桃7。(参看《黑桃7的傀儡》)

恢复自由后,断然继续接受各种杀人委托。

三年前的平安夜,断然接受了一名女子的委托,杀死了她的情人费懿辉。

在杀死费懿辉之前,在对费懿辉展开调查的过程中,断然曾潜入费懿辉的家中,并且在他的书房里安装了针孔摄像头。他因此得知这个书房有一块地砖是可以撬开的,地砖下面还有一个地下室。

　　断然决定利用这个地下室把费懿辉之死伪装成自杀。他打算在杀死费懿辉后，把门反锁，然后躲到地下室中，等费懿辉的妻子确认书房内没有其他人并且离开书房后，再从地下室里出来，逃离书房。这样一来，事后警方便会认为费懿辉是在反锁的书房中上吊自杀的。

　　可是断然在杀死费懿辉并且进入地下室后，却发现地下室里囚禁着一个小女孩。

　　他离开的时候，带走了这个小女孩。

　　经过一段时间的相处，小女孩感受到断然是真心对她好，于是对断然敞开心扉。

　　她告诉断然她叫唐子洋，她还把她的经历全部告诉了断然。不过，当时唐子洋只有六岁，很多事情都表述不清，断然好不容易才从她断断续续的讲述中拼凑出事情的始末。

　　唐子洋本来是和妈妈一起生活的，在妈妈病死后，她被从来没有见过面的父亲唐瑞接走了。当时唐瑞已经结婚了，妻子叫李冬萍。唐瑞和李冬萍经常虐待唐子洋。后来，在李冬萍的怂恿下，唐瑞甚至把唐子洋——他的亲生女儿，卖给了费懿辉。费懿辉把唐子洋囚禁在书房的地下室中，经常对她进行侵犯。

　　现在断然杀死了费懿辉，他当然不能把唐子洋送回唐瑞身边。于是他对唐子洋说："你以后跟着我生活吧。"

就这样，唐子洋和断然一起生活。

当时断然还不知道，唐子洋将会改变他的人生。

5

二〇一八年六月，初夏。

此时韦诗赟已经找了断然大半年，但始终没有发现他的行踪。

这天，她为组织清理门户，杀死了试图背叛组织的黑桃10。

事后鬼筑的首领大鬼对韦诗赟说，他可以告诉韦诗赟一个情报，作为她杀死黑桃10的报酬。

这个情报就是——断然的下落。

大鬼遍布眼线，要查出一个人的下落自然不难。

知道断然的下落后，韦诗赟跟踪、监视了断然一段时间，得知他现在和一个小女孩住在一起，还发现他对这个小女孩十分关心。

一个月后的某天晚上，韦诗赟直接来到断然目前所住的出租屋。此时小女孩在卧室里睡着了，断然正准备出去杀人，忽然看到韦诗赟上门，吃了一惊。

韦诗赟轻轻一笑，"你也知道我是来干什么的，对吧？"

断然"哼"一声，"为了断贝斌这种小人，值得吗？"

"我不知道你和他之间有什么恩怨，但他当年救了我，还把我养大成人。如果没有他，三十年前我就已经被烧死了。所以，无论如何，我一定要为他报仇。"韦诗赟语气坚决。

"那你想怎么样呢？"断然冷冷地问。

"我要跟你打一场，如果我杀不了你，就由你来杀了我吧。"韦诗赟的语气中流露出满满的自信。她确实是个格斗天才，几乎是目前鬼筑中身手最好的人。

断然略一斟酌，说道："你给我三天时间，我要先去处理一些事。"

韦诗赟十分爽快，"可以，今天是星期五，我星期一再来找你。这几天我会派鬼筑的人监视着你，如果你试图带着那个小女孩逃跑，那么，就算追到天涯海角，我都一定会把那个小女孩杀死。"

断然自然知道韦诗赟说到做到。不过他本来也没打算逃跑，他知道要面对的始终逃不掉。

6

宇文雅姬和慕容思炫专门来到W市调查唐子洋的父亲唐瑞，却从唐瑞的弟弟唐烨口中得知，就在昨天晚上，唐瑞被杀了，W市的警方怀疑杀死唐瑞的凶手是他的妻子李冬萍，现在李冬萍被带到了警察局接受调查。

第四章 黑桃 K 的复仇

原来，唐瑞的父母在 W 市一个小区的同一幢大楼里买下了两套房子，一套在七楼，一套在八楼。他们把这两套房子分别赠予两个儿子——唐瑞和唐烨。唐瑞和妻子李冬萍住在八楼，而唐烨则在七楼独居。

昨天晚上十点多，唐烨在家里打游戏，忽然收到哥哥唐瑞的电话。

"阿烨，快到我家来救我，快！"电话中的唐瑞气急败坏。

唐烨吓了一跳，"哥，什么事啊？"

唐瑞却没有回答，直接挂断了电话。

唐烨担心哥哥，马上来到八楼。他有唐瑞家的大门钥匙，开门走进屋内，发现唐瑞和李冬萍的卧房房门反锁。他知道哥哥家里的所有房间都在房门内侧安装了插销，只能从房内反锁，也就是说，反锁房门的人现在就在房内。

唐烨拍门叫唤，十多秒后，房门打开了，来开门的人是李冬萍。

唐烨不顾李冬萍阻拦，大步走进卧房，只见哥哥唐瑞躺在床上，双目紧闭，一动也不动。他走过去探了一下哥哥的鼻息，发现他竟然没有呼吸了。于是，他马上打电话报警。

在李冬萍拔出插销、打开房门之前，房内只有李冬萍和唐瑞的尸体。如果杀死唐瑞的凶手不是李冬萍，那么凶手是怎样离开这间卧房的？房内虽然有窗户，但安装了防盗网，而且这里还是八楼。

正因为警方初步排除了房内存在第三者的可能性，所以认为李冬萍的嫌疑很大，把她带回了警察局接受调查。

听完唐烨的讲述，雅姬和思炫直奔 W 市警察局，找到了主管这起案件的项警官。项警官听说过"冰冷女诸葛"的大名，向来十分佩服雅姬，知道她想了解唐瑞的案件，十分配合。

项警官告诉雅姬和思炫，他们经过检验，得知唐瑞的死亡原因是被注射毒针。卧房的床头柜上有一支针筒，他们推断那是杀害唐瑞的凶器。在那支针筒上，同时找到唐瑞以及他的妻子李冬萍的指纹。他们认为是李冬萍将毒针刺入了唐瑞的身体（因此在针筒上留下了指纹），唐瑞则自己拔出了针筒（所以他也在针筒上留下了指纹），把针筒扔在床头柜上，随后打电话向弟弟唐烨求助，可惜在唐烨到达现场前，他已毒发身亡。

雅姬听完项警官的讲述后，稍微思索了片刻，问道："我们可以见一见李冬萍吗？"

"可以，但时间不要太久。"

项警官把雅姬和思炫带到审讯室，两人在这里见到了李冬萍。

"唐太太，请你讲述一下你的先生唐瑞遇害前后的详细情况。"雅姬开门见山地问道。

李冬萍说，昨天晚上十点多，他们夫妻两人就像往常那样，唐瑞在卧房里喝红酒、玩手机，她则在卧房内的洗手间里洗澡。

后来她听到卧房外传来拍门声，于是穿好衣服走出去。此时房门内侧的插销是插上的，李冬萍拔出插销，打开房门，只见小叔子唐烨站在门外。

接着唐烨发现唐瑞死在床上，马上打电话报警。李冬萍自己也百思不得其解：自己洗澡前，唐瑞明明好好的，为什么自己洗个澡唐瑞就被杀了？房门是反锁的，凶手怎么进来杀死唐瑞？当然，有可能是唐瑞自己开门让凶手进来的，但凶手在杀死唐瑞后，把房门内侧的插销插上，却怎样离开卧房？

李冬萍讲述完毕，有些激动地说："两位警官，你们相信我，我真的没有杀死我老公！"

雅姬淡淡地说："我相信你没有杀人。"

李冬萍微微一怔，喜道："真的？"

雅姬点了点头，问道："你知道凶手为什么要杀死唐瑞并且嫁祸给你吗？"

"为什么？"李冬萍自己也思考过这个问题，只是始终没有答案。

"因为唐子洋。"

李冬萍一听这个名字，脸色大变，她定了定神，装傻问道："谁啊？"

"如果你想我们帮你洗脱嫌疑，你就说实话。"雅姬紧紧地盯着李冬萍的双眼。

"好吧。"李冬萍只好道出实情。

跟思炫的推理大同小异,唐瑞在李冬萍的怂恿下,把亲生女儿唐子洋卖给了费懿辉。后来唐瑞听说费懿辉自杀,也担心自己卖女儿的事情暴露,好在过了一段时间警察并没有上门找他,唐瑞和李冬萍都认为费懿辉在自杀前已经弄死了唐子洋,两人就不再理会这件事了。

"难道杀死唐瑞的人是他女儿?可是她还不到十岁,怎么可能杀人?"

思炫打断了李冬萍的思索:"唐瑞习惯每晚睡前都喝一杯红酒?"

李冬萍回过神来,颔首答道:"是的。"

思炫又问:"你则习惯每晚睡前才洗澡?"

"是的。"

"你们进入卧房后,一般都会把房门内侧的插销插上,把房门反锁?"

"嗯,一般是唐瑞去把房门反锁的,他说不把房门反锁睡得不踏实。"

"哦。"思炫转头看了看雅姬,示意她提问。

雅姬会意,向李冬萍问道:"唐太太,你的资料上写你是护士,这么说,你在日常工作中,经常会接触到针筒?"

"对啊。"

"你触碰过的针筒会留下你的指纹,凶手会不会拿到了一支留下了你的指纹的针筒,作为杀死唐瑞的凶器?"

"这太有可能了!"李冬萍急忙附和,"项警官他们问我为什么凶器上会有我的指纹时,我也这样说过。"

"好了,基本情况我们都了解了,你放心吧,如果你真的没有杀过人,我们一定会还你一个清白的。"

雅姬和思炫离开审讯室,又找到了项警官。思炫劈头就问:"唐瑞遇害前,手机有通话记录或微信聊天记录吗?"

项警官摇了摇头,"查过了,没有,除了他打给他弟弟唐烨的那通电话。宇文队长,凶手就是李冬萍吧?"

"凶手是李冬萍的可能性不大。"

"什么?"项警官呆了一下,"可是如果不是李冬萍,凶手怎样离开那个反锁的房间?"

"我们现在就去解开这个密室之谜。"

告别项警官后,雅姬和思炫离开警察局,回到唐瑞所住的小区,对唐瑞和李冬萍的卧房进行地毯式搜索,果然有所发现——在房内找到了一个针孔摄像头。

"现在到楼下去吧。"思炫漫不经心地说。

雅姬明白思炫的意思,"走吧。"

两人来到楼下,走到唐瑞所住的那幢大楼的后面。思炫指了指八楼的一扇窗户,"那就是唐瑞和李冬萍的卧房的窗户。"

"是的,这是唯一的可能性了。"

雅姬说罢,和思炫一起走过去检查地面,果然找到了一些透明碎片。思炫捡起一颗,放在手掌上,细细查看。

"是手机屏幕的碎片吗?"雅姬问。

"应该是。"

雅姬嘴角一扬,淡淡一笑,"这么说,密室之谜被破解了?"

思炫面无表情地说:"这种程度的密室,答案难道不是一目了然的吗?"

插曲:断然的故事(二)

在跟韦诗赟决斗之前,断然最后还要去做一件事——杀死唐瑞。

断然知道,如果自己在决斗中被韦诗赟杀死,唐子洋就会无依无靠,很有可能被送回唐瑞身边。他怎么能让唐子洋再回到这个禽兽父亲的手上?所以,他要先到W市去把唐瑞杀死,这样即使自己在决斗中被杀,唐子洋最多也就是被送到孤儿院,而不会落在唐瑞手上。

其实断然早就计划要杀死唐瑞了,此前他已经监视过唐瑞和李冬萍一段时间,甚至曾潜入他俩的家,在他俩的卧房里安装了一个针孔摄像头,从而知道了他俩的一些生活习惯,并且利用他俩的习惯，制定了一个计划，这个计划不仅可以杀死唐瑞，还能嫁祸给李冬萍，一石二鸟。只是断然一直没有付诸行动，毕竟，那是唐子洋的亲生父亲。

但现在，他必须要执行这个计划，把唐瑞杀死了。

他把唐子洋交给邻居照顾，然后独自来到W市，先到李冬萍工作的医院偷走了一支留有李冬萍指纹的针筒，在针筒中注毒，随后潜入唐瑞和李冬萍的家，把这支毒针放在他俩卧房的床头柜抽屉里。此前他通过针孔摄像头拍下的监控画面得知，唐瑞和李冬萍是很少使用这个抽屉的。

接着，断然还在唐瑞的枕头下放了一部手机。

这天晚上，唐瑞和李冬萍进入卧房后，唐瑞像往常那样把房门内侧的插销插上，接着坐在床上喝红酒，李冬萍则走进洗手间洗澡去了。

断然通过针孔摄像头监视着他俩的举动，见时机成熟，便拨打了事先放进去的手机。唐瑞听到来电声，觉得奇怪，把手机从枕头下找了出来，并且接通了电话。

"唐瑞，我是一名杀手，有人出二十万在我这里买下你的命。"断然先声夺人。

"什……什么？"唐瑞这一惊真是非同小可。

"你刚才所喝的红酒被我投放了毒药。你不用怀疑我的话，我既然可以潜入你的家中，在你的枕头下面放一部手机，要在你的红酒里投毒自然轻而易举。"

实际上红酒里根本没有毒药，但唐瑞信以为真，"大……大哥，我不想死啊。"

断然冷冷地道："那些毒药在服下后三到五分钟就会生效，到时候神仙也救不了你了。"

唐瑞连忙求饶："大哥，你救我，你救救我，你要什么我都可以给你。"

"可以，你出钱买回你的命吧。"

"我给你三十万，你救救我，好不好？"唐瑞战战兢兢地说。

断然以进为退，让唐瑞以为自己的目的是要钱，"只是比我的委托人多出了十万，我没必要为了这区区十万出卖我的委托人。"

唐瑞果然中计，"五十万！我给你五十万！"

"我要现金，明天要。"

"没问题！"

断然见唐瑞中计了，心中暗喜，接着说："你的床头柜里有一支针筒，解药就在针筒里，你在毒发前注射针筒，就可以解毒了。"

唐瑞听断然这样说，认为自己和杀手已经谈妥了，自己马上就可以逃过一死，于是赶紧打开床头柜的抽屉，找到针筒，自己把毒针注射到身体里——针筒上因此也留下了他的指纹。他的所有举动，都在断然的计算之中。

第四章 黑桃K的复仇

唐瑞注射了毒针后，把针筒放在床头柜上，拿起手机向断然问道："我注射了，应该没事了吧？"

断然冷笑一声，"早着呢。实际上，这并不是解药，只是能减缓毒发时间的药剂而已。真正的解药我交给了你弟弟。"

唐瑞愕然，"我弟弟？阿烨？"

"是的，你现在马上打电话给他，叫他到你家来救你，他就知道发生什么事了。不过，你最好不要在电话里说多余的话，否则我会阻止他过来，让你毒发身亡。"

唐瑞惊惶失措，马上用自己的手机拨打弟弟的电话："阿烨，快到我家来救我，快！"

唐烨吓了一跳，"哥，什么事啊？"

与此同时，唐瑞听到另一部手机中传来断然的声音："挂掉电话。"

唐瑞只好挂掉了跟弟弟的通话。

"现在你把跟我通话的这部手机从窗外扔出去，然后就可以安心等你弟弟过来救你了。"断然这样做，自然是要毁灭证据，让警方不知道唐瑞死前和别人联系过。

断然算好了时间，在唐瑞把手机扔出窗外，在唐烨到达之前，唐瑞就毒发身亡，死在床上。

这样一来，和唐瑞的尸体一样身处于密室之中的李冬萍，就会成为杀死唐瑞的嫌疑人。李冬萍曾怂恿唐瑞把唐子洋卖给费懿辉,所以断然也要让她付出代价。

最后,断然到手机掉落的地方取走已经碎屏的手机,连夜回到 L 市。

翌日晚上,他便要和韦诗赟决斗。

那天白天,他带唐子洋到游乐场玩了一天。唐子洋玩得很高兴。断然见唐子洋玩得这么高兴,不知怎的,心里也颇感喜悦。

但更多的是心酸。

经过三年的相处,他已经把这个小女孩当成自己的女儿。

傍晚,断然带着唐子洋到肯德基,给她买了一个套餐。

"子洋,你在这里吃东西,叔叔去做一些事。"断然知道,他是时候去见韦诗赟了。

"你什么时候回来呀?你不在,我……我怕。"唐子洋怯生生地说。

"我应该会在晚上八点前回来,但如果我过了八点也没有回来,你就去找警察叔叔,并且把这封信交给他。"断然说罢掏出一个信封交给唐子洋。

"叔叔,你一定要回来啊。"唐子洋抓住了断然的手。

断然"嗯"了一声,轻轻地挣脱了唐子洋的手,转过身子,走向肯德基的大门。他没有回头,他怕自己会不舍。

走出肯德基,他深深地吸了口气:好了,现在就让我去会一会所谓的鬼筑第一高手吧。断贝斌所培养的两名杀手,只能留下一个。

其实断然心里清楚，结局或许并非这样。

7

慕容思炫和宇文雅姬虽然破解了密室诡计，为李冬萍洗脱了嫌疑，但对于杀死唐瑞的凶手是何身份却暂时没有头绪，两人只好返回L市。

刚回到L市，雅姬接到了霍奇侠的电话："队长，唐子洋出现了！"

"什么？"雅姬微微一怔，连忙问，"她现在在哪里？"

"现在我在她的家里，你快过来吧。"

雅姬和思炫根据霍奇侠提供的地址来到一间出租屋，见到了霍奇侠和一个八九岁的小女孩在一起，那个小女孩正是唐瑞的女儿唐子洋。

原来，今天晚上，唐子洋自己走进警察局，把一个信封交给了警察。信封里有一封信，那是警方通缉多时的杀手断然所写的。断然在信中说他要去跟鬼筑的黑桃K韦诗赟决斗，如果警方看到这封信，证明他已经死了，希望警方可以帮忙找人照顾唐子洋。

警察看到这封信以后，知道事关重大，立即向上级单位汇报。接下来，霍奇侠便来到警察局，把唐子洋带回她住的出租屋，却没在家里找到断然。接着雅姬和思炫也来了。

"看来杀死唐瑞的凶手就是断然。"雅姬推测道。

思炫"嗯"了一声,"走吧。"

两人来到小区的管理处,调取了唐子洋所住的那幢楼的电梯监控录像,发现在今天晚上七点左右,断然乘坐电梯上了天台。

"看来断然和韦诗赟要在天台决斗,走吧,我们到天台去看看。"雅姬说。

思炫却说:"在此之前,我要先去做一件事。"

插曲:断然的故事(三)

此时此刻,断然瘫坐在地上,胸口插着一把剪刀。

鬼筑第一高手,果然名不虚传。

奄奄一息的断然抬头向站在自己面前的韦诗赟看了一眼,接着便慢慢地闭上了眼睛。

他在回想自己的一生:他发现自己已经记不清父母的样子了,那两个在这个世界上最爱他的人,甚至似乎从来没有存在过一样。断贝斌收养了他,教了他一身本领,他本来把断贝斌视作亲人,没想到原来自己的父母就死于断贝斌之手,而断贝斌最后还想杀死自己,这让他失去了在这个世界上唯一信任的人。唐子洋呢?断然能真切地感受到这个小女孩是真正关心自己的,就像金毛犬阿然那样，他觉得自己有生以来最快乐的时光，就是和唐子洋一起生活的这三年。

"再见了，子洋。"

这个杀人无数的杀手的人生，就此落幕。

8

慕容思炫和宇文雅姬来到天台的时候，决斗已经结束，他们在这里看到了断然的尸体，此外还有韦诗赟。韦诗赟虽然还活着，但脸色苍白，气息奄奄，看样子即将香消玉殒。

思炫走到她的跟前，看了她一眼，没有说话。

韦诗赟吃力地抬起头来，看了看思炫，认出了他，勉强地笑了笑，"慕容思炫？没想到我死前还能再见一见你这个唯一让我心动过的男人。"

两年前，在思炫家楼下，韦诗赟和思炫曾交过手。虽然韦诗赟用剪刀划破了思炫的手臂，但自己也被思炫所伤，最后狼狈而逃。她是个格斗天才，出道至今，未逢敌手，那次却未能击倒思炫，这让她不禁对这个和自己实力相当的男人有些心动。（参看《猫脸老人的杀意》）

此时思炫面无表情说道："杀敌一千，自损八百，这样的决斗有什么意义？"

韦诗赟向断然的尸体瞥了一眼，不屑地说："你以为我是被他打成这样的吗？他差远了。我只用了七成功力，便轻易干掉了他。不过，我被他暗算了。"

　　思炫看到韦诗赟的手臂上有几处伤口，已经猜到了："他的血有毒？"

　　"十年前，他应该监视过我和我师父一段时间，甚至曾潜入我们家中投毒，因此发现了我在服用一种缓解过敏的药物。所以，他在跟我决斗前，竟在自己的体内注射了我的过敏源。刚才在决斗中，我和他都受了伤，我的伤口沾到了他的血……"韦诗赟说到这里，已经有些上气不接下气了。

　　"他知道自己不是你的对手，他担心在他死后，你会去伤害唐子洋，所以用这样的方法跟你同归于尽。"雅姬看了看面前这个杀人无数的断然，心中有些感慨。

　　"唉，反正我是翻车了。慕容思炫，"韦诗赟轻轻一笑，气息微弱，"我快死了，你能不能吻我一下？"

　　思炫愣了，"为什么？"

　　"毕竟你是……你是唯一让我心动的男人啊，我……我想试试和自己喜欢的人……接吻的感觉……"韦诗赟的面色比刚才更加苍白了，她的额头在冒着冷汗，身体则在微微地抽搐着。

　　雅姬转过身子，"我可以不看。"

　　思炫却一动不动，"你不是中毒了吗？我如果吻你，不是也会中毒吗？"

韦诗赟哑然失笑，"我不是中毒，而是过敏。"

思炫打了个哈欠，"算了，我对你这种杀人魔鬼没有任何兴趣。"

"我就知道你会这么说。"韦诗赟自嘲地笑了笑，突然话锋一转，"不过……如果你愿意吻我，我会告诉你……告诉你一个秘密。我跟你说，如果你……你不知道这个秘密，你一定会后悔的……"韦诗赟此时说话已经有些吃力了。

"你不用告诉我了，因为我已经知道了。"思炫悠悠地道。

韦诗赟秀眉一蹙，"你……你知道什么？"

"你在断然家中的饮用水里投毒了，对吧？你想，如果你打不过断然，死在他手上，至少还能毒死他，为你师父报仇，对不对？"思炫根据韦诗赟刚才的讲述，已经猜到韦诗赟的师父是被断然毒死的。

韦诗赟诧然，"你……为什么会知道？"

"因为我看到断然家中的饮水机旁边有一些水迹，我推测有人把还有水的水桶取下来了，因此把一些水洒到地上。为什么要取下水桶呢？大概是要往水桶中投毒，然后再把水桶重新放上去吧。"思炫一边摆弄着手掌上的几颗薄荷糖，一边说道，"我在上来之前，已经把那桶水取下来了，并且让霍奇侠找人检验。所以，唐子洋是不会喝到那些有毒的水的。"

上次韦诗赟还只是佩服慕容思炫的身手,这次真是对他的聪明才智也心悦诚服,"慕容思炫,有你这样的人存在,我感觉鬼筑快要完了……"

"你的感觉很准。"思炫把手上的薄荷糖一股脑儿扔到嘴里,大口大口地咀嚼起来。

"师父……我来陪你了……"韦诗赟的脉搏越来越微弱,呼吸也越来越困难,她终于慢慢地失去了意识,并且再也没有醒来。

雅姬打电话回警察局,让刑事技术科的同僚们过来勘查现场,查验尸体。

在等候时,思炫无意中发现在不远处的一幢楼房天台上,竟然有一个人站在天台的边沿。

只见那个人纵身一跃,跳了下来!

只是思炫不知道,此时在那个跳楼者的身后,还有一个女生,她目睹了跳楼者跳楼的过程。

而这个女生也不知道,今晚有一个人一直跟着自己来到这个小区。

这个跟踪者,此刻就在楼下的一辆汽车里。

这个跟踪者,和韦诗赟一样也是黑桃会的成员,代号黑桃Q。

第五章　黑桃Q的审判

1

除夕夜，慕容思炫来到郑天威家中。

开门的是郑天威的妻子，她知道思炫是郑天威的朋友，轻轻地叹了口气，"你去劝劝他吧。"

今天是合家团聚的日子，家家户户都充满欢声笑语，热闹非凡，但在郑天威家中，却冷冷清清，连空气中都充斥着悲凉的气息。

思炫走进郑天威的卧房，见到了蜷缩在房间角落的郑天威。跟上次见面相比，他似乎老了十多年一般。看到思炫来了，他不知怎的，忽然鼻尖一酸，红着眼睛问："思炫，为什么会发生这样的事啊？为什么啊？"

"节哀。"饶是思炫机智过人，此时也想不到安慰话语。

郑天威有个女儿，叫郑梦婷，今年二十四岁，正是花样年华。

大前天晚上，郑梦婷和几个朋友到位于 L 市郊外的维嘉欢乐度假村玩儿。然而，当天晚上，她却在度假屋中身亡。

根据郑天威的讲述，郑梦婷死亡时，位于度假屋某个房间的洗手间内，浸泡在浴缸中。她左腕的动脉被刀片割破了，大量失血。后来法医经过查验，确定郑梦婷死亡的原因是失血过多引起器官衰竭，此外，法医还检测到郑梦婷死亡前服下了大量安眠药。

那个房间的门只能用钥匙上锁，而在郑梦婷的朋友们发现她之前，房门是上锁的，警察到场后，发现房间的钥匙在浴缸里。也就是说，这个房间是一个密室，可以把房门上锁的人，只有房内的郑梦婷。最后警方断定郑梦婷是自杀的，他们还根据调查结果还原了案发经过：郑梦婷进入房间后，用钥匙把房门上锁，接着走进洗手间，把钥匙扔在浴缸里，然后自己也躺在浴缸里，服下安眠药，最后割腕自杀。

动机呢？

警方经过深入调查，得知郑梦婷有个十分要好的闺蜜，名叫刘茹。半年前，郑梦婷忽然收到了刘茹的短信，说她因为感情问题，痛不欲生，想要跳楼自杀。郑梦婷立即赶到刘茹所住的那幢大楼的天台，却亲眼看见刘茹跳楼而死。在此之后，郑梦婷便终日精神恍惚，郁郁寡欢。

警方初步推断，郑梦婷之所以自杀，就是因为目睹闺蜜刘茹跳楼自杀后，精神受到了巨大的打击。至于郑梦婷的确切自杀原因，目前还在调查之中。

思炫记得这个刘茹，因为半年前刘茹自杀的那个晚上，正是

第五章 黑桃 Q 的审判

断然和韦诗赟决斗之后,他俩决斗时所在的那幢大楼,就在刘茹跳楼的那幢大楼附近,当时思炫也亲眼看见刘茹跳楼自杀。

郑天威讲述完毕,紧紧地抓住思炫的手,一脸激动地道:"思炫,你相信我,我女儿是不会自杀的,你一定要帮我查清楚这件事!"

思炫"嗯"了一声,问道:"当天去度假屋玩的一共有几个人?"

"不算我女儿,一共有四个人。"

郑天威定了定神,把这四个人的概况告诉了思炫。

第一个人叫胡志军,是郑梦婷的同事,也是这次活动的组织者,他跟郑梦婷的关系不错。

第二个人叫刘倩,是胡志军新交往的女朋友,两个人交往了一个月左右,正处于甜蜜期。在这次活动之前,刘倩和郑梦婷是不认识的,也没有见过面。

第三个人叫游振伟,是一个富二代,他是胡志军的高中同班同学,同时也是胡志军的发小。大概在一年前,有一次胡志军、郑梦婷所在的公司搞活动,到 KTV 唱歌,胡志军叫上了游振伟,郑梦婷跟游振伟因此认识。

此外,游振伟也是半年前跳楼自杀的刘茹的男朋友。游振伟和刘茹是通过郑梦婷认识的,两人认识没多久就交往了。传闻说游振伟玩弄刘茹的感情,跟她发生关系后便提出分手,刘茹为情所伤，选择自杀。当然，这些只是传闻而已。

第四个人叫向明霞，她是胡志军和游振伟的高中同班同学，跟郑梦婷不熟。

思炫听完郑天威的讲述，点了点头，淡淡地说："我知道了，我会把这件事查清楚的。"

"谢谢……思炫，谢谢你……"郑天威知道只要思炫出手相助，一定可以揪出杀死女儿的凶手——如果女儿真的不是自杀的话。

思炫又问："你女儿什么时候出殡？"他想在郑梦婷出殡前，为她揪出凶手，让她可以安息。

"本来是明天的，但明天是年初一，所以暂时改成后天。"郑天威叹了口气，"我想要联系到梦婷的妈妈，让她来见女儿最后一面，可是一直联系不上，现在出殡改期了，我明天再试试联系她吧。"

思炫以前曾听郑天威提过，他现在的妻子，并不是他女儿郑梦婷的妈妈。在郑梦婷五岁的时候，郑天威就和前妻离婚了，女儿由他抚养。离婚六年后，郑天威才跟现在的妻子结婚，婚后两人一直没有孩子。他现在的妻子和他的女儿郑梦婷相处得还算不错，本来一家三口，也算幸福快乐，没想到现在郑天威却要白发人送黑发人。

"这些年你们一直没有联系吗？"此前思炫并没有向郑天威详

细了解他前妻的事。

郑天威摇了摇头,"没有,离婚后她就像人间蒸发了一样。"

"当时你们为什么离婚?"

郑天威本来不想再提这些往事,但听思炫问起,他也没有顾忌,便把事情的来龙去脉一五一十地告诉了思炫。

十九年前,郑天威抓获了一名毒贩,不久以后,那名毒贩被判死刑。毒贩的几个同伙扬言要报复郑天威,杀死他的妻子和女儿。郑天威的妻子庄小溪十分害怕,提出和郑天威离婚,在此之后,她就再也没有在郑天威和郑梦婷的生活中出现过。

"她原来是一名中学化学老师,离婚后,我打听过她的消息,但她已经从原来任教的学校辞职了,我也找人到 L 市的其他学校打听过,也没有发现她的消息,我想她是真的很害怕遭到那些毒贩同伙的报复,所以离婚后马上就离开 L 市了。"

郑天威说到这里,长叹了一口气。曾经,他有一个幸福的三口之家,可是后来妻子离他而去,现在女儿也永远离开了他,曾经的幸福之家支离破碎,这一切到底是谁的错?

2

翌日上午,慕容思炫便开始展开调查。他先去跟踪那个富二代游振伟。虽然游振伟和郑梦婷看上去只是朋友,但郑梦婷的闺蜜刘茹曾是游振伟的女友，而郑梦婷之死很有可能跟半年前刘茹的自杀有关，所以思炫认为游振伟是个关键人物。然而调查并不顺利，他跟踪了一个上午，却没在游振伟身上发现什么线索。

下午思炫改变目标，去跟踪胡志军，刚好胡志军和女友刘倩到中兴广场看电影、逛商场，刘倩当天也去了度假屋，也就是说，思炫可以同时监视两个跟郑梦婷死亡一案相关的人物。不过，思炫跟踪了一个下午，甚至和他们一起到电影院看了一部自己不感兴趣的喜剧，却始终没有什么发现。

傍晚，思炫跟着胡志军和刘倩走进中兴广场内的一家西餐厅，就坐在他俩后面，偷听他们的谈话。

胡志军和刘倩坐下以后没多久，胡志军忽然说："咦？明霞给我发了一条微信，约我七点见面，还给我发了一个定位。"

思炫一听，不禁双目一亮。胡志军所提到的"明霞"应该就是向明霞，这个向明霞是胡志军和游振伟的高中同班同学，虽然她跟郑梦婷不熟，但当天也在度假屋内。

"她约你在哪里见面呀？"刘倩的语气似乎有些不悦，大概是不想男朋友和别的女生单独见面吧。

胡志军却似乎没有觉察到刘倩的情绪，"我看看定位……宝仪大厦一楼的真佳超市。"

"宝仪大厦？"刘倩的语气有些疑惑，"不是空置很久了吗？那家真佳超市也早就结束营业了啊。"

"这可有些奇怪呀,明霞约我去那里干吗呢?不会是有什么事吧?"胡志军有些担心地说,"我待会儿过去看看吧。"

"我和你一起去。"刘倩当然不能让男朋友自己去赴约。

至于思炫也有些好奇:向明霞约胡志军见面,所为何事?会不会跟郑梦婷之死有关?

他当然也要去看看。

吃过晚饭,思炫便悄悄跟着胡志军和刘倩来到宝仪大厦。这幢宝仪大厦高二十五层,一楼到四楼曾经是商场,四楼以上则是办公楼。但现在整幢宝仪大厦已经空置。

宝仪大厦的一楼曾是一家超市——真佳超市,这家超市现在自然也结束了营业。思炫跟着胡志军和刘倩走进大厦,来到超市,只见有一个人站在超市的大门外,正是思炫今天上午跟踪监视过的游振伟。

"阿伟?你怎么在这里?"胡志军一脸诧异。

游振伟看到胡志军和刘倩来了,也微微一怔,接着他便猜到了:"是向明霞发微信让你们过来的?"

"对啊,难道……你也收到了她的微信?"胡志军反问。

游振伟还没回答,又有一个人走进宝仪大厦,来到超市的大门外。那个人四十来岁,留着短发,穿着一件蓝色的运动服。

但游振伟、胡志军和刘倩都不认识这个人。他们虽然都觉得这个人来到这家已经结业的超市有些奇怪,但也没有多问——毕竟他们几个也来到了这里。

胡志军看了看手表，喃喃自语："明霞不是约了我们七点吗？怎么还没到啊？"

那个穿着运动服的人听到胡志军这样说，"咦"了一声，从口袋中掏出手机，打了一行字，接着让胡志军看了一下自己的手机的屏幕："你说的是向明霞吗？"

胡志军看了看这个陌生人，奇道："你也认识向明霞？你是谁啊？"

对方继续通过打字跟胡志军交流："我叫陈希华，是向明霞的健身教练。今晚向明霞本来约了我在健身房见面的，后来她却发微信给我，约我来这里见面，还说有急事要跟我说。"

胡志军看完了这个自称陈希华的人所打的字，不解地问："你怎么一直不说话呀？"

陈希华先指了一下自己的喉咙，然后继续打字："我这两天咽喉炎，失声了。"

游振伟刚才也看到了陈希华所打的字，此时他快速地打量了一下陈希华，问道："你跟向明霞很熟吗？"

就在此时，胡志军、游振伟和陈希华三个人的手机同时收到了一条微信，竟然都是向明霞发过来的文字消息。这三条消息的内容是完全一致的："现在到超市的办公室来找我吧。"

"向明霞到底在搞什么嘛？神秘兮兮的。"胡志军有些不耐烦地说。

"我们到办公室去看看吧。"游振伟提议道。

胡志军和刘倩同时点了点头，陈希华也举起了手，表示自己也一起去。

接下来，游振伟、胡志军、刘倩和陈希华四人各自打开自己手机的照明灯，在一片漆黑的超市中寻找办公室的位置。思炫则继续隐藏在暗处，悄悄地跟在四人身后。

不一会儿，游振伟四人总算在一个比较偏僻的位置找到了超市的办公室，却见办公室的门上锁着四把挂锁，此外还贴着一张纸，纸上打印了一行字："四把挂锁的钥匙分别放在超市的洗手间、收银台、冷冻柜和楼梯哦。"

"这到底是怎么回事呀？向明霞是在跟我们玩侦探游戏吗？"哑谜接二连三，胡志军已彻底失去耐性。

游振伟在心里略一琢磨，分析道："以明霞的性格，应该不会做这种事吧？"向明霞是个性格内向的女生，也不擅长策划，同时对什么侦探推理毫无兴趣，又怎么会设计一个推理游戏，让胡志军等人参与？

"我打给她问问。"胡志军拨打了向明霞的手机号码，对方没有接听电话。

思炫见时机成熟，从暗处走出来，"你们三个人是同时收到微信消息的，对方应该是设定了一个发送时间，让微信消息定时发送。"

胡志军、刘倩、游振伟和陈希华见突然有个人从黑暗中走出来，都吓了一跳。胡志军质问道："你是谁啊？"

"我是一个恐怖小说作家，最近在构思一本跟超市有关的恐怖小说，所以便进来这里逛一逛，找找灵感。"思炫当然不能告诉胡志军等人，自己正在调查、跟踪他们。

"是吗？你的笔名叫什么？"游振伟不太相信思炫的话，想要在网上验证一下。

"游愚。"思炫记得他的那个恐怖作家朋友游愚的百科上没有作者照片。

游振伟用手机查了一下，找到了游愚的百科，但没有看到游愚的照片，无法验证思炫的话是真是假。

"先别管这些了，我们先去找向明霞吧。"胡志军急于知道向明霞的葫芦里到底卖什么药。

"办公室里应该有和向明霞有关的线索，也就是说，现在你们要先拿到四把挂锁钥匙，把挂锁打开。"思炫推测道。

大家都觉得思炫的话有道理。胡志军略一斟酌，说道："那我们分头行动吧，拿到钥匙后回来这里集合。我去收银台那边找钥匙吧。"收银台就在超市的大门附近，刚才进来的时候，胡志军见到了收银台，知道收银台的位置。

陈希华在手机里打了一行字，然后向众人展示自己的手机屏幕:"那我到楼梯去找找看吧。"

"那我到冷冻柜那边去找找吧。"游振伟以前来过真佳超市买东西,大概记得冷冻区的位置。

"这不是剩下洗手间没人去吗?"刘倩咽了口唾沫,有些害怕地说,"你们是让我一个女生到洗手间去找钥匙?我不敢自己去啊。而且在我的印象中,洗手间离这里挺远的啊。"

"那我和你一起到洗手间去找钥匙吧。"在这个诡异的环境里,胡志军确实不放心让女友自己行动。

"那谁去收银台啊?"刘倩问。

胡志军看了看思炫,"作家先生,要不你帮忙到收银台去找一下钥匙?"

"哦。"为了让众人不再怀疑自己的身份,思炫接着又说,"不过,如果要我帮忙,那么以后我把现在咱们的经历改编成恐怖小说,你们可不能向我收取版权费。"

3

洗手间、收银台、冷冻柜和楼梯,分别位于超市的不同方向。接下来,五人便向四个方向走去。

胡志军和刘倩来到洗手间,两人先走进男洗手间,开着手机的照明灯,找了好一会儿,却没有找到钥匙,接着便又走进女洗手间，果然看到其中一个隔间内的马桶水箱上有一把钥匙。

"阿军，在那里。"刘倩首先发现了钥匙。

"哈哈，找到啦！"

胡志军话音刚落，手机忽然收到了向明霞的微信发过来的视频通话邀请。

"向明霞？"胡志军立即接受了邀请，霎时间便看到向明霞出现在屏幕中。

"喂，向明霞，你到底……"

胡志军只说了半句就停下了，因为他发现屏幕中的向明霞嘴巴被封箱胶纸紧紧绑住，眼神之中充满恐惧。她似乎身处一个很高的地方，手机的镜头对着她的脸，她的面部应该是对着天空，她的下方则是街道，街道上的汽车和树木都极小。

"向明霞，你怎么啦？你在哪里啊？"胡志军问。

向明霞虽然意识清楚，但嘴巴被封住，只能发出"呜呜呜"的声音。

刘倩秀眉一蹙，分析道："她好像在一幢大楼的天台边沿，她的身体应该被绳子绑着，所以她动不了。镜头一动也不动，手机应该是固定在一个落地支架上，而这个支架则在向明霞前面。"

就在此时，只听手机中传出一个四五十岁的女子的声音："刘倩，你很聪明，你猜对了。"

那自然不是向明霞的声音。看来这个女子就是用向明霞的手机向胡志军的手机发起视频通话邀请的人。此时这个女子在镜头外，所以胡志军和刘倩都没能看到她的样子。

"你是谁啊？"胡志军问。

女子没有回答胡志军的问题，只是说道："胡志军，刘倩，实际上把你们叫来的人，不是向明霞，而是我。当然了，游振伟以及向明霞的健身教练陈希华，也是被我用向明霞的手机叫来的。"

"什么？"胡志军讶然。

刘倩在他耳边提醒："快录屏。"

胡志军恍然大悟，马上开始录屏，这样待会儿便可让游振伟和陈希华一起分析这次视频通话。

此时又听那女子从容不迫地说道："先告诉你们吧，我叫庄小溪，是郑梦婷的妈妈。"

胡志军和刘倩一听到郑梦婷的名字，霎时间脸色大变。

"四天前，我的女儿郑梦婷在维嘉欢乐度假村的一间度假屋中死了。我查过了，当时和我女儿一起在度假屋里的有四个人，其中两个就是你们——胡志军和刘倩，另外两个则是游振伟和向明霞。

"我了解我的女儿，她是绝对不会自杀的，她一定是被谋杀的。根据我的调查，杀死我女儿的人很有可能就是向明霞！"

"什么？"胡志军只觉得这个自称庄小溪的人的话毫无根据，"向明霞怎么会杀人呢？再说，她跟梦婷也没什么矛盾呀。"

刘倩接着说:"庄阿姨,你的女儿是死在密室里的,如果凶手是向明霞,她怎么把你女儿所在的房间的房门上锁呀?"

庄小溪淡淡地道:"这个密室之谜的答案,你们自己去找吧。当然,目前我也不能完全确定凶手就是向明霞。如果不是向明霞,那么就很有可能在游振伟以及你们两个之中。现在,我要你们去找出真相,找出我女儿的死亡真相。"

"怎么找啊?"胡志军只觉得莫名其妙。

刘倩紧接着也问:"你把向明霞的健身教练也叫来,又有什么用意?"

庄小溪"嗯"了一声,"据我所知,这个陈教练跟向明霞的关系不错,或许可以向你们提供一些跟向明霞有关的重要情报,这些情报可以让你们明确向明霞到底是不是杀死我女儿的凶手。"

"警察都说了梦婷是自杀的,你还要我们找什么真相啊?"胡志军觉得庄小溪多此一举。

庄小溪没有理会胡志军,自顾自地说道:"接下来我要说的话很重要,你们要认真听……"

"喂,"胡志军打断了她的话,"你没听到我说话吗?你有问题就去找警察……"

刘倩拉了拉胡志军的手臂,轻声说:"阿军,先听听她说什么吧。"

"哼!"胡志军冷哼一声,这才住口。

第五章 黑桃 Q 的审判

数秒后,手机中再次传出庄小溪的声音:"你们要找出我女儿的死亡真相,把杀死她的凶手揪出来。如果你们明确凶手确实是向明霞,我会亲手处决她,把她从这里扔下去,为我女儿报仇;如果你们最后确定凶手不是向明霞,而是你们之中的某个人,那么在你们打开超市办公室的门后,你们需要合力把这个凶手关进办公室内的洗手间里,并且用挂锁把洗手间的门从外上锁。"

"为什么要这样做啊?"胡志军不解地问。

庄小溪阴恻恻地道:"因为我在办公室的洗手间内放了炸弹,到了今晚八点三十分,炸弹就会爆炸,到时候被锁在洗手间内的凶手就会被炸死,我女儿的仇也就报了。"

胡志军连忙看了一下手机屏幕上的时间,现在已经是七点四十分了,如果庄小溪所言属实,那么还有不到一个小时办公室内的洗手间就会发生爆炸。

"胡志军,到时候我会再次向你的微信发起视频通话邀请,我要亲眼看到害死我女儿的凶手被炸死,凶手死后,我就会放走向明霞;当然,如果最后你们查到凶手就是向明霞,我也可以向你们直播我把她扔下去的过程。"

"疯子!我们可不会陪你疯,我现在就打电话报警,你要玩什么找凶手游戏,就自己跟警察玩吧。"胡志军准备结束视频通话。

"我劝你不要轻举妄动,因为我在超市的其他地方也安装了炸弹。只要我按下一个按键,就可以远程引爆超市里的所有炸弹,让你们立即被炸成肉酱。"

"啊!"刘倩吃了一惊,"请你别这样做!我们会按你说的去做的。"

"很好。再告诉你们吧,我在办公室的洗手间内安装了感应装置,如果到了八点三十分,感应装置没有感应到洗手间内有人,那么超市内的所有炸弹也会爆炸,你们所有人都会被炸死。"

胡志军越听越急躁,但又不敢发作,"你到底想怎么样呀?我都被你弄糊涂了。"

刘倩则已经明白了庄小溪的意思:"简单地说,我们要在八点三十分前明确杀死郑梦婷的凶手是谁。如果凶手是向明霞,我们把这件事告诉庄阿姨,庄阿姨会杀死向明霞为郑梦婷报仇,同时解除超市里的炸弹;如果凶手不是向明霞,我们要把凶手锁到办公室的洗手间里,这样一来,到了八点三十分,感应装置感应到洗手间内有人,就只有洗手间内的炸弹会爆炸,凶手被炸死;如果凶手不是向明霞,但我们没能把凶手锁到办公室的洗手间里,到了八点三十分,感应装置感应到洗手间内没人,超市里的所有炸弹都会爆炸,包括凶手在内的所有人都会被炸死。"

庄小溪满意地说:"刘倩,你很聪明,希望你可以竭尽全力,找出凶手。对了,你们不要试图报警,也不要试图打电话向其他人求助,我在超市的每个角落都安装了监控摄像头,我现在正在远程监视着你们,如果你们有任何异常举动,我也会立即引爆超市里的所有炸弹。希望你们明白,我是一个母亲,我只想为我女儿报仇,而不想伤及无辜。好了,我说完了,你们回去以后把我的话转告游振伟和陈希华吧。"

不等胡志军和刘倩回答,庄小溪便结束了本次视频通话。

4

慕容思炫来到超市大门附近的收银台,很快就在一个抽屉里找到了一把钥匙。在他返回超市办公室的途中,经过冷冻区,看到游振伟正在查看冷冻柜,于是走到他身后,冷不防问道:"还没找到吗?"

游振伟吓了一跳,回头向思炫瞪了一眼:"你走路怎么没有声音呀?"

"钥匙在那里。"思炫一眼就看到其中一个冷冻柜里有一把钥匙。

"你怎么一下子就能看到?钥匙该不会是你放的吧?"游振伟露出了怀疑的表情。

思炫没有理会他,取走了冷冻柜的钥匙,径自往办公室走去。

"喂,等等我。"游振伟紧随其后。

两人回到办公室前方,却见胡志军、刘倩和陈希华都还没回来,这里一个人也没有。思炫用在收银台和冷冻柜找到的两把钥匙，分别打开了办公室房门上的两把挂锁。

等了一会儿，陈希华从楼梯的方向走过来。

"你怎么这么久才回来？楼梯离这里不是很近的吗？"思炫淡淡地问。

陈希华尴尬地笑了笑，掏出手机打了一行字："是的，但我在一楼的楼梯里找了好久也没找到，最后才发现钥匙原来在二楼的楼梯。"

接下来，陈希华把钥匙交给思炫，思炫用这把钥匙又打开了一把挂锁。现在办公室的门上只剩下最后一把挂锁了。

"阿军他们怎么还没回来呀？"游振伟有些担心地说。

陈希华从口袋中取出一包香烟，抽出两根，分别递给游振伟和思炫。

游振伟摆了摆手，"我不抽烟，谢谢。"

思炫也冷冷地说："吸烟有害健康。"

陈希华只好自己点燃了一根香烟抽了起来。

"你不是咽喉炎吗？怎么还抽烟呀？"游振伟问。

陈希华两手一摊，苦笑了一下。

这时候，胡志军和刘倩终于回来了。

游振伟劈头便问："怎么样？有找到钥匙吗？现在就差藏在洗手间的那把钥匙啦。"

"先别说钥匙的事，现在我们的处境十分危险。"胡志军上气不接下气地说。

游振伟莫名其妙，"你说什么呀？"

"你们自己看看。"胡志军打开了刚才录下的和庄小溪的视频通话。

思炫、游振伟和陈希华三人看完以后，面面相觑。

游振伟定了定神，问道："那个庄小溪真的是梦婷的妈妈？"

刘倩看到办公室的房门上只剩下一把挂锁，建议道："要不我们进办公室的洗手间看看吧？"

"对！"胡志军连忙用在洗手间找到的那把钥匙打开了最后的挂锁。

五人打开房门，走进办公室，直接来到洗手间前，开门一看，马桶后面的水箱上果然有一个炸弹！

5

游振伟倒抽了一口凉气，"看来梦婷的妈妈是来真的。"

"那现在我们怎么办啊？"胡志军平时在朋友们中总是担任着组织者、领导者的角色，但此时危及生命，他也没了主意。

陈希华用颤抖的手在手机上打了一行字，向众人出示："这件事跟我无关，我先走了。"

刘倩却说："你先别走，你没看到吗？庄阿姨说任何人有异常举动，都会引爆超市里的所有炸弹。"

"我也得觉得我们不该冒险。"胡志军琢磨了一下，说道，"要不我们还是按照梦婷妈妈的指示，找出凶手吧？"

游振伟同意胡志军的意见，他略一思索，说道："首先我们要明确，为什么梦婷妈妈会认为向明霞是杀死梦婷的凶手？如果她是凶手，当时她是怎么把梦婷所在的房间的房门上锁的？"

慕容思炫突然插话："你们把当天发生的事详细跟我讲一遍吧。"

胡志军没好气地说："跟你讲有什么用呀？"

思炫向他们出示了自己的证件，"我是L市警察局外聘的刑侦专家。"

"啊！刑侦专家？"这可让胡志军始料未及。

"要不我们就把当时的事跟他说一说吧？"刘倩觉得目前的处境，这个刑侦专家应该就是众人中最可靠的。

游振伟有条不紊地讲述起来："是这样的：那天晚上我们几个人在度假屋里玩剧本杀，大概玩到凌晨一点多吧，就各自回房睡觉。到了第二天上午，我们起床后，便各自收拾好行李，准备离开度假屋。但我们等到九点多，梦婷还没从她的房间走出来，我们去敲门，也没有回应，我们尝试开门，却发现房门上锁了。

"于是，我们便联系度假屋的工作人员。不一会儿有一名工作人员来了，但他说度假屋里每个房间都只有两把钥匙，他们也没有备用钥匙，无法开门。"

"房间的门要怎样上锁？"思炫追根究底。

"只能用钥匙上锁，持有钥匙可以从房内或房外上锁，而在门上锁后，就只能用钥匙打开了。"

郑天威曾向思炫简述过案情，思炫知道房间的钥匙是在房内洗手间的浴缸里发现的，此时他明知故问："那么郑梦婷所在的房间的两把钥匙，后来是在哪里找到的？"

"她的房间只有一把钥匙。"胡志军说。

思炫双眉一蹙，"为什么？"

游振伟接着解释："是这样的，我们所租的那间度假屋有四个房间，在我们入住度假屋的时候，每个房间的钥匙都插在门锁上，房门上写着房号，而每把钥匙上也贴着房号。其中二号房只有一把钥匙，当时我们还特意打电话到度假屋的管理处问过，工作人员说，这间度假屋的二号房确实有一把钥匙在很久以前就弄丢了，只剩下一把钥匙，还问我们是否要换一间度假屋。我们觉得少了一把钥匙没什么关系，就没换。

"接下来我们便挑选房间，胡志军和刘倩住一个房间，明霞、梦婷和我各住一个房间，其中梦婷所选的就是只有一把钥匙的二号房。"

思炫"哦"了一声，又说："你接着说那天上午的事吧。"

游振伟一边回忆一边说道："当时我们担心梦婷在房间里发生

什么意外，经过工作人员的同意，我们砸掉了门锁，走进房间，看到房内洗手间的门虚掩，再走进洗手间，却发现梦婷在洗手间的浴缸里，已经死了。

"我们立即报警，警察到场后，发现二号房的那把唯一的钥匙就在浴缸里。警察试了一下，发现那把钥匙确实可以打开二号房的门锁。如果房门是在外面被上锁的，锁门的人根本不可能把钥匙放到浴缸里，所以警察认为房门是在里面被上锁的。而当时房间里就只有郑梦婷一个人，由此可见，郑梦婷是自杀的。"

思炫提出了一个想法："会不会是凶手确实是在外面锁门的，然后一直把钥匙带在自己身上，等你们砸掉门锁进去后，再找机会把钥匙扔进浴缸里？"

游振伟却摇了摇头，"应该不会吧，我们在洗手间门外发现了梦婷躺在浴缸后，只有我一个人进过洗手间，也就是说，大伙儿都没机会把钥匙扔进浴缸。至于我，我进去后也只是把手放到梦婷的鼻子前，看看她有没有呼吸，并没有做出其他动作。"

胡志军接着说："是的，当时阿伟确实没有任何异常举动，如果他把钥匙扔到浴缸里，我们肯定会看到的。"

思炫通过游振伟和胡志军两人的微表情和肢体动作，判断他们并没有撒谎，于是又问："那会不会是警察从浴缸里找到的那把钥匙，根本不是二号房的钥匙，而是其他房间的钥匙，在此之后，凶手才用真正的二号房钥匙换回那把钥匙？"

"什么意思啊?"胡志军没听明白。

刘倩解释道:"他的意思是,假设凶手住在一号房,手上有一号房的两把钥匙,在杀死郑梦婷后,凶手把其中一把一号房的钥匙丢到浴缸里,然后用二号房的钥匙在房外锁门。而在警察从浴缸里找到一号房的钥匙后,凶手就用二号房的钥匙换回那把钥匙,所以最后警方认为在浴缸里找到的钥匙可以打开二号房的门锁。"

"但这也是不可能的呀,当时警察从浴缸找到那把钥匙后,马上就用它尝试打开地上那把被砸掉的门锁了,凶手根本没有调换钥匙的机会。"游振伟十分肯定地说。

胡志军最后总结道:"所以说嘛,向明霞根本不可能是凶手,应该说谁也不可能是凶手,房门是梦婷在房内上锁的,梦婷是自杀的。"

此时思炫已在大脑中把相关线索都串联起来了,他又问:"离开度假屋的时候,你们每个人都交还了自己所住的房间的两把钥匙吗?"

"你这么说,当时向明霞确实只向工作人员交还了一把钥匙。"游振伟说。

"为什么?"

"她说有一把钥匙弄丢了,还问工作人员要不要赔偿,工作人员说没关系。"

"是吗?"思炫咬了咬手指,漫不经心地说,"还真是个一目了然的密室诡计呀。"

6

"你什么意思啊?"胡志军疑惑地问。

刘倩则已经明白了:"你是说,锁门的人确实不是郑梦婷,而是向明霞?"

思炫的回答只有一个字:"对。"

游振伟追问:"她是怎么做到的?"

"很简单,郑梦婷所在的二号房有两把钥匙,向明霞把其中一把钥匙扔进浴缸,另一把钥匙则在自己走出房间后,用来锁门。"思炫直截了当地说。

游振伟皱了皱眉,"我刚才不是说了吗?二号房只有一把钥匙啊。"

思炫嘴角一扬,"严格来说,不是二号房只有一把钥匙,而是二号房的门锁只有一把钥匙。"

"这不是一样吗?"胡志军越听越糊涂了。

刘倩咽了口唾沫,"难道……"

"是的,"思炫一语道出这个密室诡计的关键所在,"向明霞调换了门锁。"

"调……调换门锁?"游振伟诧然。

"向明霞住在几号房?"思炫问。

刘倩想了想:"好像是四号房。"

思炫微微颔首,接着便展开推理。

"那天晚上,你们各自回房后,向明霞用螺丝刀把她所住的四号房,以及郑梦婷所住的二号房的门锁都拆了下来,然后把原本四号房的门锁安装到二号房的房门上,原本二号房的门锁则安装到四号房的房门上。这样一来,四号房的门锁就只有一把钥匙了,而二号房的门锁则有两把钥匙——这两把钥匙都在向明霞身上。

"向明霞把二号房的新门锁的其中一把钥匙扔到浴缸里,另一把钥匙则在自己走出二号房后,用来锁门。这把用来锁门的、本来是四号房的钥匙,她第二天自然就带走了。"

游振伟也听明白了,"也就是说,向明霞第二天交还给工作人员的钥匙,本来是二号房的门锁的钥匙。二号房本来就只有一把钥匙,所以她便只能交还一把钥匙。"

"是的,当然,她还调换了钥匙上的贴纸。"思炫补充道。

"不是调换钥匙,而是调换整把门锁,向明霞设计的这个密室诡计还挺巧妙的呀,让大家都陷入了心理盲点。"游振伟由衷地说。

"难道郑梦婷真的不是自杀的,而是被向明霞杀死的?"刘倩有些难以置信。她跟向明霞虽然不熟,但直觉认为她不是那种会杀人的人。

胡志军看了看手表,有些着急地说:"先别说了,已经八点十分了,只剩下二十分钟了,我们赶快告诉梦婷妈妈,凶手确实就是向明霞。"

思炫却说:"庄小溪自然也破解了这个密室诡计,但她不能完全确定向明霞就是凶手,因为向明霞没有杀死郑梦婷的动机。所以,她让我们调查,甚至把向明霞的健身教练也找来了,希望我们可以找出向明霞杀死郑梦婷的动机。"

陈希华摇了摇头,表示自己也不清楚向明霞为什么要杀死郑梦婷。

"向明霞是我和阿伟的同学,她跟梦婷不太熟呀,而且两人也没什么矛盾,她确实没有杀死梦婷的动机。"游振伟也想不通。

胡志军却忽然心中一凛,煞有介事地道:"我想我知道凶手是谁了。"

"什么?是谁啊?"游振伟追问。

胡志军却向游振伟瞥了一眼,冷冷地道:"别装了,游振伟,就是你啊!"

游振伟愕然,"你说什么?"

"那天早上六点多的时候,我已经起床了,在度假屋的阳台里抽烟,结果无意中看到向明霞偷偷摸摸地走进了你的房间。"胡志军说出了一件此前没有告诉过其他人的事。

"六点多?当时我还没醒来啊,我根本不知道向明霞进来过。"

游振伟有些不解,"她进来我房间干什么?"

"我记得她进去你的房间前,手上拿着一块钢表——我认得那是你的手表,而她出来的时候,已经没有拿着那块手表了。"胡志军说罢指了指游振伟戴在手腕上的银色钢表。

"你什么意思啊?"游振伟越听越糊涂。

胡志军轻轻地"哼"了一声,分析道:"我说得还不够清楚吗?在我们各自回房后,你——游振伟,潜入了梦婷的房间,把她杀死了,但你并没有调换门锁、制造密室。此外,你在杀人的时候,手表不小心掉在现场,但你没有发现。

"后来,向明霞因为某些事到梦婷的房间去找她,却发现她死了,同时还在现场看到你的手表,从而知道人是你杀的。为了帮你掩饰罪行,她带走了你的手表,并且通过调换门锁制造密室,让大家认为梦婷是自杀的。最后,她还偷偷走进你的房间,把手表放在你的房间里,没想到却被我无意中看到。"

"你胡说什么啊?"游振伟有些恼怒,他没想到自己的发小竟然会怀疑自己杀人,"向明霞为什么要帮我制造密室啊?"

"你别以为我不知道,向明霞从中学就开始暗恋你,对吧?她经常跟我们一起玩,难道不是为了寻找机会多接近你吗?"胡志军越说越觉得自己的推测合情合理。

"我……是的,我是知道向明霞喜欢我,但我并没有杀梦婷,我为什么要杀她啊?"游振伟反问。

胡志军加大了声音："因为她的闺蜜刘茹，是因你玩弄感情而自杀的！当时梦婷在朋友圈说刘茹因为被渣男玩弄感情而自杀，大家都知道她说的渣男就是你。她公开你的劣行，所以你对她怀恨在心，杀死了她。"

"我没有玩弄阿茹的感情！"游振伟听胡志军提起刘茹，霎时间眼睛微红，有些激动地说，"那些说她因为被我玩弄而自杀的传闻，都是谣言！"

"别抵赖了！"

胡志军说完，无意中看到办公室内的一张桌子上放着一卷绳子——估计是庄小溪放在这里的。他走过去一把拿起那卷绳子，对刘倩、陈希华和思炫道："你们快帮忙把他抓住，我把他绑起来，关到洗手间里。"

"胡志军，你冷静一些！我跟你这么多年的朋友了，你相信我会杀人？"游振伟对胡志军失望之极。

胡志军深信自己的分析是正确的，朗声道："只剩下十五分钟了，你们还愣着干吗？快把他抓住啊。如果不把他关进洗手间里，给梦婷妈妈一个交代，我们所有人都会被炸死啊！喂，刑侦专家，快帮忙啊。"

思炫向气急败坏的胡志军瞥了一眼，一动不动。

"我想起来了！"游振伟忽然敲了敲自己的脑袋，"那天夜里，我在半睡半醒间，好像看到有人走进我的房间。当时我还以为自己在做梦,现在看来,那根本不是梦。"

"我刚才不是说了吗?那是向明霞,她进去把捡到的手表还给你。"胡志军理所当然地说。

"不对,不是向明霞,"游振伟竭力回忆,"我记得那个人的身上散发着香水味,而向明霞是不用香水的。"

"香水?"思炫用鼻子嗅了嗅,接着便把目光投向刘倩。

"对了!"与此同时游振伟叫了出来,转头望向刘倩,"就是刘倩你身上的香水味!你进过我的房间!"

刘倩愣了一下,结结巴巴地说:"我……我进你的房间干吗?"

胡志军也怫然作色:"我女朋友怎么会在深夜去找你?你以为你胡编乱造,就可以洗刷自己的嫌疑了吗?"

游振伟没有理会胡志军,而是紧紧地盯着刘倩,不慌不忙地说:"你进我的房间是为了偷走我的手表,然后把它丢在梦婷的死亡现场,想要嫁祸我。是的,你才是杀死梦婷的凶手!"

7

胡志军转头看了看刘倩,"阿倩,你……你真的进过阿伟的房间?"

"我……我没有……"刘倩言不由衷。

胡志军呆了一下,接着轻轻地叹了口气,"看来你接近我果然是有目的的。"

"什么？"刘倩不明白胡志军为什么突然这么说。

胡志军自嘲地笑了笑，"现在告诉你也无妨了，其实我跟你在一起以后没多久，就找人查过你了。半年前自杀的刘茹，是你的姐姐，对吧？"

刘倩一听，面如土色。

"我当时知道这件事以后，还安慰自己说这是巧合，还认为我们之间的爱情是真实的。但现在一切都十分明确了，你接近我，甚至成为我的女朋友，就是为了通过我接近游振伟。你认为你姐姐是因为游振伟而自杀的，所以你杀了梦婷，并且为了嫁祸游振伟而潜入他的房间，偷走了他的手表，对吧？"

事已至此，刘倩觉得也没必要隐瞒了，"那天深夜，我确实潜入游振伟的房间偷走了他的手表，但郑梦婷真的不是我杀的，她是自杀的。"

思炫发现刘倩在说这几句话的时候，眼睛颇为放松，唇形也是完整的，而且语速自然，这表明她应该没有撒谎。

"什么？"胡志军的脑筋一时转不过来。怎么说来说去，郑梦婷还是自杀的？

刘倩清了清嗓子，向大家道出了事情的始末。

"阿军，你说得对，我是刘茹的妹妹。刚开始我接近你，也确实是为了通过你接近游振伟，我想要查清楚我姐姐的死到底跟他有什么关系。可是后来,我却是真心爱上了你。你刚才说以为我们之间的爱情是真实的,我现在明确地告诉你,我们之间的爱情就是真实的!

"当然,虽然我们交往了,但我并没有因此停止对游振伟的调查,我查到半年前我姐姐自杀,或许不光跟游振伟有关,还跟我姐姐的闺蜜郑梦婷有关。

"在度假屋的那天晚上,大家各自回房后,我见时机成熟,便潜入郑梦婷的房间,想要翻一翻她的手袋,看看有什么线索,却发现她死在浴缸里。当时浴缸旁边还有一张纸,写着什么'是我害死了刘茹,我要自杀赎罪'之类的话,我想那应该是郑梦婷亲笔所写的遗书。

"我不知道郑梦婷跟我姐姐之间发生过什么事,但我姐姐因为被游振伟玩弄感情而自杀却是不容置疑的事实。我为了报仇,便取走了郑梦婷的遗书,接着还潜入游振伟的房间,偷走了他的手表,并且丢在郑梦婷的尸体旁边,想要让警察认为是游振伟杀死了郑梦婷。没想到,那块手表后来却被向明霞取走了。"

游振伟、胡志军、刘倩和向明霞,再加上半年前自杀的刘茹,以及数天前死亡的郑梦婷,这六个人的关系真是错综复杂。

思炫开口总结道:"简单地说,郑梦婷是自杀的。她自杀后,潜入她房间寻找线索的刘倩无意中发现了她的尸体。刘倩为了嫁祸游振伟,取走了郑梦婷的遗书,并且留下了游振伟的手表,把自杀伪装成他杀。后来,向明霞因为某些事到郑梦婷的房间去找她,却发现她死在浴缸里,还看到游振伟的手表留在现场,她以为是游振伟杀死了郑梦婷,不仅取走了游振伟的手表,还制造密室,把'他杀'又变回自杀。"

胡志军向刘倩问道:"梦婷的遗书呢?"

"我当时就撕掉了,并且从马桶冲走了。"刘倩说。

"那怎么能证明你说的话是真的呀?"胡志军还是有些怀疑,"梦婷真的是自杀的,而不是你杀死的?"

刘倩愤然道:"胡志军,再怎么说我也是你女朋友啊,你真的这样不相信我?"

胡志军也说出了自己的疑惑:"但梦婷根本没有自杀动机啊。"

游振伟冷不防说道:"其实梦婷是有自杀动机的。"

"什么?"胡志军和刘倩同时望向游振伟。

"事实上,她之前也试过在宾馆割腕自杀,割腕后还打电话给我,说她要死了,幸好我及时赶到宾馆,把她送到了医院。她醒来后,便把她自杀的动机原原本本地告诉了我。"

原来,那次胡志军和郑梦婷所在的公司搞活动,到 KTV 唱歌,胡志军叫上了游振伟,当时郑梦婷就对游振伟这个外形俊朗的富二代颇有好感,想要让他成为自己的男朋友。

但游振伟并不知道郑梦婷对自己的心意,再说,郑梦婷也不是游振伟喜欢的类型。

后来，郑梦婷主动约游振伟去看电影，游振伟说如果只有他们两个人去看电影，担心别人误会他俩的关系，郑梦婷只好说，不光只有他们两个人，她的闺蜜也会去，游振伟便答应了。郑梦婷没有办法，只好叫上了闺蜜刘茹一起去看电影。

　　万万没有想到，游振伟和刘茹见面后，两人都对对方一见钟情。不久以后，游振伟和刘茹便正式交往了。

　　郑梦婷十分嫉妒，她认为是刘茹抢走了自己喜欢的男人。于是，她故意在刘茹面前假装跟游振伟通电话，她说："振伟，你昨晚对我做那种事，如果被阿茹知道了怎么办？唉，我觉得我们好对不起阿茹呀。"

　　刘茹非常单纯，听了郑梦婷的话，真的以为游振伟出轨了，而出轨的对象还是自己的闺蜜郑梦婷。刘茹无法承受这样的打击，于是想要跳楼自杀。

　　刘茹走到她所住的那幢楼房的天台，然后打电话给郑梦婷，说她觉得活着没意思了，想要跳楼，一了百了，她还说祝福郑梦婷和游振伟。郑梦婷只是想要拆散刘茹和游振伟，并没想过要把刘茹置于死地。她赶到天台，想要跟刘茹解释清楚，但刘茹看到她以后，什么也没说，便跳了下去。

　　郑梦婷觉得是自己害死了刘茹，心中十分内疚，为了减轻自己的负罪感，她发朋友圈说刘茹是因为被渣男玩弄感情而自杀的，想把责任推卸到游振伟身上。尽管如此，她心中还是十分明白，刘茹之所以自杀，是因为自己的算计，让她以为游振伟出轨了。

郑梦婷几乎每天晚上都梦到刘茹，梦到她满面是血，梦到她质问自己："你为什么要骗我？"终于郑梦婷崩溃了，所以到宾馆割腕自杀。

游振伟说到这里，稍微顿了一下，最后又说："在此之前，我也一直不知道阿茹为什么会自杀，直到听了郑梦婷的讲述，我才明白事情的原委。我确实恨极了郑梦婷，因为是她害死了阿茹——我最爱的女人，可是事情已经发生了，阿茹已经死了，哪怕郑梦婷也以死赎罪，阿茹也不能复活。所以我对郑梦婷说，我原谅她了，让她忘了这些事，不要再做傻事。没想到最后她还是过不了自己那一关，在度假屋里再一次割腕自杀。"

众人明白事情的来龙去脉后，都唏嘘不已。

8

"啊！"胡志军忽然惊呼一声，"还差一分钟就到八点半了，我们赶紧告诉梦婷妈妈，郑梦婷确实是自杀的。"

他一边说一边掏出手机，给向明霞的微信发起了视频通话邀请。

与此同时，思炫突然发现陈希华不知道什么时候离开了办公室。他马上向办公室的大门看了一眼，果然看到门被关上了。

第五章 黑桃Q的审判

思炫快步走到门前，尝试开门，不出所料，此时门被锁上了，无法打开。看来陈希华刚才静悄悄地离开了办公室，接着还在外面把门锁上了。

办公室内还有一扇窗户，但这扇窗户安装了防盗网，思炫走到窗前检查了一下窗户，明确人是绝对无法通过防盗网的空隙离开办公室的。

窗外是一个露天停车场，但在宝仪大厦空置后，这个停车场也停止使用了，所以此刻停车场内空荡荡的，没有半个人影，办公室内的思炫等人根本无法向外界求助。

就在此时，向明霞的微信接受了视频通话邀请，只见向明霞再次出现在手机画面中。和刚才一样，她仍在天台边沿，头部更在边沿之外。

"庄阿姨，我们已经查清楚了，郑梦婷她……"

胡志军还没说完，手机中传出了庄小溪的声音："嗯，我都知道了，我的女儿确实是自杀……"

她话没说完，忽见向明霞挣脱了绳索。庄小溪没有想到向明霞可以挣脱绳索，不禁一声轻呼。与此同时，向明霞想要站起来逃跑，不料身体一翻，失去重心，向楼外坠落。庄小溪连忙伸手把她拉住。

只见向明霞整个人都已在天台外面，她的右手死死地抓住庄小溪的手。此时胡志军、刘倩、游振伟和思炫通过手机屏幕看到了庄小溪的背影。

"原来是她呀……"思炫喃喃自语。

"使劲……使劲抓住我……"庄小溪想要把向明霞拉上来，但她只是一个女人，而且已经接近五十岁了，力气不够，根本拉不动向明霞。向明霞也逐渐乏力，紧抓着庄小溪的那只手不断地往下滑。

片刻以后，向明霞手臂酥软，再也抓不住了，松开了手，往下坠落！

"啊！"庄小溪失声大叫。

胡志军、游振伟和刘倩看到向明霞掉了下去，也齐声惊呼。

数秒后，只听窗外的停车场传来"砰"的一声巨响，似乎是什么从上方坠落。

胡志军、刘倩和游振伟跑到窗前一看，竟见向明霞躺在窗外，一动也不动。

原来，在坠楼之前，向明霞就在宝仪大厦的天台！

这时候，庄小溪也出现在手机屏幕中。

胡志军等人看到庄小溪的样子，不禁目瞪口呆。

郑梦婷的妈妈庄小溪，竟然就是刚才和大家在一起的那个女健身教练陈希华。

9

"对不起。"庄小溪轻轻地叹了口气,"虽然我没有杀向明霞之意,但她确实是因我而死的。"

"你不是向明霞的教练吗?"胡志军一头雾水,"这到底是怎么回事呀?"

庄小溪通过视频聊天,把事情的始末向众人一一道来。

郑梦婷死后,庄小溪不相信自己的女儿会自杀,于是自己展开调查,通过明察暗访,她得知当时向明霞只向度假屋的工作人员归还了一把钥匙,从而破解了向明霞制造密室的手法。她认为向明霞很有可能就是杀死自己女儿的凶手,但向明霞又似乎没有杀人动机,于是她便把向明霞抓到宝仪大厦的天台,逼问她为什么要杀死郑梦婷。

当时向明霞以为郑梦婷是被游振伟杀死的,为了保护她所暗恋的游振伟,她什么都不肯说。

于是庄小溪便先把向明霞这个准凶手绑在天台的边沿,然后又用向明霞的手机把胡志军、刘倩和游振伟叫到宝仪大厦一楼的真佳超市,想要通过他们明确向明霞到底是不是杀死自己女儿的凶手。

至于慕容思炫的出现,倒在庄小溪的计划之外。

为了防止胡志军、刘倩和游振伟在揭开女儿的死亡真相之前便逃离超市,她特意以"向明霞的健身教练陈希华"的身份加入众人,实际上是对众人实施监视。

胡志军等人都知道向明霞在健身房健身,只是没有见过她的健身教练,见"陈希华"(庄小溪)自称是向明霞的健身教练,便信以为真。

反正在庄小溪的计划中,她在用向明霞的手机向胡志军发起视频通话时,自己不会出现在镜头之中,所以并不担心众人认出她便是"陈希华"。

不过,在视频通话时,庄小溪虽然不会让胡志军和刘倩看到自己的样子,但他俩可以听到自己的声音。为了不让胡志军等人认出自己的声音,庄小溪在以"陈希华"的身份出现时,只好以咽喉炎为借口不说话。

在联系胡志军、刘倩和游振伟三人之前,庄小溪先把锁着办公室大门的四把挂锁的钥匙分别放在超市里的四个地方——女洗手间的隔间内、收银台的抽屉里、冷冻柜内,以及楼梯里。

摆放钥匙的这四个地点,是庄小溪经过精心设计的。洗手间、收银台、冷冻柜和楼梯分别在超市的四个方向,两两之间相距甚远,其中洗手间离办公室最远。

庄小溪早就想好由自己到楼梯去取钥匙,然后利用这段时间前往天台,用向明霞的手机,向前往洗手间取钥匙的人的手机发起视频通话邀请。

分配取钥匙任务的时候，胡志军率先提出由他到收银台，庄小溪担心接着有人选择楼梯，马上告诉众人由她去取放在楼梯的钥匙。最后胡志军和刘倩到洗手间找钥匙，庄小溪到楼梯找钥匙，游振伟到冷冻柜找钥匙，慕容思炫则到收银台找钥匙。这样的安排自然没有超出庄小溪的计划。

楼梯就在办公室附近，众人分开行动后，庄小溪立即来到楼梯。事实上这里的钥匙并不在二楼，就在一楼。庄小溪拿到钥匙后，马上乘坐楼梯旁边的电梯前往顶楼（因为最近有地产商想要收购宝仪大厦，将要前来察看，所以电梯恢复了供电），走上天台，用向明霞的手机向胡志军的微信发起视频通话邀请。

思炫听到这里说道："你是故意把其中一把钥匙放在女洗手间的隔间里的。因为洗手间离办公室最远，所以你推测到洗手间找钥匙的人应该是男人，即胡志军或游振伟，而在这个人到达洗手间后，由于是男人，所以会先找男洗手间，在男洗手间找不到钥匙，再考虑到女洗手间去找。这样你便可以为自己争取到足够的时间，让自己及时赶到天台，在那个人找到钥匙并且离开洗手间前，向他发起视频聊天。"

游振伟惊叹："竟然连这种细节也考虑到了。"

思炫抓了抓他那杂乱不堪的头发，展开了推理。

"视频通话结束后，庄小溪便立即离开天台，乘坐电梯返回一楼,此时我和游振伟已经回到办公室前方了,庄小溪谎称自己的钥匙是在二楼的楼梯找到的,所以才花了这么多时间。因为洗手间离办公室的距离很远,所以胡志军和刘倩反倒在庄小溪回到办公室后再回来。

"刚才,在我们讨论郑梦婷死亡一案的案情时,庄小溪就悄悄离开办公室。为了防止我们逃跑,她还把办公室的门锁上了。虽然离开了办公室,但她仍然戴着耳机,通过安装在办公室内的监听器监听着我们的谈话,从而得知她的女儿郑梦婷确实是自杀的。她回到天台后,本想放走向明霞,没想到向明霞却挣脱了绳索,还自己失足坠楼。"

"唉,是我害了她。"庄小溪一脸内疚。

"好了,接下来,我要向你提问了。"思炫盯着手机屏幕中的庄小溪说道。

庄小溪已经猜到思炫想问什么了:"你要代郑天威问我,这些年我在哪里,对吧?"

"是。"

"慕容思炫,其实我早就听过你的事了。今天你在这里出现,也算缘分,那我就把所有事情都告诉你吧,至于要不要把这些事情告诉郑天威,你自己决定吧。"

时间回到十九年前,被郑天威所逮捕的那名毒贩的几个同伙扬言要杀死郑天威的妻子庄小溪和女儿郑梦婷,庄小溪倒不怕死,只是担心女儿的安危。

庄小溪向一个姐妹倾诉自己的担忧,那个姐妹却说她可以帮助庄小溪。她让庄小溪加入了一个势力庞大的组织。庄小溪加入后,那个组织的首领派人去对那几个毒贩同伙说,如果他们敢碰庄小溪的丈夫和女儿,全家都将死无葬身之地。毒贩同伙不敢得罪这个组织,所以这些年来,郑梦婷才一直安然无恙。

思炫已猜到十之八九了:"鬼筑?"

庄小溪点了点头,"是的,我现在是鬼筑黑桃会的黑桃 Q。"

思炫冷笑一声,"你丈夫在刑警支队这么多年也没混出什么名堂,倒是你在鬼筑平步青云,都成黑桃 Q 了。"

"天威他……唉!"提起丈夫,庄小溪神色黯然,"当年我加入鬼筑,只是为了保护女儿。天威是警察,我知道我一旦走了这条不归路,以后就不可能再和他在一起了。但为了女儿,我义无反顾。即使让我再选择一次,我还是会和天威离婚,然后加入鬼筑的。只是我没有想到,我一直全心守护的女儿,最后却自杀了……"

"你去见一见郑天威吧。"思炫知道郑天威很想和庄小溪一起送女儿最后一程。

庄小溪却摇了摇头,"不了,我没脸再去见他了,你帮我问候一下他吧。此外,我在你们身处的办公室的某个地方藏了一把斧头,你们找到以后,自己破门离开吧。"

不等思炫答话，庄小溪便结束了视频通话。

接下来，她乘坐电梯回到一楼，快步走出宝仪大厦。虽然根据她的计算，办公室内的人至少要十分钟才能找到斧头。可是现在慕容思炫——这个被鬼筑视为头号敌人的男子——也在办公室里，她真的不敢掉以轻心。

来到街道上，庄小溪忽听前方传来一声汽车喇叭声。

庄小溪抬头一看，只见前方不远处停着一辆黑色的汽车，坐在驾驶座的人竟是黑桃会的黑桃 A。

庄小溪走过去，淡淡地问："你怎么来啦？"

"上车吧，大鬼大人要见你。"黑桃 A 为庄小溪打开了副驾驶座的车门。

"大鬼大人吗？"庄小溪心中有种不祥的预感。

可是她知道，她不能不上车。

从她加入鬼筑的那一天开始，她就没有任何回头路了。

第六章　小鬼的召集

1

黑桃A的汽车在街道上疾速行驶着。街道上的汽车和行人越来越少，因为车子正在逐渐远离城区。

"大鬼大人在哪里？"庄小溪向正在开车的黑桃A看了一眼，淡淡地问道。

"黑桃Q，你还记得六年前在鳄鱼峰上发生的那件事吧？"黑桃A却答非所问。

不过他这样一说，确实让庄小溪想到了当年发生的事。

2

二〇一三年，八月十六日。

这天对于鬼筑的黑桃会成员来说，是一个十分重要的日子。

因为这天，鬼筑的副首领小鬼召集了十二名黑桃会成员见面，要跟他们商议新一轮的"工作"计划。

黑桃会

黑桃会从黑桃2到黑桃A总共有十三人，其中的黑桃8是一名实验物理学家，经常为组织设计各种物理杀人装置（*参看《风烛泪》*）。但他跟鬼筑的任何一名成员都没有见过面，而因为某些原因，今天他也没有在小鬼的邀约名单之内。

除了黑桃8，黑桃会其他成员都将出席会议。

小鬼所定下的见面时间是下午四时整，见面地点则是L市鳄鱼峰的山顶。

三点半左右，黑桃10王子夏便开车来到鳄鱼峰的山顶，并在一座吊桥前方停下。此时在吊桥附近已经停着三辆汽车。王子夏下车后，刚从后备箱中取出一个行李袋，便看到一个女人从那三辆汽车中的一辆走下来，那个女人正是黑桃Q庄小溪。

今天的庄小溪穿着运动服，还背着一个米黄色的背包。

在此之前，小鬼曾告诉大家，他们在鳄鱼峰的山顶开完会后，应该已经到晚上了，接下来会安排大家到位于鳄鱼峰山腰的一家酒店用餐、过夜，等明天再各自下山。正因为这样，所以大家都带上了换洗的衣服。

"小溪，好久不见啦，你怎么越来越年轻啦？哈哈。"王子夏笑嘻嘻地说。

庄小溪对这个"笑面虎"王子夏向来没什么好感，只是客客气气地说道："嗯，十哥，别来无恙吧？"

两人边走边聊，来到吊桥前，只见有两个女生守着吊桥，分

第六章　小鬼的召集

别是黑桃2吴依伦子和黑桃3炎小飘。是小鬼此前吩咐她俩在这里守着吊桥，等候前来参加会议的其他黑桃会成员的。炎小飘是个格斗高手，如果有什么突发情况，她也可以应付。

"两位妹子，已经有人来了吗？"王子夏笑问。

炎小飘向王子夏看了一眼，没有说话。她对王子夏也没什么好感。

吴依伦子淡淡一笑，答道："黑桃A已经来了，他在屋里等你们呢。"

"还有其他人到了吗？"王子夏又问。

"黑桃5也来了。现在还差黑桃6，咱们黑桃会的三个'面具人'就到齐了，嘻嘻。"吴依伦子开玩笑说。

她所提到的黑桃5真名叫李拓，是一个二十四岁的男青年。李拓的父亲李宝福是一家上市公司的董事长，不仅如此，他还是一个商业帝国的建立者，个人便拥有数百亿资产。

李拓是在两年前加入鬼筑的，加入鬼筑后不久，他便到他父亲的公司任职CEO。这两年，他暗中利用父亲的公司为鬼筑洗钱，因此获得大鬼的赏识，不久前更成了黑桃会的黑桃5。

"两位妹子，那辛苦你们继续在这里盯着啦。小溪，我们进去吧。"王子夏右手一摊，向庄小溪做了一个"请"的手势。

"哦。"

那条吊桥十分狭窄，只能让一个人通过。王子夏和庄小溪先后走过吊桥。吊桥后面是一片山地，左右两侧是悬崖峭壁，面前则有一条弯弯曲曲的小路。两人沿着小路向前走了二三十米，来到悬崖的边沿。这里有一座平房，此刻平房的大门是关上的。

两人走到平房的大门前，王子夏敲了敲门，但屋内没人回应。王子夏转动门把手，尝试开门，却发现大门上锁了。

"黑桃 A 和黑桃 5 在里面干什么？他们没有听到拍门声吗？"王子夏有种不祥的预感。

"他俩可能发生了什么意外，要不我们破门进去看看吧？"庄小溪提议道。

王子夏赞同，于是在附近找了一块大石头，把门锁砸掉了。两人打开大门，走进平房。

这间平房的面积大概有一百多平方米，屋内只有一个大厅和一个洗手间，没有任何房间。大厅的角落有几个矮柜，中间则摆放了一张会议桌——那是小鬼和十二名黑桃会成员接下来开会使用的。

此时有一个人躺在会议桌上，纹丝不动。那人身穿黑袍，头上还戴着一个蝙蝠侠的头套，正是黑桃 5 李拓。

李拓的身上以及会议桌上都满是鲜血，此外桌上还有一把电锯。

在鬼筑中，就只有首领大鬼、副首领小鬼以及大鬼的心腹黑桃 A 三个人知道黑桃 5 的真实身份是李拓，其他成员都不知道。

而此前李拓跟其他成员见面时，也总是戴着蝙蝠侠头套、穿着蝙蝠侠衣服、披着蝙蝠侠黑袍，以隐藏自己的身份。只是他的个子不高，而且身材清瘦，穿着蝙蝠侠的衣服，宛如一个缩水版的蝙蝠侠，实在不伦不类。

王子夏此前跟李拓见过一次，当时李拓就是以蝙蝠侠的造型出现的，所以此时王子夏一眼就认出躺在会议桌上的人是黑桃5。

此外，还有一个人坐在一张椅子上，趴在会议桌上。他所坐的座位是会议桌边所有座位中离大门最远的那个。这个人戴着一张红色的鬼脸面具，王子夏认得此人是在鬼筑中地位举足轻重的黑桃A。

此前黑桃A每次跟黑桃会成员见面，都是戴着这张鬼脸面具的。

3

"这……这是怎么回事啊？黑桃5是不是死了？"庄小溪的语气虽然还算冷静，但声音终究有些颤抖。

王子夏走近会议桌查看了一下，发现黑桃5竟然是被分尸的！他的头部、躯干、四肢都是分开的，只是被分尸后又被拼成人形，所以远看便看不出他的身体被分开了。

"黑桃5死了，而且被分尸了。"王子夏说罢指了指会议桌上的电锯,"凶手应该是用这把电锯把他分尸的。"

庄小溪咽了口唾沫,"桌子上的血,应该就是分尸时留下的。"

此时王子夏忽然心念一动,快步走到洗手间查看了一下,只见洗手间内空无一人。也就是说,在他和庄小溪进来之前,平房里只有黑桃A以及黑桃5。

王子夏走出洗手间,回到会议桌前,摘掉了黑桃5的头套,看到对方是个二十来岁的男青年。

"咦?这个人我好像在哪里见过。"王子夏觉得李拓有些眼熟。

"是那个富二代李拓,我在电视上见过他。"庄小溪说。

"李拓?"王子夏稍感诧异,"原来咱们黑桃会的黑桃5,竟然是李宝福的儿子李拓。哈哈,有意思。"

庄小溪却说:"现阶段还不能确认吧?只有大鬼、小鬼和黑桃A知道黑桃5的真实身份,要先问问他们到底黑桃5是不是李拓。"

王子夏见黑桃A趴在会议桌上,始终一动也不动,于是走过去晃了晃他的肩膀,"黑桃A……"

与此同时,庄小溪掏出手机,拨打了黑桃2吴依伦子的电话。

"小溪阿姨,怎么啦?"吴依伦子很快就接通了电话。

"你们快进来。"庄小溪直截了当。

"咦,有什么事吗?"吴依伦子以为有什么变故,语气有些慌张。

第六章 小鬼的召集

"等你们进来再说吧。"庄小溪却没有在电话里多说。

不到一分钟,吴依伦子和炎小飘便走进平房,她俩看到眼前的情景,都惊呆了。

此时黑桃A在王子夏的叫唤下,也悠悠醒来,当他看到会议桌上被分尸的李拓,也微微呆了一下。

"怎么会这样?黑桃5哥哥刚才还好好的啊。"吴依伦子难以置信地说。

炎小飘看了看王子夏,"十哥,刚才发生了什么事?"

王子夏则把目光移向黑桃A,"我也想知道。"

他话音刚落,只见一个五十岁左右的女子走进平房,正是鬼筑副首领小鬼——萧素。

"黑桃2、黑桃3,我不是叫你们守着吊桥吗?你们怎么……咦?"萧素的话只说了一半,忽然发现会议桌上的李拓,眉毛一蹙,"这是怎么回事啊?"

王子夏连忙澄清:"我跟小溪进来的时候,就已经是这样了。"

庄小溪接着问:"小鬼大人,咱们组织的黑桃5,真的是李拓?"

"是的。他是怎么死的?"

萧素话语甫毕,又有一个人走进来,却是黑桃9易郁涵。她看到眼前的情景,不禁皱了皱眉,但也没有说话。

王子夏讲述刚才的情况:"我和小溪进来之前,这间平房的大门是上锁的,是我用石头把门锁砸掉的。我们破门进来后,看到屋内只有黑桃A和黑桃5,当时黑桃5已经死亡并且被分尸,黑桃A则趴在桌子上,不省人事。"

他说到"不省人事"四字时,故意加重了语气,似有深意。

萧素看了看黑桃A,"是你杀死了黑桃5?"

"当然不是!"黑桃A的声音十分怪异,看来他的面具内安装了一个变声器。饶是如此,也能从他的语气中感受到他的愤怒。

4

这时候,一个左脸神清目秀、右脸变形扭曲的长发男子也走了进来,正是黑桃J麦奇士。紧跟在他后面的是一个年轻漂亮的褐发女子,那是黑桃7汪叶曈。

"黑桃A,你先把面具摘了吧。"此时萧素向黑桃A命令道。黑桃A是大鬼的心腹,只有大鬼知道他的真实身份,连作为副首领的萧素也没有见过他的真面目。

"为什么啊?"黑桃A质问。

萧素冷冷地说:"黑桃5之死,你有重大嫌疑,在这种情况下,你还有资格隐藏身份?"

"你说是我杀了黑桃5?"黑桃A暴跳如雷,"你有什么证据?"

"你先摘掉面具,再说其他事。"萧素的语气变得有些阴冷,甚至似乎带着一丝杀意。

"凭什么要听你的?"黑桃 A 却丝毫不惧。

此时又有两名黑桃会成员走进平房,其中一个戴着一张白色面具,正是黑桃 6 潘小岳;另一个是个金发女子,那是鬼筑的超级杀手黑桃 K——韦诗赟。

"黑桃 K,把黑桃 A 的面具摘掉。"萧素直接向韦诗赟下令。

韦诗赟"哦"了一声,向黑桃 A 走来。

"你敢以下犯上?"黑桃 A 指着韦诗赟,气势汹汹地道。他是黑桃 A,在黑桃会中的地位自然高于黑桃 K 韦诗赟。

"怎么你又敢以下犯上?"萧素反问。副首领小鬼的地位自然在黑桃 A 之上。

黑桃 A 重重地"哼"了一声,这才不情愿地摘掉了脸上的那张鬼脸面具,扔在地上。大家一看,黑桃 A 原来是个五十来岁的男子,神色凛然,目光炯炯。

"你叫什么名字?"萧素追问。

"吕永杭。"黑桃 A 摘掉了暗藏变声器的面具后,说话也恢复了本来的声音。

萧素见黑桃 A 终于向自己屈服,脸色渐缓,又说:"现在你说说你昏迷前发生了什么事吧。"

此时黑桃 4 刘一鸣也走进平房。除了黑桃 8,所有黑桃会成员聚首一堂。

黑桃A吕永杭清了清嗓子，开始讲述刚才发生的事。

今天，小鬼萧素召集黑桃会的成员们到鳄鱼峰的山顶，集合的时间是下午四点。她又让黑桃A吕永杭、黑桃2吴依伦子和黑桃3炎小飘三人提前来做好会议准备。

鳄鱼峰山顶的平房，是某位鬼筑成员名下的房产，同时也是鬼筑的其中一个秘密基地，一直是由黑桃A吕永杭管理的。平房大门的钥匙，也是由吕永杭保管的。今天上午，吕永杭独自开车来到鳄鱼峰山顶，用钥匙打开了平房的大门，简单地检查了一下平房内的情况，离开时并没有锁门——反正屋内什么也没有。

顺带一提，这间平房大门的锁只有一把钥匙，钥匙内有加密芯片，无法复制。换句话说，除了持有钥匙的吕永杭外，谁也无法把平房的大门打开、上锁。

下午两点半左右，吕永杭、吴依伦子和炎小飘三人来到鳄鱼峰山顶，他们走过吊桥，来到平房。此时平房的大门是敞开的，而平房大门的钥匙，则放在吕永杭的口袋里。

接下来，三人走进平房，简单地检查了一下，确认平房内空无一人。然后吴依伦子和炎小飘又去检查了平房的两侧和后方——都是悬崖边沿，也没有人。也就是说，他们将要开会的地点目前是安全的。

在此之后，吕永杭便待在平房里等候，而吴依伦子和炎小飘则离开平房，回到吊桥那边把守。

王子夏听到这里，总结道："此时在经过吊桥后就只有黑桃 A 一个人啦。"

插曲：大鬼的视角（一）

鬼筑的首领大鬼看到平房的大门打开了。

走进来三个人，其中一个人戴着红色鬼脸面具，大鬼知道那是吕永杭。另外两个人则是吴依伦子和炎小飘。

当然，他们三个人都没有发现此时此刻大鬼在看着他们。

后来吴依伦子和炎小飘走出平房，到平房的两侧和后方去检查，离开了大鬼的视线范围。大鬼只看到吕永杭坐在会议桌前，低着头，似乎在思考着什么。

不一会儿吴依伦子和炎小飘回到平房，吴依伦子对吕永杭说屋外也没有异常。

最后吴依伦子和炎小飘再次离开平房，平房之内，只剩下吕永杭一个人。

5

吕永杭继续讲述刚才的情况："到了下午三点左右，那个总是戴着蝙蝠侠头套、穿着蝙蝠侠衣服的黑桃 5 进来了。"

"你们在三点左右也看到黑桃5李拓经过吊桥,对吧?"王子夏向吴依伦子和炎小飘确认道。

"是的,我和小飘姐姐都看到。"吴依伦子肯定地说。

"当时他有说些什么吗?"王子夏追问。

"好像没有吧。我记得我当时主动跟他打了招呼,但他也只是向我点点头而已。小飘姐姐,对吧?"吴依伦子问。

炎小飘颔首,"是的,黑桃5没有跟我们说过话。"

麦奇士冷不防说道:"你们确定进来的人是李拓吗?"

"这……严格上来说是不确定的,因为他戴着面具嘛。"吴依伦子说。

王子夏转头看了看吕永杭,"黑桃A,你接着说吧。"

吕永杭"哦"了一声,续道:"当时我还不知道黑桃5就是李拓,我戴着面具,他也戴着面具,我不知道他的身份,他也不知道我的身份。他走到我身边坐了下来,我跟他聊了几句,他没有回答,突然掏出一把电击器袭击我。我没有防备,遭到电击,接着就不省人事了。我醒来后,就看到黑桃Q和黑桃10在这了。"

他说罢还指了指自己脖子上的伤痕。

"叶瞳,你去看看。"萧素昐咐道。

汪叶瞳走过去看了一下,转身对众人道:"确实是被电击造成的电流斑。"

插曲：大鬼的视角（二）

大鬼看到一个"蝙蝠侠"走进平房。

那是黑桃 5 李拓吧？

这个李拓虽然聪明，但论智商其实比不上黑桃 4 刘一鸣，甚至跟黑桃 3 炎小飘和黑桃 2 吴依伦子相比也有差距。

不过，他可以利用父亲李宝福的公司为组织洗钱。大鬼知道李拓这个富二代不缺钱，但渴望拥有权势，为了让他可以一直为鬼筑效力，便让他成为鬼筑黑桃会的成员——黑桃 5。

大鬼看到李拓在吕永杭身旁坐了下来，吕永杭跟李拓聊了几句，李拓忽然掏出一把电击器袭击吕永杭。

大鬼当然有能力阻止李拓的进一步行动。

但他并没有阻止。他选择静观其变。

6

接下来轮到庄小溪讲述了："我是第二个来的，我到达吊桥的时候，是三点十五分左右，黑桃 2，黑桃 3，对吧？"

吴依伦子微微点头，"是的。"

"那你进入平房的时候，李拓已经死了吗？"刘一鸣问。他虽然是最后来到平房的，但刚才通过吕永杭的叙述，已经明白了事情的始末。

"我也不知道,因为我经过吊桥后,还没接近平房,忽然想起自己把手机忘在汽车里了,所以我又回到汽车上取手机了。"庄小溪说。

炎小飘"嗯"了一声,"黑桃 Q 确实在经过吊桥的几十秒后,就从山地那边走回来了,跟我们说要回车上取手机。"

庄小溪接着说:"后来的事你们可以问问王子夏,我取了手机,走出汽车,刚好看到他来了,接下来我便和他一起行动。"

萧素向王子夏看了一眼,"黑桃 10,那接下来由你来说吧。"

于是王子夏把他和庄小溪来到平房后发现大门上锁,他用石头砸掉了门锁,此后两人在屋内发现了昏迷不醒的吕永杭以及被分尸的李拓等事,一五一十地告诉了众人。

萧素听完王子夏的讲述,思索片刻,对懂得一些法医知识的汪叶曈道:"叶曈,你去判断一下李拓的死亡时间。"

"是的,小鬼大人。"汪叶曈走到会议桌前,仔细查看了一下李拓的尸体,"他应该是死后才被分尸的,通过尸温以及尸块肌肉的松弛程度,可以推断他的死亡时间在半个小时以上,即三点十分之前。"

插曲：大鬼的视角（三）

大鬼觉得在知道杀死李拓的凶手身份的情况下，听着众人的讲述，听着凶手的谎言，确实是一件非常有趣的事。

就像一个"法官"在观看一场"杀人游戏"。

接下来，凶手还会有什么过人的表现呢？

而在这些黑桃会成员之中，又是否有人可以揪出凶手？

对此大鬼十分期待。

7

"黑桃4，你来分析一下案情吧。"萧素向刘一鸣吩咐道。她知道刘一鸣的分析力还算不错。

刘一鸣一挺胸膛，分析起来："现在有几个问题要解决。第一，杀死李拓的凶手，是怎样避开吴依伦子和炎小瓢的视线经过吊桥、前往平房的？要知道，在李拓被杀前，吕永杭、吴依伦子和炎小瓢检查过平房内外，没发现有人。也就是说，在十哥和庄姐经过吊桥之前，那片山地可以看作是一个'大密室'。"

"你说得对。"萧素表示赞同，"第二个问题呢？"

"第二，十哥和庄姐砸掉门锁之前，屋内只有吕永杭和李拓的尸体。凶手在杀死李拓以后，如果是在屋内把大门上锁的，那么之后他是怎样离开平房的？而如果他是拿了吕永杭口袋里的钥匙在屋外把大门上锁的，那么之后又要怎样把钥匙放回吕永杭的口袋里？这间平房，可以看作是一个'小密室'。"

"还有吗？"萧素问。

"最后一个问题是，凶手离开平房后，怎样再次避开吴依伦子和炎小飘的视线离开吊桥？换句话说，就是凶手要怎样离开山地这个'大密室'？"

众人都开始思索刘一鸣提出的三个问题，平房内鸦雀无声。

片刻以后，是黑桃6潘小岳打破了沉默："刘一鸣，关于你提出的第一个问题，答案会不会是有人早就经过了吊桥，躲在平房内或平房外某个地方？"

吴依伦子摇了摇头，"小岳哥哥，不会的，当时我和吕大叔、小飘姐姐检查过平房的大厅和洗手间，都没有人。我和小飘姐姐接着还去检查了平房的两侧和后方，也没有人。也就是说，在我和小飘姐姐回到吊桥前方时，我们身后的那片山地，就是一鸣大哥说的'大密室'，除了吕大叔外，就没有其他任何人了。"

"会不会是找了个地方藏起来了呀？"潘小岳又问。

"也不会，如大家刚才所见，经过吊桥后，要前往平房，就只有一条路，路上也没有任何可以藏人的地方。"王子夏说。

韦诗赟指了指大厅角落的那几个矮柜，"当时你们有检查那几个柜子吗？"

第六章 小鬼的召集

吴依伦子想了想,"没有啦,因为那几个柜子一看就知道是不可能藏人的。"

那几个矮柜确实不大,恐怕连小孩子也无法躲进去。

刘一鸣为防万一,向吴依伦子吩咐道:"你现在去看看吧。"以他的地位,在黑桃会中就只能吩咐黑桃2吴依伦子和黑桃3炎小飘做事了。

吴依伦子走过去把所有矮柜逐一打开,众人看到每一个矮柜都空空如也。

"第一个问题暂时无解。"潘小岳总结道。

萧素略一斟酌,说道:"那么讨论一下第二个问题吧:凶手是怎样进入平房这个'小密室'的?"

麦奇士向吕永杭看了一眼,"黑桃A,大门的钥匙呢?"

吕永杭从裤子的口袋中掏出一把钥匙,"一直放在我的口袋里呀。"

刘一鸣分析道:"凶手如果是在屋内锁门的,他锁门后会把钥匙放回处于昏迷状态的黑桃A的口袋里,只是在此之后,他要怎么离开平房呢?而如果凶手先从黑桃A的口袋中取出大门钥匙,走到屋外,在外面用钥匙把大门锁上,那么在此之后要怎样把钥匙放回吕永杭的口袋里?"

"对了,"庄小溪忽然说,"我和王子夏进来的时候,黑桃A坐的位置离窗户很近。"

平房大厅有一扇窗户,但只能打开一条空隙。当时吕永杭所坐的座位,是会议桌四周的所有座位中,离窗户最近的座位,跟窗户的距离大概只有两米多。

刘一鸣"咦"了一声,"小溪你的意思是,凶手先用钥匙在外面把大门上锁,然后通过窗户的空隙,把钥匙放回去?"

庄小溪点了点头,"有这种可能性存在。"

刘一鸣走到窗户前检查了一下,"这条空隙几乎连手也伸不进来,要通过它把钥匙放回黑桃A的口袋里,基本上是不可能的吧?"

一直沉默不语的黑桃9易郁涵此时冷不防说道:"黑桃A手上的那把钥匙,真的可以把平房的大门打开吗?"

她这样一说,众人都明白她的意思:平房大门的钥匙确实只有一把,无法复制,但吕永杭刚从口袋里拿出的那把钥匙,确定就是平房大门的钥匙吗?或许只是一把外形一致、但实际上无法打开平房大门的钥匙呢?

"试一试不就知道了吗?"刘一鸣向炎小飘吩咐,"小飘,你去把被砸掉的那把锁拿进来吧。"

炎小飘"哦"了一声,走到屋外,捡起那把被王子夏用石头砸掉的门锁,回到平房大厅。吕永杭在众人面前用刚才从口袋里掏出来的那把钥匙尝试打开这把门锁,成功了。

"我口袋里的钥匙是真的。"吕永杭皱了皱眉。他知道现在的情况对自己十分不利。

吴依伦子脸露疑惑，"真奇怪呀，凶手到底怎样避开我和小飘姐姐的视线，进入山地，然后再进入平房，最后又从山地离开？"

8

萧素忽然说："凶手有可能是黑桃Q吗？"

"啊？"庄小溪微微一怔，"小鬼大人，你为什么会这样认为？"

刘一鸣明白萧素的意思，对庄小溪道："在你和十哥进入山地之前，你不是自己进入过山地一次吗？你会不会是那时候就杀了李拓？"

庄小溪还没回答，吴依伦子已为她辩解："可是，小溪阿姨进入山地的时间不到一分钟，根本不足够杀死李拓哥哥，并且把他分尸吧？"

炎小飘也说："而且刚才叶瞳也说了，李拓的死亡时间是在三点十分之前，也就是说，他袭击了黑桃A以后很快就被杀了，而黑桃Q是在三点十五分左右才第一次进入山地的，当时李拓已经死了。"

萧素"嗯"了一声，"小溪，你别介意，我不是针对你，只是提出一种可能性而已。"

庄小溪微微一笑，"没事。"

潘小岳又提出一种可能性："那会不会是吴依伦子和炎小飘所看到的那个走进去的人，并非李拓，而是凶手？"

刘一鸣皱眉，"什么意思？"

潘小岳进一步解释："我是说，吴依伦子和炎小飘所看到的那个戴着蝙蝠侠头套、穿着蝙蝠侠衣服的人，根本不是李拓，而是杀死李拓的凶手，当时李拓已经被他杀死了。"

"这……"吴依伦子思考了一下，说道，"其实也有可能啦，毕竟当时进去的那个人戴着蝙蝠侠头套，我和小飘姐姐根本看不到他的样子。"

炎小飘也点了点头，"这样的话，就解释了'凶手怎样避开我和吴依伦子的视线进入山地'这个问题了。"

韦诗赟却说："但是，凶手要怎么把李拓的尸体带进去？"

吴依伦子回想了一下当时的情况："当时'蝙蝠侠'拖着一个行李箱，他会不会把真正的李拓的尸体藏在行李箱里？"

炎小飘摇头，"如果我没有记错，那只是一个小号行李箱，应该放不下李拓的尸体。"

王子夏指了指会议桌旁边的一个行李箱，"是这个行李箱吧？"

吴依伦子和炎小飘齐声道："是的。"

"这个行李箱确实装不下一个人。"

刘一鸣一边说一边走过去打开行李箱，只见里面放着一些衣服和日用品，看来是李拓为了今晚在山腰的酒店过夜而准备的。

第六章 小鬼的召集

别说行李箱此时装满了东西，哪怕是空的，恐怕也装不下一个人。

"而且，如果'蝙蝠侠'是凶手的话，第二个问题和第三个问题还是没法解释。"麦奇士冷冷地说。

萧素吸了口气，"这样的话，就只剩下最后一种可能性了。"

王子夏明白萧素的意思，望向吕永杭，"那就是，黑桃A在撒谎。"

"你说什么？"吕永杭勃然大怒。

王子夏不敢正面得罪黑桃A，只好借萧素的名义说道："小鬼大人的意思是，是你杀死了李拓，自己在屋内用钥匙把平房的大门锁上，然后趴在会议桌上，假装昏迷。"

"黑桃10，你脑子进水了吗？"吕永杭铁青着脸说道，"你没看到我脖子上有被电击的痕迹吗？如果我是自己电击自己的，那么在我晕倒后，电击器应该掉在地上啊。你进来的时候有看到电击器吗？"

"虽然你的脖子上有电击痕，但也不一定是刚才造成的哦。"王子夏皮笑肉不笑地说。

吕永杭对王子夏怒目而视，吼道："你只是黑桃10，比我低了几级，还轮不到你来质疑我！"

王子夏连忙笑嘻嘻地道："杭哥，你别介意啊，我也只是转述小鬼大人的意思啦。"

"你们别吵了。"萧素打断了两人的争吵,"我先给大鬼大人打个电话,把这里的情况告诉他。"

插曲：大鬼的视角（四）

大鬼看到小鬼萧素掏出手机,拨打了一通电话。

与此同时,自己的手机振动起来,正是萧素打过来的。

但大鬼并没有接听电话。

在黑桃5被杀事件中,他只是一名"看客",他不想插手。

9

萧素挂断了电话。

"小鬼大人,怎样了?"王子夏问。黑桃会成员在开会期间遇害,犯罪嫌疑人很有可能也是黑桃会的成员,这在鬼筑中可是极为严重的事件。他十分关心大鬼会怎样处理这个问题。

萧素摇了摇头,"大鬼大人没有接电话。"

"那我们现在要怎么处理这件事?"王子夏说罢向吕永杭看了一眼。

"看我干吗?我没有杀死李拓!"吕永杭怫然作色。

"哦?大鬼大人发过来一条短信。"萧素再次拿起手机。

第六章 小鬼的召集

"他讲什么？"刘一鸣好奇地问。

其他黑桃会成员也把目光齐聚到萧素身上。

萧素打开了短信，"大鬼大人说：'我不认为黑桃 A 会杀死自己人。这件事我会处理，黑桃 5 这个空缺位置我会找人补上。你们先处理一下黑桃 5 的尸体，然后按照原计划开会吧。此外，为了不让组织里的成员们胡思乱想，你们对外就声称黑桃 5 是自杀的吧。'"

"奇怪，大鬼大人怎么会知道李拓哥哥被杀的事呢？"吴依伦子不解。

王子夏嘿嘿一笑，"大鬼大人神通广大，有什么事能瞒得过他？"

接下来，黑桃会众人处理了李拓的尸体，也清理了案发现场。会议还是继续进行，只是地点改成鳄鱼峰山腰的那间酒店。会议进行到深夜，随后众人便在酒店休息，翌日上午才各自离去。

后来鬼筑成员认为黑桃 5 自杀身亡了（他们并不知道黑桃 5 的身份是李拓），而外界则以为李宝福的儿子李拓失踪了，黑桃 5 李拓被杀的事件暂时告一段落。

半个月后，一个名叫黎柯的天才少女主动联系鬼筑，要求加入鬼筑。大鬼调查了黎柯的背景，又对她进行了多次测试，认为她可以重用，于是便让她顶替李拓的位置，成为鬼筑黑桃会的新黑桃 5。（参看《愤怒的熊嘎婆》）

只是，李拓被杀时的密室之谜始终没有解开，杀死李拓的凶手也始终没有明确。

再后来，警方在调查李拓失踪案时，查出李拓竟然利用父亲的公司跟多个国外的洗钱集团合作，专门为国外的一些诈骗集团进行洗钱服务，涉案金额超过七十亿。就这样，李宝福的公司被查封，公司内三十多名参与洗钱的犯罪嫌疑人被逮捕，至于李拓，警方则认为他是畏罪潜逃了。

10

此时此刻，庄小溪正在回想着六年前李拓在鳄鱼峰上被杀的事，黑桃A吕永杭的话打断了她的回忆："你现在知道杀死李拓的凶手是谁了吗？"

"哦？"庄小溪的语气有些好奇，"难道你知道？"

"六年前，在李拓被杀后，大鬼让我们处理掉李拓的尸体后照常开会。你还记得吗？当时我们把开会地点改成了鳄鱼峰山腰的那间酒店。会议结束后，我们就在酒店里休息，第二天上午才下山。可是你不知道，就在那天晚上，我在酒店里打电话给我的一名心腹，让他带领四组成员，对鳄鱼峰山脚进行地毯式搜索。既然山顶没有留下任何线索，我推测杀死李拓的凶手应该是把一些重要的证据丢到山脚了，而凶手一直跟我们在一起，也没有时间去处理这些证据。"

"那你们的搜索有什么发现吗?"庄小溪漫不经心地问。

吕永杭冷笑一声,"当然有!我的人在山脚找到一个垃圾袋、一个空背包和几根 PVC 水管。那个垃圾袋里面还有几个包装袋,每个包装袋都沾有一些血迹,经过检验,那是李拓的血。至于那个空背包是黄色的,跟你当时所用的背包的颜色和款式都完全一致。而那几根 PVC 水管,管口的内径有五厘米,几根水管连起来的长度有三米左右。根据这些线索,我便推断出杀死李拓的凶手是谁了。"

"到底是谁啊?"庄小溪吸了口气问道。

"黑桃 Q,事到如今,你又何必明知故问?"吕永杭顿了一下,一字一句地说,"杀死李拓的凶手就是小鬼萧素,而你,则是萧素的共犯。"

11

面对吕永杭的指证,庄小溪却不慌不忙地说:"是吗?那你详细说说看吧。"

吕永杭咳嗽了两声,清了一下喉咙,接着便有条不紊地推理起来。

"那天上午,我独自来到鳄鱼峰山顶,用钥匙把平房的大门打开了，检查了一下屋内的情况，离开的时候，我并没有锁门。在此之后，你和萧素也来到山顶，把一些衣服和日用品放进平房内的那几个矮柜里。那些物品中，有你的衣服，也有李拓的衣服。

"当天下午两点三十分左右，我和吴依伦子、炎小飘再次来到平房。我们检查了平房的大厅和洗手间，确认平房内没有异常。但当时我们并没有检查那几个矮柜，因为我们先入为主地认为，那几个矮柜这么小，是不可能藏人的。而我们的这个举动，是在萧素的计划之中的。

"接着吴依伦子和炎小飘又检查了平房的两侧和后方，也没有发现异常。然后，我便留在平房里，吴依伦子和炎小飘则到吊桥那边把守。

"再说你和萧素那边，你们抓住了李拓，把他放在汽车的后备箱，运到鳄鱼峰山顶。大概在两点五十分到三点之间，你们杀死了李拓——正如后来汪叶曈断定他的死亡时间是在三点十分之前。

"三点左右，萧素戴上另一个蝙蝠侠头套，穿上另一件蝙蝠侠衣服，再披上另一件蝙蝠侠黑袍，伪装成黑桃5李拓。李拓身材矮小，和萧素的体形差不多，而黑袍又掩盖了萧素的女性体形，所以由萧素扮演黑桃5，基本不会露出破绽。

"顺便说一下，扮演成黑桃5的萧素在经过吊桥时，并没有跟吴依伦子和炎小飘说话，为什么呢？自然是因为她一说话就会露馅。"

第六章 小鬼的召集

庄小溪反驳道:"只有萧姐进去有什么用啊?照你这么说,李拓的尸体还在吊桥之外啊。"

"萧素以黑桃5的身份经过吊桥、进入山地的时候,不是拖着一个行李箱吗?李拓的尸体就在里面。"

庄小溪不屑地笑了笑,"我还以为你有什么高论呢。当时我们不是讨论过这种可能性吗?你忘了吗?那是一个小号行李箱,根本就装不下李拓的尸体。"

"那个小号行李箱,确实不能把整具尸体装进去,"吕永杭吸了口气,一字一句地说,"但要装尸块,却没有问题。"

"什么?"庄小溪脸部的肌肉轻轻地抽搐了一下。

吕永杭鉴貌辨色,知道自己猜对了,胸有成竹地说:"你们在吊桥外杀死李拓后,就在汽车的后备箱里抽干了他身上的血液,接着再把他分尸,分成头部、躯干和四肢。在萧素把李拓的尸块带进平房后,把尸块一一放在会议桌上,拼成人形,然后把刚才抽出来的血液倒在尸块上,最后再在会议桌上放下一把电锯。这样一来,当别人看到屋内的情形时,就会先入为主地认为:李拓是在平房内被杀的,并且当场被凶手用电锯分尸了。"

"如果那个行李箱真的装过李拓的尸块,应该会留下血迹啊。"庄小溪提出质疑。

"你们把李拓的尸体分尸后,把尸块分别装在几个包装袋中,所以并没有在行李箱中留下血迹。我刚才不是说我的人当晚在山下找到一个垃圾袋，垃圾袋里有几个包装袋吗？那些包装袋都沾着李拓的血迹，因为它们曾经装过李拓的尸块。"

面对吕永杭这环环紧扣的推理，庄小溪有些不知所措。她定了定神，又说："黑桃A，你似乎遗漏了一个重要的问题。"

"是什么啊？"吕永杭没好气地问。

"即使李拓真的在吊桥之外就被分尸了，但那个小号行李箱也放不下他的全部尸块。"

"我还以为你想说什么重要问题。"吕永杭一声狞笑，说道，"听好了，扮演成黑桃5的萧素，只需要用行李箱把李拓的一半尸体带进去就可以了。"

"你……你说什么？"庄小溪面如死灰。

"难道不是吗？假设萧素要带进去的是头部、躯干和双手，那个小号行李箱，应该可以勉强放下这四块尸块吧？"

"那李拓的双脚呢？不是还在外面吗？"庄小溪追问。

"怎么到了现在你还要明知故问呢？"吕永杭转头看了看庄小溪，"李拓的双脚，正是你带进去的啊。"

12

"我？我怎么带进去？"庄小溪反驳，"当时吴依伦子和炎小飘都没看到我带着一双人脚进去吧？"

第六章 小鬼的召集

"你当时不是背着一个黄色的背包吗?"吕永杭翻了翻眼皮,"事实上,李拓的双脚就放在那个背包里。"

"你……"庄小溪知道,自己和萧素的密室诡计,确实已经被吕永杭全盘破解了。

吕永杭再一次展开推理。

"对了,补充一下:萧素带进去的那个行李箱,除了装着李拓的头部、躯干和双手外,还装着一把电锯,以及一个背包,那个背包的颜色和款式,都跟你所背的背包一样。

"再说当时,萧素走进平房后,看到我在里面,于是掏出电击器,以黑桃5李拓的身份袭击我,使我昏迷。接下来萧素要做什么呢?她把李拓的头部、躯干和双手从行李箱中拿了出来,放在平房内的会议桌上,至于装尸块的包装袋则全部塞进一个垃圾袋里。

"然后,萧素又打开矮柜,把部分日用品以及李拓的衣服放进行李箱中。另外一些日用品,以及你的衣服,则放进那个空背包中。最后,萧素悄悄地回到吊桥附近,把那个背包放在吊桥附近的某个地方。当然,她没有被吴依伦子和炎小飘发现。

"三点十五分左右,你来到吊桥,在吴依伦子和炎小飘面前走过吊桥。当时李拓的双脚就在你背上的背包里。

"按你自己说的,你还没接近平房,忽然想起自己把手机忘在汽车里了,所以又回到汽车上取手机了。然而事实上并非如此,你经过吊桥后,来到萧素放下背包的地方,快速放下装着李拓双脚的背包,背起萧素准备好的、装着你的衣服和日用品的背包,然后便往回走,离开吊桥。

"因为从你进入吊桥到离开吊桥,时间不到一分钟,又因为大家都认为黑桃5李拓是活着进去的,是在平房内被杀并且被分尸的,所以没有足够时间杀人分尸的你,自然就不会遭到怀疑。也就是说,你利用吴依伦子和炎小飘作为证人,通过两个一模一样的背包,神不知鬼不觉地把李拓的双脚也带进吊桥后面的山地了。

"李拓的那个小号行李箱确实装不下李拓的尸体,也装不下所有尸块。你的那个背包自然也装不下尸体,装不下全部尸块。但你跟萧素合谋,每人带一半尸块,就顺利地把李拓的尸块全部带进去了。"

庄小溪微微苦笑,"黑桃A的智商,果然不容小觑呀。"

"再说当时,你放下那个背包后,萧素便取走背包,回到平房,把李拓的双脚也放到会议桌上,人形拼接至此完成。

"接下来,就像我刚才说的那样,萧素把李拓的血液洒在尸块上,再放下电锯,制造'李拓在平房内被杀害'的假象。至于装着那些装过尸块的包装袋的那个垃圾袋,以及取出李拓双脚后就没有用处的空背包,则都被萧素扔下悬崖。她想要毁灭证据,却没想到这些证据都被我的人找到了。"

事到如今,庄小溪也冷静下来,她等吕永杭说完,又静候了几秒，才慢悠悠地说道："经过吊桥的'黑桃5'不是李拓而是凶手，李拓是在吊桥之外被杀并且被分尸的，你的这些推理，确实解开了'大密室'之谜。可是，'小密室'之谜呢？

"王子夏和我来到平房前方的时候，平房的大门是上锁的，而唯一的钥匙又在你的口袋里。如果萧姐是在屋内锁门的，为什么王子夏破门以后没有看到她？如果她是拿了你的钥匙在屋外锁门的，又怎么可能把钥匙放回你的口袋里？"

"为什么不可能？"吕永杭反问，"我刚才不是说过吗？我的人还在山脚找到了几根PVC水管，经过对水管切口的检查，可以断定这些水管原来是一整根，长度在三米左右。萧素就是利用这根长水管来归还平房大门钥匙的。"

"是吗？"庄小溪心中明白，吕永杭确实解开了"小密室"之谜。

"在此之前，你和萧素把那根水管藏在平房附近的某个地方——或许是埋在土里。袭击了我以后，萧素到屋外取出水管，把水管的一端插进我的口袋，另一端则通过平房大厅那扇窗户上的空隙，直通到窗外。

"然后，萧素从我的口袋中取出平房大门的钥匙，走到平房外，用钥匙把大门锁上。接着萧素走到窗外，把钥匙放进水管里，钥匙就会通过水管滑进我的口袋。最后萧素只需要拔出水管，一切就大功告成了。"

"你确定钥匙可以通过那根水管吗？"庄小溪问。

"管口的内径有五厘米，一般的钥匙都可以通过。"吕永杭不屑地笑了笑，"为了不引起怀疑，萧素把水管切割成几段，全部扔到悬崖下，但却通通被我的人找回来了。"

庄小溪再次苦笑了一下，"你的人还真是神通广大呀。"

"过奖了。"吕永杭吸了口气，续道，"再说说平房内的情况吧，萧素在屋外把大门锁上后，平房里就只有李拓的尸块，以及因为被萧素电击而昏迷不醒的我，至于大门的钥匙也在我的口袋里，也就是说，嫁祸我杀死李拓的密室计划，至此全部完成了。"

"吴依伦子和炎小飘不是一直守着吊桥吗？那接下来萧姐要怎么离开山地这个'大密室'呢？"庄小溪想要看看吕永杭是否真的解开了所有谜团。

吕永杭轻轻地咳嗽了两声，再一次展开推理。

"萧素离开'小密室'后，并没有离开山地这个'大密室'，而是躲在平房后面，等待逃脱的时机。再说你这边，你用装着李拓双脚的背包换走了装着衣服和日用品的背包后，便离开吊桥，回到自己的车里，等候别人过来。到了三点半左右，你在车里看到王子夏来了，于是看准时机，走下车，和王子夏一起走过吊桥，来到平房前方——当时萧素就在平房后面。

"在王子夏确认平房的大门被锁上后，你提议破门，王子夏用石头砸掉门锁，和你一起在屋内看到被分尸的李拓，以及不省

第六章 小鬼的召集

人事的我。此时，你特意打电话给吴依伦子，让她和炎小飘进来。为什么呢？因为你要让吊桥变成无人把守的状态。

"吴依伦子和炎小飘走进平房后，躲在平房后面的萧素便绕过平房，回到平房的大门外面，接着她便从大门走进平房，假装自己是从吊桥那边走过来的。

"当然，保险起见，她或许会先真的走向吊桥，过桥后再折返。但从时间上来看，她很有可能还没到达吊桥，便远远看到易郁涵来到吊桥前，为了不露馅，她只好马上掉头，假装自己是在易郁涵前面走过吊桥、来到平房的。"

吕永杭的推理滴水不漏。庄小溪知道难以反驳，但还是说道："黑桃A，你的推理确实十分精彩，可是你说了这么多，也没有证据支持吧？没有证据支持的推理，难道不是纸上谈兵吗？"

吕永杭冷笑道："小鬼早就死了，你现在即使不承认，也毫无意义。"在李拓被杀的三个多月后，小鬼萧素也在嘎婆村中遇害。(参看《愤怒的熊嘎婆》)

庄小溪听吕永杭这样说，微微一愣，接着轻轻地叹了口气，"或许你说得对，事已至此，也没必要隐瞒了。是的，正如你所推理的那样，是我和萧姐合谋杀死李拓的。好了，现在你可以把这件事告诉大鬼大人了。"

吕永杭冷冷一笑，"你以为大鬼大人会不知道这件事？"

庄小溪一怔，"他早就知道？"

"是的，他不仅知道，当时他甚至亲眼看着萧素袭击我、制造密室的全过程。"

"啊！为什么？"庄小溪思维突然一跳，自己回答了自己的问题，"他在平房内安装了针孔摄像头。"

"是的，大鬼为了监视我们开会的情况，早就派人在平房内安装了多个针孔摄像头。那天萧素假扮黑桃5袭击我，随后把李拓的尸块带进来，并且制造密室，全都被大鬼看在眼里。"吕永杭顿了一下，"据我所知，大鬼后来也找萧素聊过这件事，只是萧素没有告诉你而已。"

"或许萧姐并不是想隐瞒我，只是她还没来得及把这件事告诉我，就遇害身亡了。"庄小溪说到这里，不禁想起她和萧素的往事，心中有些感伤。

13

十九年前，庄小溪的丈夫郑天威抓获了一名毒贩。毒贩的几个同伙扬言要报复郑天威，杀死他的妻子庄小溪和女儿郑梦婷。当时庄小溪还没加入鬼筑，只是一名普通的中学化学老师。

庄小溪每天都提心吊胆，后来忍不住向自己的闺蜜萧素倾诉了自己的担忧。

萧素听完庄小溪的讲述，思索了好一会儿，忽然说道："小溪，

第六章 小鬼的召集

我可以帮你保护你女儿。"

"什么?"

"我跟你是好姐妹,我也不隐瞒你。"萧素压低了声音,在庄小溪耳边悄声道,"我现在在为一个地下组织办事,这个组织的势力十分庞大。我可以引荐你也加入这个组织,在你加入后,这个组织就会成为你和你家人的保护伞,那些毒贩同伙自然不敢去动你的家人。"

"有可能吗?那些毒贩都是亡命之徒啊。"庄小溪不相信会有这样神通广大的组织。

"可以的,只要你愿意加入,我会帮你处理好这一切。"萧素信誓旦旦地说。

庄小溪起了疑心,"萧姐,那是一个怎样的组织啊?"

萧素也不隐瞒,"那个组织名叫'鬼筑',是一个……犯罪组织。"

"犯罪组织?"庄小溪吓了一跳。

"是啊,你刚才也说了,那些毒贩都是亡命之徒,连警察也不怕,但他们却怕比他们更不择手段的人,而'鬼筑'就是这样一个比他们更狠的犯罪组织。"萧素介绍道。

"可是即使我加入了这个什么'鬼筑',我也不知道自己能为组织干什么呀。"庄小溪知道像这种组织是不会让没有利用价值的人加入的。

"小溪，你真是太谦虚了，你以前读书时，不是因为化学成绩极其优秀，而被大家称为'天才化学少女'吗？"

庄小溪有些不好意思，"那是大家开玩笑的称呼而已啦。"

"以你掌握的化学知识，随时可以做一个炸弹出来，难道你不觉得有这样的才能却去当一名中学化学老师是大材小用吗？"

"可是……我从来没想过要用自己的化学知识做炸弹。"庄小溪有些犹豫。

萧素再一次击中她的"死穴"，"你好好考虑一下吧，反正现在只有鬼筑可以保护你的女儿。"

为了女儿的安危，庄小溪终于还是义无反顾地加入了鬼筑。她不想连累当警察的丈夫，所以在加入鬼筑之前，先向丈夫提出离婚，并且让丈夫以为她之所以提出离婚，是因为害怕遭到毒贩同伙的报复。

接着她又从原来任教的学校辞职了，让丈夫和女儿再也找不到她。

当时鬼筑的大鬼裘夜留同时也是鬼王社的帮主。在庄小溪加入鬼筑后，裘夜留派出鬼王社的两名堂主去跟那些毒贩的同伙谈判。那两名堂主告诉那些毒贩同伙，庄小溪是鬼王社的人，如果他们敢碰庄小溪的丈夫和女儿，鬼王社会杀死他们全家。那几个毒贩同伙不敢得罪鬼王社，所以便放弃了向郑天威报复。

这些年来，正因为身处鬼筑的庄小溪暗中保护，毒贩同伙投鼠忌器，郑梦婷才一直安然无恙。

而庄小溪在加入鬼筑后，也成了鬼筑中的炸弹专家。

十年前，大鬼裘夜留病危，任命自己的继承人为新任鬼筑首领大鬼。裘夜留病逝后不久，极为嚣张狂妄的新任大鬼便派出组织中一个代号"妖术师"的成员公然向L市警方发起挑战。从此，警方和鬼筑的战斗打响了。（参看《魔法奇迹之移位》）

新任大鬼十分赏识足智多谋、办事干练的萧素，不久后便任命萧素为副首领小鬼。在萧素的提拔下，庄小溪也加入了鬼筑的黑桃会，代号黑桃Q。

六年前，萧素把庄小溪叫到嘎婆村——当时她在这里隐居。

"萧姐，你找我来有事？"庄小溪问。

"小溪，我想杀一个人。"萧素语气平静。

"杀谁？"

"黑桃5。"

"为什么要杀他？"当时庄小溪还不知道黑桃5的身份。

平时在黑白两道叱咤风云的鬼筑副首领小鬼，此时听庄小溪这样问，心中一酸，双眼竟有些湿润。

"小溪，我以前跟你说过，我有个儿子。我和你一样，在加入鬼筑后，为了不连累家人，就没跟他们联系了。但我一直关注着我儿子的成长，就像你一直关注着你的女儿那样。

"我儿子在读大学的时候，和一个女生谈恋爱了，怎知道学校里有个富二代也看上了那个女生,他为了得到那个女生,竟然开车撞死了我儿子!后来,那个富二代的爸爸摆平了这件事,我儿子的死最终被认为是意外……"

庄小溪咬了咬牙,"那个富二代的爸爸有这么大的能耐?"

"你知道李宝福吗?"萧素淡淡地问。

"知道啊……难道……"

"是的,"萧素脸色铁青,愤然道,"害死我儿子的富二代就是李宝福的儿子李拓。"

"这是什么时候发生的事?"庄小溪问。

"四年前,当时我刚被大鬼大人任命为小鬼。"

"你当时没有立即杀死李拓,为你儿子报仇?"

萧素冷笑一声,鬼气森森地道:"我作为小鬼,要随便派个杀手去把李拓杀死,当然是轻而易举的,但这样太便宜他了。所以,我派人诱导他加入鬼筑。像他这种富二代,最渴望的就是得到肯定,希望可以拥有权势,只要抓住他这个弱点,要怂恿他加入鬼筑并非难事。

"李拓加入鬼筑后,到他父亲的公司任职CEO,暗中利用他父亲的公司跟国外的洗钱集团合作,为鬼筑洗钱。大鬼自然也知道他加入鬼筑是想要什么,索性让他成为黑桃5,这使他更加积极地为组织卖命。"

"咦,这个李拓就是黑桃5?"庄小溪有些吃惊。

第六章 小鬼的召集

"是的。现在时机成熟了，我杀了他，既可为我儿子报仇，同时他的死或他的失踪，也会引起警方的注意，导致李宝福的公司被查，李宝福的商业帝国将毁于一旦，这就是我对李家父子的报复！"萧素红着眼睛说道。

"可是，如果你的这个复仇计划被大鬼大人知道了怎么办？"庄小溪有些担心。

"放心吧，我已经制定了一个双重密室计划，只要在杀死李拓的时候实施这个计划，不仅可以排除我的嫌疑，还能嫁祸给黑桃A。"萧素打算一石二鸟。

"黑桃A？这件事跟黑桃A有什么关系？"庄小溪不解。

"我作为鬼筑的副首领，职位自然在黑桃A之上，可是他却只听命于大鬼，无视我的存在，你觉得这样的人，有必要留下吗？"萧素阴恻恻地道。

庄小溪不语。

"小溪，你帮不帮我？"萧素正色问道。

"当年我的女儿被毒贩的同伙盯上了，如果不是萧姐你，她现在可能已经被害死了。你是我女儿的救命恩人，现在你要为你儿子报仇，我自然义不容辞。"庄小溪是个恩怨分明的人。

"好姐妹！"萧素知道在鬼筑这个尔虞我诈、每个人都各怀鬼胎的组织中，就只有庄小溪真正是自己的朋友。

接下来，两人便在鳄鱼峰山顶杀死了黑桃5李拓。

14

"到了。"吕永杭的话打断了庄小溪的回忆。

庄小溪向车外看了一眼,只见吕永杭已经把汽车开到郊外,四处渺无人烟。

"大鬼大人在这里吗?"庄小溪冷冷地问。

"不是。"

"那你带我来这里干什么?"庄小溪警惕起来。

"你知道大鬼大人为什么要见你吗?"吕永杭转移了话题。

"跟李拓被杀的事有关吧?"庄小溪心里有数。

但吕永杭却说:"你猜对了一半。"

"什么意思?"庄小溪微一凝思,说道,"大鬼大人责怪我和萧姐合谋,杀死了他的'摇钱树'?可是他不是六年前就知道真相了吗?为什么到现在才找我?"

"那自然是因为这几年你还有利用价值啊。"吕永杭狞笑,"黑桃Q女士,你做的炸弹,可是连拆弹专家都觉得头疼的哦。"

"那现在他为什么要见我?"庄小溪已料到自己此行凶多吉少了。

吕永杭再一次答非所问:"黑桃Q,你当初为什么要加入鬼筑?"

第六章 小鬼的召集

庄小溪微微一怔，"我……"

"你不说我也知道，是为了保护你的女儿郑梦婷，对吧？"

庄小溪有些不耐烦了，"吕永杭，你到底想说什么啊？别再拐弯抹角了！"

吕永杭目光一凛，"现在你女儿死了，你就没有在鬼筑留下来的理由了，对不对？"

庄小溪总算明白了他的意思，正色道："我没想过要退出鬼筑。"

"是这样的，"吕永杭自顾自地说道，"大鬼大人希望，你可以最后为鬼筑做一次贡献。"

"什么意思啊？"庄小溪莫名其妙。

"大鬼大人叫我联系了李拓的父亲李宝福，让他看了六年前在山顶平房的监控画面，并且告诉他，他的儿子李拓是被你和萧素合谋害死的。"吕永杭冷冷一笑，鬼气森森地道："萧素已经死了，李宝福要为儿子报仇，就只能来找你了。"

庄小溪恍然大悟，"大鬼把我的命卖给李宝福了？"

"是的，三千万。"吕永杭阴笑一声，"没想到自己还挺值钱的吧？"

庄小溪全部都明白了：自己的女儿死了，大鬼认为自己不会再为鬼筑效力，已经没有利用价值，于是联系李宝福，要为李宝福杀了自己，好赚取李宝福的三千万。

她想到这里，毫不迟疑地打开车门，想要下车逃跑。然而吕永杭速度更快，掏出一把电击器，向她的脖子戳去！

那把电击器，跟六年前萧素用来袭击吕永杭的那把电击器一模一样。

第七章　黑桃A的死亡交易

吕永杭的讲述（一）

晚上，我来到爱丽丝酒吧，看到一个五十多岁的男子坐在酒吧角落的一个座位上，正在自己喝着啤酒。

那是我的好兄弟陈章。

在鬼筑中生存，需要有一颗聪明的脑袋，可惜阿章没有，所以现在他仍然是鬼筑中的一个小喽啰。

而我，已经是鬼筑中一人之下的黑桃Ａ了，可谓位高权重。

但阿章并不知道这件事。他以为我和他一样，只是鬼筑中的普通成员。

我走到阿章面前坐了下来，"阿章，这么早就来啦？"

阿章抬头看了我一眼，脸露喜色，"杭哥，你来啦？好久不见啦。"

"是啊，最近总在忙组织的事，都没时间找你叙旧了。"

"杭哥，你这次叫我出来，是组织指派了什么任务给咱俩吗？"阿章压低了声音问道。

"哈哈,你猜对了。"

"是什么任务?"阿章一副跃跃欲试的样子。

我也不卖关子了,"你知道李宝福吧?"

"你是说那个金融巨鳄吗?肯定知道啊。不过几年前他的公司因为洗钱被查封后,这几年他都销声匿迹了。"阿章因为我突然提起李宝福而露出不解的表情。

我微微地吸了口气,"我俩这次的任务,就是代表组织去跟李宝福交易。"

"交易?"阿章更加疑惑了。

"是的,李宝福要向组织买一件东西。"

"买什么啊?"

"买一个人。"

阿章倒抽了一口凉气,"什么人啊?"

我冷冷一笑,"黑桃 Q。"

"什么?"对于阿章这种普通鬼筑成员来说,黑桃会可是遥不可及的。现在,竟然让他拿黑桃会成员去跟别人交易,这是他此前连想也没有想过的。

我把嘴巴凑到阿章的耳边,煞有介事地说:"是这样的,黑桃 Q 背叛了组织,上星期大鬼大人让我把她抓起来了,暂时囚禁在某个地方。现在李宝福想要买黑桃 Q 的命,我和你则负责去跟李宝福交易。"

第七章　黑桃Ａ的死亡交易

"李宝福为什么要买黑桃Q的命啊？"阿章好奇心强，凡事追根究底。其实这并不是一个好习惯。

但我还是如实告知："因为黑桃Q杀死了李宝福的儿子。"

"李宝福的儿子？你是说李拓？"阿章也知道这个富二代，"他不是失踪好些年了吗？原来他被黑桃Q杀了！"

我点了点头，"是的，他在六年前就死了。"

阿章大概明白了，又问："那李宝福出多少钱买黑桃Q的命啊？"

"三千万。"

"啊！"阿章惊呼道，"这么多？"

"准确来说，是一袋价值三千万的南非钻石。"如果李宝福真的带着三千万现金来跟我们交易，对我们来说可是一件麻烦的事。

"天哪，黑桃Q的命竟然这么值钱？不愧是黑桃会的成员啊。"阿章难以置信。

我笑骂："这有什么值得羡慕的？难道你想像她那样被组织卖掉吗？"

"估计我的命也没有人想买呀。"阿章自嘲道。

"好了，言归正传，这次代表李宝福去交易的是他的女儿李涵；而鬼筑这边，则由我和你两个人去交易。"我对阿章说。

"我们兄弟两人去对付一个女人，那是绰绰有余啦。"阿章对于这次交易满怀信心。

"她肯定不会自己一个人去啊。我已经调查过了，李涵有个贴身保镖，叫作向成，交易的时候她肯定会带上这个保镖的。"

"她的保镖应该挺厉害的吧？"阿章有些担忧地说，"我们两个人加起来能对付得了那个保镖吗？"

"所以我才带上你一起去啊，你不是散打高手吗？"我笑着说。

"杭哥，那都是多久前的事啦？我现在已经五十多岁啦，体力跟不上啊。"阿章倒有自知之明。

"你不想去的话我也不勉强你。不过，"我话锋一转，"这是大鬼大人亲自向我指派的任务，他不想太多人知道这件事，让我只带一个信得过的人，所以我才想到你。"

"什么？是大鬼大人亲自找你？"阿章一脸诧异。

"是的。"

"为什么大鬼大人会亲自找你？组织的任务，大鬼大人一般不是通过黑桃会成员向我们指派的吗？"阿章似乎不太相信我的话。

"阿章，其实有一件事我一直没有告诉你，怕吓着你。"我知道要获得阿章的完全信任，此时是不能再对他有所隐瞒了。

"什么事啊？"

"其实，"我停顿了一下，一字一句地说，"我是黑桃会中的黑桃A。"

"什么？"阿章瞠目结舌，"杭哥，你是开玩笑的吧？"

我白了他一眼，"我像是开玩笑吗？"

第七章 黑桃Ａ的死亡交易

阿章好不容易才回过神来,"真不敢相信,我的兄弟,竟然是黑桃会中级别最高的黑桃Ａ!"

"怎么会是级别最高呢?黑桃Ａ上面不是还有小鬼和大鬼吗?"我淡淡地说。

"小鬼已经死了嘛,杭哥,你现在可是鬼筑二把手啊。"阿章一脸兴奋地说。

我微微一笑,又说:"李宝福指定要黑桃会的成员去和他女儿交易,以表示鬼筑对这次交易的重视程度。在黑桃会的成员中,大鬼大人最信任的就是我,所以便让我去。而我最信任的人则是你,所以我打算叫你跟我一起去。完成任务后,你肯定能得到大鬼大人的赏识,到时候我再在大鬼大人面前美言几句,恐怕你要加入黑桃会也并非难事啊。"

"真的吗?我也不贪心,能让我当个黑桃２或黑桃３,我就心满意足了,嘿嘿。"阿章拍了拍我的肩膀,感激地说,"谢谢你啊,杭哥。"

"客气什么!我们一起加入鬼筑的时候不是说过吗,苟富贵,勿相忘。"我想起十多年前我和阿章一起加入鬼筑的情景,心中有些感慨。

"杭哥,你放心吧,我到时候一定竭尽全力,干掉李涵的那个保镖!"阿章握紧拳头说道。

我苦笑了一下,"阿章啊,我们是去交易的,又不是去打架的。不过，以防万一，我还制定了一个计划。"

"什么计划？"阿章追问。

于是，我把我的计划告诉了阿章。

1

慕容思炫在办公室内找到斧头后，砍破了办公室的大门。然而当他和胡志军、刘倩以及游振伟三人离开真佳超市，走出宝仪大厦时，却发现庄小溪早已离开了。

接下来，思炫来到郑天威家中，把今晚发生的事一五一十地告诉了郑天威。

郑天威知道前妻当年的事情后，目瞪口呆，"小溪当时为了保护女儿，竟然……竟然加入了鬼筑，这……"

他定了定神，紧紧地抓住了思炫的双手，"思炫，求你了，一定要帮我把小溪找出来，我想见一见她。"

"哦。"思炫漫不经心地应了一句。

然而接下来，思炫调查了一个星期，却始终没有庄小溪的消息。

这天下午，思炫待在卧房里，一边玩着新买的九级云霄飞车，一边漫无边际地思考，忽然，他的手机响起。思炫拿起手机一看，来电是一个陌生的号码。

第七章　黑桃 A 的死亡交易

"喂?"思炫接通了电话。

"慕容,是我。"手机中传出的竟是"活尸"司徒门一的声音。

"干吗呀?"思炫没好气地问。

"你正在找庄小溪,对吧?"司徒门一问。

思炫心念一动,又问:"是又怎样?"

"其实你也知道,郑梦婷死了,庄小溪继续为鬼筑效力的理由就没有了,如此一来,大鬼自然不会放过她……"

思炫打断了司徒门一的话:"别说废话了,直接说她在哪里吧。"

"目前她被黑桃会的黑桃 A 囚禁在某个地方。"司徒门一早就查得一清二楚。

"黑桃 A ?"思炫双目一亮。

原来,鬼筑黑桃会的新黑桃 8 范倚维,可以算是宇文雅姬的半个卧底。她在死前曾把自己所搜集到的部分鬼筑人员的名单以及犯罪证据发到了雅姬的邮箱,后来雅姬让思炫也看过那份资料。

(参看《情蛊》)

然而在那份资料中,并没有黑桃 J、黑桃 Q、黑桃 K、黑桃 A 以及大鬼的相关信息。虽然范倚维在鬼筑中也算位高权重,掌握了不少鬼筑的机密资料,却始终没能深入接触到黑桃 J 以上的高层人物。

所以,对于思炫来说,黑桃 A 的身份一直是个谜。现在司徒门一提到黑桃 A，思炫自然大感兴趣。

"是的，黑桃 A 的真名叫吕永杭。你应该知道李宝福吧？李宝福的儿子李拓，曾是鬼筑的黑桃 5，后来却被小鬼和庄小溪联手杀死了。现在庄小溪对鬼筑来说已经没有利用价值了，所以大鬼便打算把庄小溪的命卖给李宝福。代表大鬼去交易的人，就是黑桃 A 吕永杭。"司徒门一果然查到了不少事情。

"时间和地点呢？"思炫问。

"今天下午五点，吕永杭将和李宝福的女儿李涵在心晴旅馆交易。怎么样，慕容，你有兴趣过去看看吗？这或许是你找到庄小溪的唯一机会了。"司徒门一笑着说。

"你不是要对黑桃会的成员赶尽杀绝的吗？怎么把庄小溪的下落告诉我？"思炫冷冷地问。

"毕竟她是你的老朋友郑天威的前妻嘛，这个消息就当是我送给你的春节礼物好了。"

"今天都初十了，你现在才来送春节礼物？"思炫吐槽。

司徒门一呵呵一笑，"我本来是想说情人节礼物的——毕竟今天刚好是情人节嘛，但怕你误会，所以就说是春节礼物了。"

"说完了吧？"没等司徒门一答话，思炫便挂掉了电话。

2

下午四点，慕容思炫独自来到千寻山山顶的心晴旅馆。九年前他曾来过这里，当时心晴旅馆内发生了一起碎尸案，此外，那次思炫还跟鬼筑的"杀戮者"曲凝梦交了手。(参看《哭泣的躯干》)

此时故地重游，他的心中有些感慨。

思炫刚来到心晴旅馆的大门前，还没进去，又接到了司徒门一的电话："到了吧？李涵住在旅馆内的202房，一个小时后，吕永杭将会到202房去跟李涵交易，到时候你有兴趣看一看交易的画面吗？"

"你是提前在202房安装了针孔摄像头，对吧？"思炫淡淡地道，"别啰唆了，把网址发过来吧。"

司徒门一笑了一声，"你真是越来越不客气了。"

通话结束后，司徒门一给思炫发过来一个网址。思炫打开网址，果然可以看到李涵所住的202房的监控画面。

思炫走进心晴旅馆，来到餐厅，找了个角落位置坐下，接着便开始查看202房的实时监控画面。此时房内有两个人：一个三十来岁的女人，容貌端丽秀雅，穿戴珠光宝气；还有一个戴着墨镜的男子，三十岁左右，虽然个子不高，但身体十分健壮。

在前往心晴旅馆之前，思炫在网上查过李涵的相关资料，他认得房内的女人正是李宝福的女儿李涵，至于那个戴着墨镜的男子，则是李涵的贴身保镖向成。

　　画面中，李涵坐在书桌前看书，而向成则站在房门后面，盯着房门，一动不动。

　　到了下午四点五十多，房外有人敲门。向成回头看了看李涵，李涵向他点了点头。于是向成打开房门，只见两个男人走进房内，看样子都是五十来岁。

　　其中一个男人向前走了两步，对李涵道："李小姐，幸会，我姓吕。"

　　李涵放下手中的书，抬头打量了一下这个男人，微微点头，"你就是黑桃会的黑桃 A 吕永杭先生，对吧？幸会幸会。"

　　那个被称作吕永杭的男人轻轻地皱了皱眉，"你怎么知道我就是黑桃 A 呢？"

　　李涵扬了扬嘴角，"我在我弟弟被杀的那段监控视频中见过你。"

　　"在那段视频中，除了凶手萧素以及共犯庄小溪外，每个人的脸部都被打上了马赛克，你怎么能肯定你见到的黑桃 A 就是我呢？"吕永杭问。

　　李涵莞尔一笑，"虽然我在那段视频中没有看到你的脸，但我记得视频中的黑桃 A 左手的手腕上戴着一块手表，而此时你的手上也戴着一块同样的手表，我由此推断你便是黑桃 A 吕永杭先生。"

"哈哈，你们李家的人，智商都挺高啊。"吕永杭笑着说。

"吕哥，那个庄小溪不仅杀死了我的弟弟，还试图嫁祸给你，她可以说是我俩的共同仇人了，现在我要买她的命，要不你给我打个折吧？"李涵似笑非笑地说。

"李小姐真会开玩笑。"吕永杭笑道。

李涵又打量了一下和吕永杭一起进来的那个男子，"吕哥，这位是？"

"他是我的搭档陈章。"吕永杭介绍道。

陈章向李涵拱了拱手，"李小姐，你好。"

"陈哥看上去身手不错嘛。"李涵说。

"还好吧。"

李涵指了指向成，"这是我的保镖阿成，他的身手也算可以的，有机会你们可以切磋一下哦。"

"好的。"陈章转头看了看向成，"阿成，那有机会就请你多多指教啦。"

"哦。"向成面无表情地答道。

陈章有些尴尬。李涵打圆场："他这个人不太喜欢说话，你别介意。"

"好说，好说。"

吕永杭接着问:"李小姐,那批钻石你带来了吧?"

"当然带来了。庄小溪呢?"李涵也不拐弯抹角了。

"我们把她囚禁在某个隐蔽的地方,你先把钻石给我们,我们再带你去找她。"吕永杭说。

李涵摇了摇头,"吕哥,咱们童叟无欺,最好就是一手交人,一手交货,对吧?"

吕永杭看了看陈章,接着说道:"好吧,那你先让我们看看那批钻石,如果没有问题,我就马上派人把庄小溪带过来,这样总可以吧?"

李涵略一思索,从自己的手袋中掏出一个黑色的小布袋,把小布袋里的东西全部倒在大床上,正是十多颗南非钻石,其中最大的那颗目测有十克拉。

吕永杭双眼发亮,转头对陈章道:"阿章,你去检查一下吧。"

陈章向前走两步,掏出一个手持式的电子显微镜,对着那些钻石细细观察了一番,"嗯,杭哥,没问题。"

吕永杭满意地点了点头,"李小姐,那我现在派人把庄小溪带过来,到时候我们一手交人,一手交货。"

"可以呀,大概需要多久?"李涵问。

吕永杭轻轻抬起右手,但随即把右手放下,接着抬起左手看了看手表,"大概晚上八点左右吧。"

"行,那今晚八点,我就在这里等你,到时候你把庄小溪带来吧。"李涵说罢做了个"请"的手势，示意本次谈判结束了。

吕永杭的讲述（二）

我和阿章离开了李涵所住的 202 房。

"杭哥，看来我们还是要把黑桃 Q 带过来啊。"阿章说。

我点了点头，"嗯，这件事我会处理的，你先回房休息一下吧，交易的时候我再给你打电话。"

"我们分开行动，会不会遭到那个女人的暗算啊？"阿章倒是担心我的安危。

"不会的，在没有见到黑桃 Q 之前，她是不会对我们怎样的。"

阿章向来对我言听计从，"好吧，那我先回房休息一下，电话联系。"

他回到了自己的房间，我却留在附近，躲在暗处，监视着 202 房。

到了傍晚六点左右，202 房的房门终于打开了，李涵和她的保镖向成从房内走出来。我悄悄地跟着他们离开走廊，来到旅馆的餐厅，看到他俩在餐厅坐了下来。于是我也找了个座位坐下，继续监视着他俩。

过了一会儿，李涵站了起来，我猜她应该是要上洗手间，刚好此时我所在的位置离洗手间很近，于是我快步走到洗手间前方，左右看了看，接着便走进了女洗手间。十分幸运地，此时女洗手间内一个人也没有。我躲到了一个隔间里，等待李涵进来。

　　数十秒后，我听到外面传来一阵脚步声，接着还听到李涵的声音响起："阿成，你在外面等我吧。"

　　"好的，小姐。"向成回答道。

　　接着李涵走进了女洗手间。我知道现在就是最佳的下手时机，于是掏出随身携带的电击器，从隔间里走了出来，快速走到李涵的身后，举起电击器，以迅雷不及掩耳之势戳向她的脖子。李涵还没来得及叫出声来，便因为被电击而晕了过去。

　　太好了，我偷袭李涵，并没有惊动外面的向成。

　　我定了定神，把李涵拖进离大门最远的那个隔间里，随后从她身上找到了那袋价值三千万的南非钻石。

　　如果李涵醒来，发现钻石不见了，肯定能猜到偷袭她的人是我或阿章，我不能留活口，毕竟她的父亲是李宝福，那个可以出三千万买一条人命的李宝福。

　　于是我抽出一根钢丝，把昏迷中的李涵勒死了。

　　但我现在还不能离开，因为向成就在外面。

　　我让李涵的尸体所在的隔间门大大地敞开，接着又把其他几个隔间的门虚掩，最后自己躲在离大门最近的那个隔间里，通过门缝窥视外面的情况。

　　片刻以后，一个少妇走进来，她看到好几个隔间的门都是关上的，自然而然地走到离大门最远的那个隔间前，接着便发现了李涵的尸体。

少妇不知道李涵已死，走进隔间，"小姐，你没事吧？"

随后她大概发现李涵没有呼吸，尖声大叫："救命呀！救命呀！"

向成听到少妇的尖叫声，马上跑了进来，"什么事？"

"那个女人……没有呼吸……好像死了……"少妇惊魂未定。

"什么？"向成连忙走进李涵所在的隔间。

在他查看李涵的尸体时，我轻轻地打开我藏身的隔间的门，快速离开了女洗手间。

3

慕容思炫通过监控画面看到吕永杭和陈章离开了李涵所住的202房。接下来，李涵和她的保镖向成继续留在202房内休息。

大概过了一个小时，李涵和向成也离开了202房。

思炫快步离开餐厅，想要到202房去看看李涵和向成要去哪里，谁知道却远远看到李涵和向成迎面走来，最后还走进了餐厅。

于是思炫也回到餐厅里，继续监视着李涵和向成。

过了一会儿，李涵站了起来，"我去一下洗手间。"

向成连忙也站起来，"我陪你吧，小姐。"

接着两人便走向洗手间，思炫则留在餐厅里等候。

片刻以后，洗手间那边忽然传来一个女子的求救声："救命呀！救命呀！"

思炫知道大事不妙，马上跑到女洗手间，看到李涵在最里边一个隔间里，坐在地上，靠着马桶，一动也不动。思炫看到她的脖子上有一道勒痕。

此时向成正在李涵的手袋里找着什么，思炫知道他在找那袋南非钻石，但是，他并没有找到。

思炫猜测，是吕永杭或陈章杀死了李涵，并且取走了那袋钻石。

接下来，思炫便离开餐厅，在心晴旅馆内四处查看，想要找出吕永杭或陈章的行踪。

半小时后，他在旅馆内的酒吧里找到了吕永杭。此时吕永杭坐在吧台前，正在一个人喝酒。

刚好就在此时，向成也闯进酒吧，他环顾四周，很快就发现了吕永杭，于是快步来到他的身前，大声道："姓吕的，你跑不掉了！"

吕永杭一怔，"什么？"

"你杀了李小姐，并且抢走了她的……她手袋里的东西，对吧？我已经报警了，你逃不掉了。"向成气愤地瞪着吕永杭。

吕永杭大吃一惊，"什么？李涵死了？怎么死的？她刚才不是还好好的吗?"

"你还装!"向成对吕永杭怒目而视,"就在刚才,你在餐厅的女洗手间里杀死了李小姐,然后躲在某个隔间里,在我进入洗手间查看李小姐的情况时,你就趁机逃跑,然后来到这里,对吧?"

"我装什么啊?我从五点半开始就在这里喝酒,一直没有离开过,不信你可以问问酒保啊。"吕永杭言之凿凿。

吧台里的酒保证实了吕永杭的话:"是的,这位先生在这里至少一个小时了。"

思炫双眉一蹙,心道:吕永杭从五点半开始就在这里了,而李涵是在六点左右才离开202房的,也就是说,李涵在餐厅的洗手间被杀时,吕永杭有不在场证明。知道李涵身上有钻石的只有吕永杭和他的搭档陈章,既然吕永杭不是凶手,那么陈章是凶手的可能性就很大了。

向成似乎也想到了这点,质问道:"是你的那个叫陈章的搭档干的,对吧?"

"当然也不是啊,无论是我还是我的搭档,都没有杀害李涵小姐的动机吧?"吕永杭辩解道。

向成冷笑一声,"你们当然有动机,李小姐身上的东西,就是你们的杀人动机。"

吕永杭略一沉吟,"要不我去找我的搭档问问他刚才在哪里吧?"

"我和你一起去。"向成说。

吕永杭摇了摇头,"没必要,你就在这里等我,我带他过来。"

"我信不过你。"向成咬了咬牙说道。

吕永杭冷哼一声,"我管你信不信我,反正你没有权利跟着我。"

他说罢便大步走出酒吧。向成虽然怫然作色,但也没有跟上去。

思炫也离开酒吧,悄悄地跟在吕永杭身后,跟着他来到231房门前。

这时候,思炫看到吕永杭从口袋中掏出了一把电击棒,放在身后。

接着他按下了231房的门铃。十多秒后,房门打开了,来开门的人正是吕永杭的搭档陈章。

最后,吕永杭走进231房,并且关上了房门。

吕永杭的讲述(三)

唉,我杀死了阿章——这个几十年的好兄弟。

我把阿章的尸体藏在231房的衣柜里,接着便匆匆走出231房,想要离开心晴旅馆这个是非地。

然而我却看到门外站着一个头发杂乱的男子。

我认得那人，竟是组织的头号敌人——慕容思炫。

他怎么会在这里？

慕容思炫一步一步地向我走来，用十分平静的语调说道："是你杀死了李涵，对吧，陈章？"

他果然知道了。

只是，他误以为我是阿章。

吕永杭的讲述（四）

黑桃会的所有成员，除了大鬼、我和庄小溪，都死了。

我知道，鬼筑气数已尽，名存实亡。我哪怕继续留在鬼筑，也无利可图，甚至随时会被警察抓获。

既然如此，还不如退出鬼筑，离开 L 市，到北方的某个城市里，改名换姓，展开新的生活。

此时大鬼却让我去掳走黑桃 Q 庄小溪，然后用她跟李宝福的女儿李涵交易。

当我知道李涵打算用价值三千万的钻石来交换庄小溪的时候，我就打定主意：我要吞掉这批钻石，远走高飞，让大鬼再也找不到我。

我知道李涵会带上她的保镖向成来交易，我担心在交易时李涵会出尔反尔，不但不给钻石，还要逼问我庄小溪的下落。我自然不是向成的对手，到时候就只能任人宰割了。

所以，以防万一，我叫了我的兄弟阿章和我一起去交易。他虽然已不年轻，但毕竟是个散打高手。

最重要的是，他值得信任。

我把自己的黑桃A身份告诉了阿章。

"杭哥，你放心吧，我到时候一定竭尽全力，干掉李涵的那个保镖！"阿章握紧拳说道。

我苦笑，"阿章啊，我们是去交易的，又不是去打架的。不过，以防万一，我还制定了一个计划。"

"什么计划？"阿章好奇地问。

我向他解释道："李涵应该知道跟他交易的人是黑桃会的黑桃A吕永杭，而跟吕永杭一起去交易的人，肯定就是他的保镖。所以，到时候李涵和她的保镖向成都会把注意力集中在你这个保镖身上，防止你突然对他俩动手。"

阿章连忙保证："放心吧，杭哥，你刚才不是说了吗，我们是去交易的，不是去打架的，我是不会贸然动手的。"

唉，跟不太聪明的人说话就是累。"我的意思是，到时候我们交换一下身份，你以黑桃A吕永杭的身份出现，我则以吕永杭的保镖陈章的身份出现。"

"为什么？"阿章糊涂了。

"为了让李涵和向成以为我是保镖，对我加以防范，甚至对我实施偷袭，到时候，没有被他们注意到的你就可以出其不意地反击了。"我说。

"原来是这样，杭哥你想得真周到。"阿章果然没有丝毫怀疑。

事实上，我之所以要跟阿章交换身份，是为了给自己留一条后路。交换身份后，如果李涵要向"吕永杭"逼问庄小溪的下落，甚至对"吕永杭"动手，我也可以立即全身而退。

李涵看过六年前鳄鱼峰山顶的那段监控录像，虽然监控中我的脸被打上了马赛克，但当时我戴着一块手表，李涵可以通过这块手表认出"吕永杭"。所以，在前往心晴旅馆前，我还让阿章戴上了我的手表。

今天下午，我和阿章到达心晴旅馆，来到李涵和她的保镖向成所在的 202 房。

进房后，阿章按照我此前的指示，走到李涵身前，对她说："李小姐，幸会，我姓吕。"

"你就是黑桃会的黑桃 A 吕永杭先生，对吧？幸会幸会。"李涵果然误以为戴着我的手表的阿章就是我。

李涵跟阿章交谈了几句话后，打量了一下我，向阿章问道："吕哥，这位是？"

"他是我的搭档陈章。"阿章回答。他已经完全代入"吕永杭"这个角色了。

我向李涵拱了拱手，"李小姐，你好。"

"陈哥看上去身手不错嘛。"

这样一来,李涵和向成就会认为我只是吕永杭的搭档,即使要动手,也不会先对付我。而在他俩对付"吕永杭"的同时,我就可以溜之大吉了。

接下来,阿章让李涵先把钻石给我们,李涵却说要一手交人一手交货。阿章无法做决定,于是看了我一眼。我轻轻点了点头。阿章收到我的指示后说道:"好吧,那你先让我们看看那批钻石,如果没有问题,我就马上派人把庄小溪带过来,这样总可以吧?"

李涵把那批南非钻石倒在床上。阿章自然不懂分辨真伪,对我说:"阿章,你去检查一下吧。"

我用电子显微镜观察了一番,确实是真钻石,"嗯,杭哥,没问题。"

阿章学着我平时说话的语气说道:"李小姐,那我现在派人把庄小溪带过来,到时候我们一手交人,一手交货。"

离开202房后,我让阿章先回房休息,我则留在附近监视着202房,后来还跟着李涵和向成来到了旅馆的餐厅。接下来,我在餐厅的女洗手间内杀死了李涵,并且取走了那袋南非钻石,回到我所住的231房。

大约半个小时后,门铃响了,我开门一看,是阿章。我知道他随身携带着一把电击棒,此时我一看到他把手放在背后,就知道他的手上拿着电击棒了。

第七章 黑桃 A 的死亡交易

他要袭击我？

与此同时，我闻到他的身上有些酒气。如果我没有猜错，刚才他回房后没多久，酒瘾犯了，便到旅馆的酒吧喝酒去了。向成发现李涵的尸体后，四处寻找"吕永杭"，后来在酒吧里找到阿章。

但是，阿章因为一直在酒吧里喝酒，在李涵被杀的时候有完美的不在场证明。阿章知道李涵被杀后，自然猜到是我下手的，也猜到我的动机是私吞李涵身上的钻石。在我杀死李涵的时候，阿章阴差阳错地拥有了不在场证明，也就是说，事后无论如何大鬼也不会怀疑杀死李涵、拿走钻石的人是他。

那么，阿章现在为什么会拿着电击棒来找我呢？因为他想杀了我，抢走我身上的钻石，并且处理掉我的尸体，这样事后他就可以对大鬼说，是我杀了李涵，私吞了钻石，逃之夭夭。反正在李涵被杀的时候他有不在场证明，无论他说什么大鬼都不会怀疑他。

真没想到，区区三千万，便让我这个几十年的兄弟变成了狰狞的魔鬼。

此时阿章已经走进客房，并且关上了房门。我知道他随时都会动手，马上说："你来得刚好，我正想去找你。"

阿章好奇地问："杭哥，怎么啦？"

我把那袋南非钻石拿出来，递给阿章，"我杀了李涵，拿走了她的钻石，你先保管着。"

阿章一怔，"我……我保管？"

"当然啊,你的身手比我好,由你保管更加安全。"我觉得理所当然。

阿章接过钻石,"我知道了,杭哥。"

我轻轻地嘘了口气,一脸感慨地说:"老实说,现在鬼筑黑桃会的人基本上都死光了,鬼筑气数已尽,我们也没必要留下了。我们兄弟两人拿着这些钻石,今晚连夜离开L市,到别的城市去展开新的生活,做些小生意,你看怎么样?"

我看到阿章的脸上露出了内疚的神色,我还看到他把身后的电击棒偷偷地放回口袋中。

现在阿章对我已经完全放下戒心了,毕竟我连价值三千万的钻石都交给了他保管。

"你去看看外面有没有人,如果没有,我们现在就动身。"我吩咐道。

"好的,杭哥。"阿章转过身子,走向房门。

我知道机不可失,立即从我的口袋中掏出电击器,向他发起攻击。阿章虽然是散打高手,但在毫无防备的情况下,还是被我一击即中,就此不省人事。

陈章啊陈章,你不仁我不义。

我用勒死李涵的钢丝勒死了阿章,从他身上取回那袋钻石,并且把他的尸体搬到房内的衣柜里。

然而当我走出231房时,却看到慕容思炫站在房门外。

他一步一步地向我走来,用十分平静的语气说道:"是你杀死了李涵,对吧,陈章?"

他和李涵、向成一样,误以为我是陈章。

就在此时,心晴旅馆外响起一阵警笛声。

"警察来了,你逃不掉了,黑桃Ａ。"慕容思炫冷冷地说。

"你说什么?"我诧然。

"难道不是吗?"慕容思炫一字一句地说,"你才是真正的黑桃Ａ——吕永杭。"

他竟然看穿了我的身份?

既然如此,我也没必要隐瞒了,"你怎么知道我是吕永杭?"

"因为当李涵问'吕永杭'需要多久把庄小溪带过来的时候,'吕永杭'先抬起右手,接着又放下右手,最后才抬起左手看手表,为什么呢?因为他本来是习惯右手戴表的,只是为了扮演你,只好把你的手表戴在左手上,不过他在看时间的时候忘了这一点,先抬起右手,因此露出破绽。"

这个慕容思炫,还真是不容小觑呀。

只是,他为什么会知道当时在李涵房内发生的事?

4

此时此刻,慕容思炫紧紧地盯着面前的吕永杭。

"你现在打算怎么办呢?把我交给警察吗?"吕永杭漫不经心地问。

"你有其他提议?"思炫淡淡地说。

吕永杭嘴角一扬,"你不是在帮郑天威找庄小溪吗?你放了我,我带你去找她。"

"好。"思炫早就猜到吕永杭会以庄小溪作为筹码。

两人走出231房,走向心晴旅馆的大门。来到大门前的时候,却看到几名刑警走进来,其中一个是思炫的朋友霍奇侠。他们之所以来到这里,是因为向成报警了。

"慕容?"霍奇侠微微一愣,"你怎么在这里?"

"回头再说。死者在餐厅的女洗手间里,你先去看看吧。"

不等霍奇侠答话,思炫便大步走出旅馆。吕永杭连忙紧随其后。

走出心晴旅馆后,吕永杭指了指停车场,"我是开车过来的,你坐我的车吧。"

"哦。"

接着两人便来到停车场,上了吕永杭的车。途中,思炫冷不防说道:"刚才我看到陈章拿着电击棒到你的房间找你,但最后从房间里走出的人却是你。他想杀了你,独吞钻石,却被你反杀了,对吧?"

"这跟你无关。"吕永杭斜眼看了看思炫,"我带你去找庄小溪,接下来我和你便再也没有关系,明白吗?"

思炫不再说话。

不一会儿，吕永杭开车来到千寻山的山脚。原来庄小溪就被他囚禁在山脚一间废弃的小屋里，刚才李涵和向成开车上山时，应该也经过这间小屋，只是李涵没有想到她要的人就在这间小屋里面。

她更没有想到自己来买庄小溪的命，可惜庄小溪还没死，她自己却先死了。

走进小屋，思炫看到庄小溪的双手双脚都被邦着，嘴巴也被布团塞住。思炫走过去帮她拿开塞在嘴巴上的布团。

庄小溪苦笑了一下，"慕容思炫，我还以为来接我的人是李宝福呢，没想到是你啊。"

吕永杭看了看他们，"慕容思炫，人我交给你了，现在我们两清了。"

"你不考虑自首吗？我可以叫警察过来接你，把你安全送到警察局。"思炫面无表情地说。

吕永杭脸孔一板，不悦地说："我们不是说好的吗，我带你找庄小溪，你就让我走。你现在想出尔反尔？"

思炫懒得多说，"行吧，那你走吧。"

吕永杭"哼"了一声，走出小屋。

思炫则为庄小溪解开绳子。

"好了，现在你打算怎么办呢？"庄小溪问。

"你自首吧。"

庄小溪轻轻地嘘了口气,"要我自首也不是不可以,但我有一个条件。"

思炫知道她的条件就是不要见郑天威,冷然道:"如果不是为了他,我也不会来救你。"

"我明白,只是,"庄小溪鼻尖一酸,有些伤感地说,"我还哪有脸再见他啊!"

"你们的女儿也会希望你们再见一面吧。"

"这……"庄小溪心中一动,"好吧,我会见一见他,可以了吧?"

"走吧。"

两人刚走到门前,却忽听屋外传来数声枪响。思炫打开一条门缝,向外一望,只见吕永杭已经倒在地上,一动不动,在他面前站着数名蒙面黑衣男子,每个人的手上都拿着手枪。

"大鬼派人来杀死了黑桃A。"思炫一边说一边在大脑中思考着脱身之策。

"那接下来应该就轮到我了。"庄小溪凄然道,"我掌握着鬼筑的不少机密资料,不被大鬼灭口是不可能的。"

果然,那数名蒙面黑衣男子在杀死吕永杭后,便一步一步地逼近小屋。

"你先别出来,我跟他们回去。"庄小溪准备走出小屋。

思炫一把拉住了她,"你不能走,你走了我无法向郑天威交代……"

他话音未落，一辆汽车疾驰而来，猛地向小屋撞来，门外的几个蒙面黑衣男子纷纷避让。只见汽车在小屋前一个急刹，停了下来，后排的车门刚好对着小屋的门。思炫看到开车的人竟然是李涵的保镖向成。

"快上车。"向成朝思炫和庄小溪叫道。

思炫拉着庄小溪快速进入汽车。那几个蒙面黑衣男子想要开枪，但向成反应极快，油门一踩，便已开车离去。

离开千寻山后，庄小溪定了定神，开口问道："慕容思炫，这是你朋友？"

思炫摇了摇头，"不是，他是李宝福女儿的保镖。"

"咦？"庄小溪向正在开车的向成看了一眼，脸露疑惑，"那你为什么要救我们？"

向成通过车内的后视镜向思炫看了一眼，"你说呢？"

思炫咬了咬手指，一脸平静地说："那自然是因为'向成'只是你暂时借用的身份，对吧，司徒门一？"

5

"向成"呵呵一笑，揭掉了戴在脸上的硅胶人脸面具，霎时间露出了一张清秀俊美的脸，正是"活尸"司徒门一。

"慕容，你是什么时候看穿我的伪装的？"司徒门一有些不甘心地问。

"准确来说是现在。"

司徒门一呵呵一笑，"原来你刚才只是在试探我啊！看来我伪装得还不错嘛。"

庄小溪自然也认得这个鬼筑的眼中钉，冷冷地问："司徒先生，你现在打算带我们去哪儿呢？"

"待会儿不就知道了吗，黑桃Q女士？"

不一会儿，司徒门一把汽车开进了城区。此时思炫忽然说道："司徒门一，是你诱导郑梦婷自杀的吧？"

庄小溪吃了一惊，"什么？"

司徒门一则微微一笑，"你说得对。"

庄小溪咬了咬牙，"我女儿什么地方得罪你了？你为什么要她死？"

"赏善罚恶，是我一直在做的事。"司徒门一悠然自得地说道。

庄小溪咬牙切齿，"她做了什么十恶不赦的事？是的，她骗了刘茹，让刘茹以为自己的男友游振伟出轨了，并且因此自杀，可是尽管如此，我女儿也罪不至死吧？她也没想到刘茹会去自杀吧？"

"你之所以这样想，是因为你并不知道真相。"

司徒门一吸了口气，有条不紊地讲述起来。

"郑梦婷对游振伟说过，刘茹曾打电话给她，跟她说活着没意思了，想要跳楼，然而当郑梦婷赶到天台，想要跟刘茹解释清楚的时候，刘茹却已经跳楼了。事实上，这只是谎言。

"我曾催眠郑梦婷，让她说出真相。她说，那天晚上她来到天台的时候，刘茹的情绪还是比较稳定的，她完全有机会向刘茹解释清楚游振伟没有出轨。可是她正要开口，却犹豫了。她想，如果刘茹真的死了，自己或许就可以和游振伟在一起了。最终，她看着刘茹跳楼自杀。可以说，是郑梦婷间接杀死了刘茹，难道她不该死吗？

"你们应该都知道，催眠术是有限制的，我只能诱导对方的潜意识，却不能让对方做出违背自身意愿的事。郑梦婷在被我催眠的状态下自杀，是因为她本身就有自杀倾向，她本来就因为刘茹的死而感到无比内疚，想要以死谢罪，而我只是把她的这些想法从她的潜意识里挖掘出来而已。"

思炫一脸冰冷地说："别把自己说得那么伟大。你之所以诱导郑梦婷自杀，只是为了让庄小溪有了退出鬼筑的理由，从而让大鬼放弃庄小溪，把她的命卖给李宝福，然后借刀杀人，借此机会干掉黑桃Ａ，对吧？"

"哈哈，知我者慕容也。当然，那袋价值三千万的南非钻石，也是我的目标之一。"在司徒门一和李涵前往餐厅的途中，司徒门一趁李涵不注意调换了她手袋里的钻石，也就是说，吕永杭从李涵的手袋中取走的，只是一袋假钻石而已。

"你想杀死黑桃A,我可以为你效劳,你为什么非要害死我的女儿?"庄小溪疾言厉色地质问。

"我再重申一遍,害死郑梦婷的人不是我,而是她自己。"

司徒门一说到这里,把汽车停了下来。思炫向窗外一看,此时汽车就停在L市警察局的大门前。

"好了,庄小溪,去为你做过的事赎罪吧。"司徒门一回头看了看庄小溪,轻轻一笑,"你应该感到庆幸,因为这是我第一次对鬼筑成员手下留情。"

"那你呢?也一起进去自首吗?"其实思炫知道司徒门一肯定给自己留了退路。

司徒门一笑问:"庄小溪,你还想见一见你的前夫吧?"

思炫心中一凛:他抓走了郑天威。

"你怎么一点新意也没有?"思炫没好气地说。

"怎么会没有新意呢?我每次抓的人都不同啊。好了,慕容,现在我要去放了你的老朋友了,你该不会想阻止我吧?"司徒门一准备脱身了。

思炫瞧也不瞧他一眼,对庄小溪道:"下车吧。"

两人下车后,司徒门一便开着汽车绝尘而去。

思炫看了庄小溪一眼,指了指警察局的大门,"进去吧。"

庄小溪大步走向警察局,没有丝毫犹豫。

这里,可是她内心深处一直最向往的地方。

第八章　大鬼之死

插曲：大鬼篇（一）

L市月山公园虽然面积不大，却是一个历史悠久的公园，在一百年前便已存在。

此时，在月山公园的一个凉亭内，有一个二十来岁的男子，眯缝眼，塌鼻子，样貌平平。

他叫雷宁。

谁能想到，这个其貌不扬的年轻人，竟是神秘组织"鬼筑"的首领大鬼？

这时候，一个三十出头的男人走进凉亭。这男人双目如电，仪表不凡。

他是鬼筑的头号杀手，代号"稻草人"。

雷宁看到"稻草人"来了，微微一笑，"语轩大哥，你来啦？"

"稻草人"轻轻地点了点头，"是的，大鬼先生。"

"你这样称呼我，我还真不习惯啊，毕竟你还比我大几岁呢。"雷宁拍了拍"稻草人"的肩膀，笑道，"只有我们两个人的时候，你还是像从前那样叫我小雷吧,我也像从前那样叫你语轩大哥。"

"好的。"

雷宁吸了口气,又说:"语轩大哥,你应该也知道我这次找你来所为何事吧?"

"我知道。""稻草人"轻轻地咬着嘴唇,恨恨地道,"你想让我去刺杀我们的仇人——蒋鹤宜。"

1

一年半前,黑桃 A 吕永杭被杀,黑桃 Q 庄小溪自首,这样一来,鬼筑便只剩下首领大鬼,以及一些残渣余孽的鬼筑成员,可谓名存实亡了。

而此时宇文雅姬已经根据范倚维、庄小溪等人提供的各种资料,再通过深入调查,查到了前任大鬼的详细背景:

裘夜留,L 市人,一九五四年出生。十七岁时,裘夜留报考警校,三年后,他加入了 L 市警队。

不久以后,裘夜留被上级派到黑社会当卧底。在裘夜留协助上级瓦解了数个黑社会组织后,上级并没有让他恢复警察身份,反而因为他有丰富的卧底经验而派遣他潜入更加危险的黑社会团伙鬼王社。

天有不测风云,突然有一天,裘夜留的联系人意外身亡。这

第八章 大鬼之死

个联系人是唯一知道裘夜留警察身份的人,他的死亡,意味着裘夜留再也无法恢复警察身份了(不久前宇文雅姬找到了这名联系人留下的机密资料,因此得知裘夜留的警员身份)。

裘夜留被迫留在鬼王社发展。后来他逐渐知道了鬼王社原来是由一个诞生于二十世纪五十年代的犯罪组织鬼筑所操控的。

于是他也加入了鬼筑。从此,他彻底放弃了警察的身份。

一九九四年,裘夜留因为得到当时鬼筑首领大鬼的赏识,接任大鬼之位,成为鬼筑的新任首领。为了掩饰鬼筑的存在,他同时出任鬼王社的帮主。

二〇〇九年,五十五岁的裘夜留得了重病,生命垂危,于是他让人立即通知当时正在外地的继承者回到L市,接任鬼筑首领大鬼之位。交接后没多久,裘夜留便病逝了。

新任大鬼在裘夜留病逝后没多久,就公然向L市警方发起挑战。这十一年来,这个裘夜留的继承者,率领黑桃会以及众多鬼筑成员在L市乃至周边城市制造各种恐怖袭击和犯罪事件,与L市警方展开了一连串激烈的战斗。(参看《边缘暗警》)

这个现任大鬼到底是谁呢?

雅姬经过调查,发现裘夜留病逝前,有一个名叫雷宁的人曾数次来找他。她再深入调查,竟然发现这个雷宁还接触过数名黑桃会成员。雅姬因此怀疑这个雷宁便是裘夜留的继承者,即鬼筑现任大鬼。

于是她请慕容思炫帮忙调查雷宁，并让霍奇侠协助。思炫和霍奇侠在雷宁的家外面监视了数天，得知雷宁是独居的，而且生活规律，每天上午都到家附近的篮球场打篮球，下午则一般不外出，偶尔在下午三四点的时候会到附近的市场买菜，晚上则绝少外出。

有一天晚上八点多的时候，雷宁竟然外出了，思炫和霍奇侠立即对他展开跟踪，没想到这个雷宁的反侦查能力极强，在发现被跟踪后，竟然成功摆脱了两人。

"他要去哪里呢？难道跟鬼筑最近的行动有关？"霍奇侠倒抽了一口气，"他不会真的就是大鬼吧？"

思炫神情木然，淡淡地道："无论他是不是大鬼，但他肯定不是一个普通人。"

插曲：大鬼篇（二）

"稻草人"收到大鬼雷宁的任务后，带着数名鬼筑成员潜入蒋鹤宜家中刺杀他。

没想到蒋鹤宜早已雇用了二十多名黑帮成员，在家中布下天罗地网。"稻草人"中了埋伏，在行动中身受重伤，最后在两名鬼筑成员的拼死掩护之下，才侥幸逃离蒋鹤宜的家，逃过一死。

这一次行动，"稻草人"带去的鬼筑成员伤亡惨重。

雷宁去见"稻草人"的时候,"稻草人"还没度过危险期,但他见雷宁来了,勉强下床,跪在地上,哽咽着声音道:"大鬼先生,我失败了,所有兄弟……都死了。"

　　雷宁连忙把"稻草人"扶起,"语轩大哥,这不是你的错。行动的时候,邹奇没去吧?"他所提到的"邹奇",是在"稻草人"的计划中参与刺杀行动的一名鬼筑成员。

　　"行动前他说肚子不舒服,于是我让他在屋外等我们。""稻草人"皱了皱眉,"难道……"

　　"是的,我已经查到了,是邹奇出卖了我们,把我们要刺杀蒋鹤宜的消息提前告诉了蒋鹤宜。"

　　"稻草人"咬牙切齿,"那个叛徒,害死了我们那么多兄弟!"

　　"我已经把他抓回来了,并且已经处死了。"雷宁轻轻地嘘了口气,"语轩大哥,你好好养伤,等你康复以后,我们再筹划下一次刺杀蒋鹤宜的行动。"

　　"稻草人"冷齿一咬,"下一次,我一定不会失败!"

2

　　这天上午,慕容思炫和霍奇侠又在雷宁家门外监视。

　　"慕容,我下午有事做,你自己来监视吧。"霍奇侠忽然说。

　　"你要做什么?"思炫有些好奇地问。

"去理工大学听上官教授的讲座。去年我也参加了他的讲座，真是受益匪浅啊。"霍奇侠一脸期待地说。

思炫知道霍奇侠提到的上官教授，那是 L 市著名的犯罪心理学专家，虽然今年已经九十三岁高龄，但仍然坚持每年开设一次犯罪心理学讲座。他的讲座深入浅出，分析透彻，指导性强，既有清晰透彻的理论论述，又有生动翔实的案例剖析，因此每次都能吸引不少警方人员前来参加。

"你有跟宇文请假吗？"思炫问。

霍奇侠尴尬地笑了笑，"没有啊，宇文队长应该不会批准的。"

"那你回来的时候给我带五筒曼妥思吧，否则我担心自己会说漏嘴。"

"要不你和我一起去听讲座吧？反正监视了两个星期也没什么收获，休息半天应该也没什么问题吧？"

霍奇侠刚说完，只见雷宁从屋里走出来。两人连忙远远跟在雷宁身后。

雷宁果然像往常那样来到附近的篮球场打篮球。这个篮球场平时很冷清，雷宁一般是自己投球，但因为今天是周六，有几个大学生在打对抗，雷宁主动要求加入。

过了一会儿，霍奇侠接到了宇文雅姬的电话："宇文队长？"

"奇侠，你跟慕容正在监视着雷宁，对吧？"手机中传出了雅姬的声音。

"是的。"

"我发给你们一个链接,有一个昵称为大鬼的人正在直播。"

霍奇侠微微一愣,一边向思炫转述雅姬的话,一边打开了手机的免提功能,让雅姬也可以听到他俩的谈话。思炫则掏出手机,打开了链接,看到画面中有一个戴着黑色面具的人,这个人还穿着一件连帽黑袍,此时他戴着帽子,遮住了自己的头发。

他就是大鬼?

目前直播间里只有十多个人。

在此之前,大鬼似乎一句话也没有说过,直到思炫的账号进入了直播间,他才说了一句:"慕容思炫,欢迎来到我的直播间。"

慕容思炫的昵称是"V",大鬼一看到"V进入直播间"的提示,便知道进来的人是慕容思炫,看来早有准备。

此外,大鬼说话时的声音十分低沉,看来他在面具中暗藏变声器,改变了自己本来的声音。

思炫向正在不远处打篮球的雷宁看了一眼,大脑快速地转动起来。

如果在直播间的大鬼是真的,那么此前雅姬所怀疑的雷宁就不会是鬼筑的首领大鬼了。不过也存在这样的可能性:雷宁就是大鬼,他知道思炫和霍奇侠在监视自己,于是让一名鬼筑成员冒充自己,在思炫和霍奇侠监视着自己的时候开直播,这样自己便可以洗脱嫌疑。

只是，大鬼真的会使用这种简单的伎俩吗？

此时，只听直播间中的大鬼说道："慕容思炫，我就长话短说了。我在 L 市内安装了十组 C-4 塑胶炸弹，每一组炸弹的威力都十分巨大。第一组炸弹安装在银河城的某个地方，现在是九点三十分，半个小时后，即十点整，我将会引爆银河城内的那组炸弹。我可以十分肯定地告诉你，在爆炸时，银河城内的任何一个人，都绝无生还可能。"

银河城是位于 L 市城中心的一个现代型综合购物中心，也是 L 市最繁华的商业中心之一。七年前，在鬼筑策划的一起犯罪事件中，银河城三楼的星星咖啡馆曾被炸毁。（参看《慕容思炫之死》）

霍奇侠咽了口唾沫，"这……这不会是恶作剧吧？"

"应该是真的。"思炫淡淡地道。

此时霍奇侠还在跟雅姬通话，只听雅姬说道："我马上派人到银河城去，疏散所有工作人员和客人，以及找出炸弹并且拆除。"

"半个小时，根本不够！"

霍奇侠话音刚落，直播间中的大鬼又说话了："如果平台中断了我的直播，或者我看到有警察接近银河城，我就会立即引爆炸弹。"

"我马上联系平台的工作人员，让他们不要中断直播。"雅姬顿了一下，又说，"此外，我会打电话联系银河城的工作人员，让他们立即疏散商城内的所有客人。"

这时候，大鬼又说："对了，宇文队长，我想你也在看我的直播吧？你跟平台联系的时候，顺便叫他们让我的直播间上热门吧，只要我的直播间观看人数在十万人以上，我就把爆炸时间延迟到十点半。"

"这个大鬼真是太嚣张了！"霍奇侠愤愤不平地说，"队长，可以查到他的位置吗？"

"技侦部门的人已经在追踪他的信号源位置了。"

思炫却摇了摇头，"大鬼应该屏蔽了信号来源，让你们短时间内无法查出信号源的位置。"

雅姬略一斟酌，"这样吧，我现在派两个人过去你们那边，代替你们监视雷宁，你们则先回局里跟我会合。"一场激烈的战斗已经悄无声息地展开了，她需要慕容思炫和霍奇侠这两名得力战将在旁协助。

霍奇侠答道："好的，队长，我们马上回来。"

3

当慕容思炫和霍奇侠回到警察局的时候，已经接近上午十点了。两人立即来到宇文雅姬的办公室找到了雅姬。刚好此时，大鬼的直播间观看人数在平台引流下，超过了十万人。一些早进来的网友在评论区向新进来的网友讲述当前的情况，大部分网友都不相信大鬼的话，但也有一些网友认为他所说的是真话，呼吁大家不要接近银河城。

"很好，现在有十万人观看了，我也会信守承诺，在十点半的时候再引爆银河城的炸弹。"大鬼的话让评论区中的讨论更加激烈。

"锁定他的位置了吗？"思炫问。

"还没有。"雅姬苦笑了一下，"被你说中了，直播间的信号来源被屏蔽了。"

"银河城那边的情况呢？"霍奇侠接着问。

"我已经通知银河城的工作人员疏散客人，现在大部分人都已经离开，银河城内还有少量工作人员和客人，估计还需要十五分钟才能全部撤离。"雅姬已把一切安排妥当。

到了十点二十分，银河城内的所有工作人员和客人全部撤离，整座银河城空无一人。不仅如此，银河城附近的居民也已经撤离到安全的地方。

十多万人都关注了大鬼的直播间，也有不少主播来到银河城附近，直播着银河城的情况。

十点三十分，直播间中的大鬼拿起了一个引爆器。

"好了，时间到了，现在我要引爆银河城的炸弹了。"

大鬼说罢按下了引爆器上的一个按键。霎时间，银河城果然发生了惊天动地的大爆炸！正如大鬼刚才所言，如果此时有人待在银河城内，那么他是绝无生还可能的。

4

此时大鬼的直播间观看人数已经超过二十万了。

银河城发生巨大爆炸后，网友们都瞠目结舌，直播间的评论区瞬间炸开锅。

大鬼若无其事地放下了引爆器，又开口说：

"现在没有人怀疑我是恶作剧的吧？不过，事情还没结束。我刚才说过，我在L市内总共安装了十组C-4塑胶炸弹，每一组的威力，和刚才在银河城爆炸的炸弹相比，都是有过之而无不及的。至于剩下的九组炸弹在哪里呢？有可能还是在某个商场，也有可能在某个住宅小区、某幢办公楼、某所学校，又或者是某条街道。也就是说，L市里的每一个人，都有可能死于接下来的爆炸。

"一定会有人想，只要我现在马上离开L市，不就没事了吗？只是，你们能确定我所说的'九组炸弹都在L市'这句话是真话吗？如果我在周边的城市也安装了炸弹呢？总而言之，一旦炸弹爆炸，那么各位是生是死，可全凭运气了。现在是十点三十分，三个半小时后，即今天下午两点整，这九组炸弹就会同时引爆。"

此时直播间的评论区已经骂声连天了，也有不少网友在向大鬼求饶，希望他不要引爆炸弹。

大鬼向评论区扫了一眼，接着说道："其实你们也不用怕，因为接下来我会告诉你们保命的办法。不过，在此之前，请你们先听我讲个故事，一个关于我所统领的组织——鬼筑的故事。"

宇文雅姬觉得有些棘手，"我们必须尽快找出大鬼直播的位置，把他抓住，这样才能问出剩下九组炸弹的位置。"

慕容思炫却不乐观，"即使找到他，他也不会说出炸弹位置的，又或者安放炸弹的是鬼筑成员，他自己也不清楚炸弹在哪里。"

"找到他以后，我们可以搜查他的窝点，寻找线索。"

思炫还是摇头，"他作为鬼筑的首领，自然也不简单，不会轻易留下线索让我们去找出炸弹位置的。"

"那你说要怎么做？"雅姬向思炫征求意见。

"现在只有一种方法找出炸弹——查看银河城的监控录像。"

雅姬明白思炫的意思：总共有十组炸弹，其中一组炸弹确定是在银河城爆炸的，其他九组尚未爆炸的炸弹位置不明确。鬼筑成员到银河城安放炸弹的时候，应该会被银河城内的监控摄像头拍到，只要找出这些鬼筑成员的行踪，再通过街道上的监控录像对他们展开轨迹跟踪，或许就可以知道他们还到过哪些地方安装炸弹了。

但雅姬觉得这个方法有待商榷，"第一，我们不确定是否由同一组鬼筑成员安放这十组炸弹。假设大鬼派出十组人分别安放这

第八章 大鬼之死

十组炸弹,那么即使我们对到银河城安放炸弹的鬼筑成员展开轨迹跟踪,也毫无意义;第二,我们不知道炸弹是在哪一天安放的,要对最近的监控录像全面展开筛查,工作量很大,但现在我们只剩下三个半小时的时间了。"

她顿了一下,接着说:"事实上,在大鬼说出他在银河城安放了炸弹后,我就已经派人开始筛查银河城内以及银河城附近街道的监控录像了,但直到现在也没有发现。"

这时,思炫说道:"让我去看吧,我可以看三十二倍速的监控画面,由我来看人流量大的时间段——每天清晨六点到午夜十二点,你的人则继续看午夜十二点到清晨六点那段时间。"

霍奇侠想了想,说道:"也就是说,每天的监控录像,你要看十八小时,三十二倍速的话就是半小时,即你每半小时可以看完一天的监控录像。"

"这样太慢了。"思炫微微地吸了口气,"我要同时看五个显示屏,今天是七月十八日,而这五个显示屏要同时播放七月八日、七月十日、七月十二日、七月十四日和七月十六日从清晨六点开始的监控画面,这样我一个小时就可以看完最近十天的监控视频了。"

雅姬在心中略一琢磨,觉得目前也只有这个方法了,"行吧,那我马上安排。"

5

与此同时,大鬼已经开始在直播间中讲述鬼筑的故事了。

"这个故事要从二十世纪五十年代开始讲起。当时在 L 市内有一个叫屠天堂的人,他武功高强,在 L 市内开了一家武馆,收了几十名弟子,在武术界颇有名望。

"有一天,L 市政府内有一名高官找到了屠天堂。那高官说:'屠师父,你也知道,现在全国各地有不少土匪、特务、恶霸,他们每天都在炸工矿、炸铁路、炸桥梁、烧毁仓库,抢劫物资,杀害干部,进行着各种破坏活动。咱们 L 市政府为了保护人民群众的安全,稳定社会生活秩序,打算成立一个秘密暗杀组织,专门刺杀这些奸恶之徒。我们观察了你一段时间,觉得你不仅武功高强,而且在本地很有号召力,最重要的是,你有一颗爱国之心,我们希望屠师父你可以担任这个组织的首领。'

"屠天堂看到百姓们每天都生活在水深火热之中,早就想为他们做点事了,现在有政府作为后盾,他当然是求之不得。接下来,屠天堂便召集他的徒弟们,跟大家说了这件事,他的徒弟们和他一样,满腔热血,决定都加入这个组织,把那些土匪、特务、恶霸等黑恶势力通通杀尽,为平民百姓做点事。

第八章 大鬼之死

"当时屠天堂对大家说:'加入这个组织,就要做好随时牺牲的准备,所以大家一定要想清楚。'他的徒弟们都义无反顾。一个徒弟问屠天堂:'师父,咱们这个组织叫什么名字?'屠天堂想了想说道:'生当作人杰,死亦为鬼雄,只要可以杀尽那些奸恶之徒,我们哪怕牺牲,也是"鬼雄",既然这是一个"鬼雄"聚集的地方,我们就叫"鬼筑"好了。'就这样,'鬼筑'成立了,而屠天堂作为鬼筑的首领,被称作大鬼。

"不久以后,屠天堂又跟其他武馆的教练提及此事,这些武馆教练也纷纷响应,挑选门下的精英弟子加入鬼筑。后来鬼筑有一百多名成员,可谓声势浩大了。

"接下来的几年,那个掌握着各种内部情报的高官,便不定期向屠天堂指派任务,让屠天堂带领鬼筑成员去刺杀他所指定的目标人物。让屠天堂他们万万没有想到的是,他们所刺杀的人当中,有些确实是坏人,但有些却根本不是坏人!"

网友们听到这里,纷纷在评论区猜测故事的走向。

"原来L市政府根本没有什么创建暗杀组织的计划。那个高官只是假借政府的名义联系屠天堂。鬼筑创建以后,那个高官便暗中接受各种暗杀委托。有些生意人为了谋求发展,委托高官去刺杀自己的竞争对手,或是一些跟自己有利益冲突的人,而高官就给这些目标人物捏造一个罪名,然后让屠天堂等人去执行暗杀任务。换句话说,高官自己组建了一个以屠天堂为首的杀手组织,而屠天堂等人在不知情的情况下，成了高官的杀人机器。

"到了一九五八年六月，东窗事发。那高官为求自保，决定杀死所有鬼筑成员灭口。他向政府报告，说他得到可靠情报，L市内有一个以屠天堂为首的杀手组织。为了铲除这个'黑恶势力'，L市警方对鬼筑实施围剿行动，屠天堂以及大部分鬼筑成员都被杀死，只有小部分鬼筑成员侥幸逃生。

"事实上，当时屠天堂本来是可以逃走的，但最后他为了救一名鬼筑成员而牺牲。屠天堂临死前对那名鬼筑成员说，希望他可以辅助自己的大徒弟，让大徒弟接任大鬼的位置，带领幸存的鬼筑成员，为枉死的兄弟们报仇。屠天堂还希望那名鬼筑成员往后可以一直辅助鬼筑的大鬼。

"这个被救的鬼筑成员为了报答屠天堂的救命之恩，坚决拥护屠天堂的大徒弟为第二代大鬼。数天后，就在屠天堂的大徒弟二十五岁生日那天，正式接任大鬼之位。接下来，他便带领着剩下的鬼筑成员东山再起。只是，他们始终没能杀死那名高官，因为那个高官早就逃到国外，再也没有回来。鬼筑的成员们根本不知道高官躲在哪个国家。

"你们听到这里一定很好奇，既然暗杀组织只是一个骗局，那么屠天堂的大徒弟把幸存的鬼筑成员重新集结后，又能干什么呢？他们一直被人们误解，认为他们是邪恶的杀手组织，再也难以洗白，为了生存，他们索性就真的沦为犯罪组织了。

第八章 大鬼之死

"时光荏苒,六十年过去了。我——鬼筑的第四代大鬼。如果当年没有那名高官设计的骗局,没有他的陷害,现在根本不会存在鬼筑这个犯罪组织。所以,这六十年来,杀死那名高官一直是每一名鬼筑成员的使命。

"一个月前,那名高官终于回国了。他跟我们鬼筑长达半个多世纪的恩怨,也是时候做个了结了。"

此时大鬼的直播间已经超过三十万人了。有的人在痛骂那个高官,有的人在大骂大鬼,也有的人在恳求大鬼说出安放炸弹的地点。

大鬼停顿了几秒,接着说道:"现在,请大家打开××App,搜索一个叫'千古罪人'的账号,并且进入他的直播间看一看。"

"奇侠,你的手机有安装××App吗?"宇文雅姬向身旁的霍奇侠问道。

"有啊。"

霍奇侠打开了××App,进入了"千古罪人"的直播间,只见镜头对着某个湖泊中央的喷泉。那个喷泉并没有喷水,此时在喷泉上似乎有一个跟冰箱大小差不多的长方体,用白布盖住。

霍奇侠"咦"了一声,"那应该是仙湖公园内的人工湖,我记得这个人工湖中间的喷泉已经坏掉很久了。"

果然,听到直播间中的大鬼说道:"你们在'千古罪人'的直播间中所看到的是仙湖公园的喷泉。喷泉上的东西,是我们鬼筑的成员今天凌晨运过去的。因为一般游客都无法接近湖中央的喷泉，所以直到现在也没人接近过那件东西。你们想知道那是什么吗？"

大鬼说罢按下了面前控制台上的一个按键。霎时间，只见那个长方体上的白布徐徐落下，原来白布盖着的是一个玻璃箱，这个玻璃箱由两个正方体组成，上面那个正方体里面全是沙子，下面那个正方体内则有一个老人，那是一个看上去至少九十岁的老人，此刻他手脚被缚，嘴巴也被封住，跪在玻璃箱里，满脸惊慌。

"跟大家介绍一下，现在你们在'千古罪人'的直播间中所看到的这个老人，就是当年L市政府的那名高官，鬼筑真正的缔造者——蒋鹤宜。"

6

现在已经是上午十一点了，距离那九组C-4塑胶炸弹的爆炸时间只剩下三个小时。

一名刑警跑进宇文雅姬的办公室，气喘吁吁报告道："队长，我们查到大鬼直播间的信号源了！在金华山庄的一座别墅里。"

"马上通知特警队过去，我也一起过去。"雅姬转头看了看霍奇侠，"奇侠，你留在这里协助慕容。"

"是的，队长。"

第八章 大鬼之死

途中，坐在特警车上的雅姬继续观看大鬼的直播间。

刚才大鬼介绍完蒋鹤宜后，又继续说道："我不建议警方接近这个喷泉，去救蒋鹤宜这个千古罪人，因为我在玻璃箱的周围安装了感应装置，那个装置一旦感应到有任何物体接近玻璃箱，那九组炸弹就会立即爆炸。"

银河城已经被炸得支离破碎了，此时对于大鬼的话，警方自然不敢掉以轻心。虽然他们对这个感应装置的存在将信将疑，但也不敢以众多市民的性命作为赌注，冒险接近喷泉救出蒋鹤宜。

"好了，各位朋友，刚才我说过会告诉你们保命的办法，接下来，请听清楚我的每一句话。你们听完我刚才所讲的故事后，觉得蒋鹤宜该死吗？现在我会在我的直播间中开启投票功能，如果你们认为蒋鹤宜死不足惜，就投'该杀'这一项，如果你们认为蒋鹤宜罪不至死，则投'原谅'这一项吧。

"每当'该杀'选项获得一票，蒋鹤宜上方的玻璃箱的沙子就会落下一些，当有一百万个人投出'该杀'票，上方玻璃箱的沙子就会全部落入下方的玻璃箱中，把蒋鹤宜活埋。

"此外，蒋鹤宜的心脏，跟剩下那九组炸弹的引爆器是相连的，当蒋鹤宜的心脏停止跳动，那九组炸弹就不会再引爆。说到这里，大家都明白了吧？只要在今天下午两点之前，大家一起来投出'该杀'票，同心协力地处死蒋鹤宜这个千古罪人，那么炸弹就不会爆炸，爆炸危机将彻底解除。既可制裁一个罪人，又可保护自己以及自己的家人、朋友的性命，何乐而不为？"

大鬼说完这段话，便离开了镜头。接下来，在短短数分钟，便有一千多人在大鬼的直播间中投出"该杀"票。他们之所以化身为"刽子手"，是因为他们觉得这个蒋鹤宜真的该死，还是仅仅为了自保？恐怕只有他们自己知道了。

7

十五分钟后，宇文雅姬以及特警队到达金华山庄。此时在大鬼的直播间中，已经有三万多人投出了"该杀"票，而在喷泉上的那个玻璃箱里，上面的沙子已有百分之三落入下面的玻璃箱，散落在蒋鹤宜四周。

雅姬等人找到了大鬼直播间的信号源所在的别墅，特警们破门而入，果然看到大鬼就在屋内。

大鬼看到特警们闯进来，吓了一跳，他反应极快，马上伸手去拿面前的引爆器。

雅姬知道，如果不操作，那九组炸弹会在今天下午两点自动爆炸，但如果按下引爆器，就会立即爆炸，就像银河城里的炸弹那样，所以她立即下令："击毙！"

数名特警同时对着大鬼开枪，大鬼还没触碰到那个引爆器，便已头部中枪，倒地身亡。

第八章　大鬼之死

特警们确认屋内安全后，雅姬走过去摘掉了大鬼的面具，发现对方是一个三十来岁的男子。接下来，雅姬派人在警方内部的人脸识别系统中检索这名男子的信息。十多分钟后，查明了大鬼的身份：周宇，三十七岁，某个诈骗团伙的头目，目前被警方通缉中。

这么看来，担任诈骗团伙的头目，只是周宇掩饰身份的手段而已，他的真正身份是鬼筑的大鬼。这便像上一任大鬼裘夜留同时也担任鬼王社的帮主一样。

此外，警方也对周宇所在的别墅进行了地毯式搜索，但并没有找到有价值的线索，仍然无法推断出剩余那九组炸弹所在的位置。

现在已经十一点半了，距离炸弹爆炸只剩下两个半小时。

大鬼的直播间并没有中断直播，此时投出"该杀"票的人数，已经超过了十万。蒋鹤宜上方的玻璃箱里的沙子，已经落下了十分之一。

要阻止这疯狂的一切，现在只能寄希望于慕容思炫在监控录像中有所发现了。

就在此时，雅姬收到了霍奇侠的电话。

8

L市理工大学中心教学楼三楼的报告厅可以容纳一千人，而此时报告厅内座无虚席，因为，九十三岁高龄的 L 市著名犯罪心理学专家上官教授在这里开设的犯罪心理学讲座，还有十分钟就开始了。

据说这是上官教授最后一次开设讲座了，因此吸引了不少人前来参加。

讲座开始前，报告厅内不少人都在用手机观看大鬼和"千古罪人"的直播。大鬼的直播画面中已经空无一人，但投票还在继续，此时已有七十多万人投出了"该杀"票。而在"千古罪人"的直播间，大家可以看到上方玻璃箱的沙子已经落下大半，因为蒋鹤宜是跪着的，所以此时沙子已经到达他的胸口位置了。

除了这两个直播间，还有不少主播到银河城和仙湖公园直播，虽然这两个地方都已经被警方封锁了，但这些主播们都围在封锁线外，尽量占据有利的直播位置。

不一会儿，上官教授走进报告厅，讲座开始了，大家纷纷收起了手机。

上官教授在演讲的时候似乎有些魂不守舍。

还差五分钟就到下午两点的时候，上官教授忽然停下演讲，对众人道："各位，不好意思，我需要上一下洗手间，请各位稍等片刻。"

然而上官教授走到报告厅的大门前方时，却发现大门无法打开。

第八章　大鬼之死

一名工作人员走过来，检查了一下门锁，歉然道："上官教授，不好意思，这扇门的门锁可能坏了，我马上联系相关人员过来修理，请您先从后门出去吧……"

他还没说完，另一名工作人员跑过来，气急败坏地说："后门也……也打不开了……"

报告厅只有两扇门，现在这两扇门都无法打开，上官教授以及上千名前来参加讲座的人，都被困在报告厅内了。

上官教授脸色微变，有些着急地说："怎么会这样呀？快把门砸开吧。"

在离下午两点还有数十秒的时候，一名工作人员把报告厅大门的门锁砸坏了。上官教授也不理会众人的异样目光，推开大门，匆匆走出报告厅。然而刚走出门，却见面前站着两个人，一个三十出头、头发杂乱的男子，以及一个三十来岁、容貌绝丽的长发女子。

这两人正是慕容思炫和宇文雅姬。

思炫向上官教授瞥了一眼，冷冷地说："已经到两点了，报告厅里的炸弹并没有爆炸，你一定觉得很奇怪吧？"

上官教授微微一怔，满脸疑惑地问："你说什么？"

"别装了，两个多小时前在金华山庄被击毙的周宇根本不是大鬼，只是一名鬼筑成员，一个替死鬼。而你，"思炫紧紧地盯着上官教授，一字一顿地说，"才是真正的鬼筑首领大鬼。"

9

两个多小时前，宇文雅姬在金华山庄接到了霍奇侠的电话。霍奇侠告诉她，慕容思炫在监控录像中有重大发现。

就在刚才，思炫在七月十一日下午的监控录像中，在银河城内发现了鬼筑成员的行踪。霍奇侠立即派人对鬼筑成员展开轨迹跟踪，发现他们在银河城内安放了炸弹后，便离开银河城，接着前往地球村大酒店安放了另一组炸弹。

雅姬听完霍奇侠的报告，马上联系拆弹专家到地球村大酒店拆除炸弹。

与此同时，霍奇侠继续对那些鬼筑成员进行轨迹跟踪，发现他们离开地球村大酒店后，又前往 L 市理工大学的中心教学楼，最后在三楼的报告厅安放炸弹。

霍奇侠知道今天下午上官教授的讲座，就是在这个可以容纳一千人的报告厅开设的。看来大鬼是想炸死上官教授以及参加讲座的一千多人。

于是他再次打电话给雅姬，请求援助。在他跟雅姬通话的时候，思炫冷不防说道："让宇文在指派拆弹专家到理工大学拆除炸弹时，要秘密行动，尽量不要惊动理工大学的人。"

"为什么？"霍奇侠不解地问。

第八章　大鬼之死

思炫打了个哈欠，面无表情地反问："七月十一日的时候，已经公布了上官教授的讲座在这个报告厅开设吗？"

"好像还没有，我记得好像是星期一公布的……"霍奇侠掏出手机看了一下日历，"嗯，是七月十三日才公布讲座开设的地点的。"

"那为什么鬼筑成员在七月十一日的时候，便已前往那个报告厅安放炸弹？"

霍奇侠听思炫这样说，若有所悟。

接下来，两人来到理工大学，找到了讲座的负责人——理工大学的一名教师。负责人告诉霍奇侠和思炫，开设讲座的地点是由上官教授决定的，决定的时间是七月十二日下午，翌日，主办方便对外公布了讲座地点。

在那个负责人离开后，霍奇侠向思炫求证道："慕容，你认为上官教授有可疑之处？"

思炫点了点头，"他，很有可能就是真正的大鬼。"

"什么？"霍奇侠难以置信，"可是，宇文队长不是说大鬼是一个诈骗团伙的头目，名叫周宇吗？"

"那应该只是一个替死鬼而已。"

思炫清了一下嗓子，展开了推理。

"假设上官教授就是鬼筑的大鬼。目前，除了黑桃Q，所有鬼筑黑桃会的成员都死了，鬼筑可以说是土崩瓦解了。上官教授知道鬼筑很快就会被警方剿灭，自己将会被抓捕，所以想要在此之前金蝉脱壳。

"刚好此时，鬼筑的仇人蒋鹤宜回国。上官教授作为大鬼，自然想要杀死蒋鹤宜，于是他在鬼筑中找了一个名叫周宇的成员，让他冒充大鬼开直播，并且在直播中讲述鬼筑的故事，以及发动网友投票处死蒋鹤宜。周宇的窝点被发现、周宇被警方击毙，恐怕都在上官教授的计算之中。这样一来，警方会认为大鬼已死，而他，真正的大鬼，就可以瞒天过海了。

"为了进一步排除自己的嫌疑，他事前还安排鬼筑成员到他将要开设讲座的报告厅安放炸弹。上官教授在七月十二日下午才告诉讲座的负责人在哪里开设讲座，为什么鬼筑成员在七月十一日下午已经到那个报告厅安放炸弹？自然是上官教授把地点告诉他们的。

"上官教授知道，在银河城发生爆炸后，警方会对银河城里面的监控录像展开排查，发现鬼筑成员的行踪后，便会知道他们先到了地球村大酒店安放炸弹，接着还到理工大学的一个报告厅安放炸弹。因为发现理工大学的报告厅被安放炸弹的时间应该比较早，所以警方有足够的时间赶到报告厅拆除炸弹，哪怕来不及拆除，至少可以疏散人群，可以说，上官教授是没有危险的。事后警方会认为'上官教授也差点死于爆炸中'，自然就不会怀疑他跟鬼筑有关了。"

霍奇侠思索片刻，问道："慕容，你的推理，有什么实质性的证据支持吗?"

"没有,但现在我们可以去验证一下这个推理。"思炫说罢转过身子,径自走了。

霍奇侠连忙跟了上去,"怎么验证?"

思炫边走边说:"上官教授不会想到我这么快就在监控录像中发现了鬼筑成员的行踪,并且得知理工大学的报告厅中有炸弹。在他的计算中,警方至少要在下午一点半以后才能发现报告厅中的炸弹,随后到那里去疏散人群。

"实际上,现在,在离爆炸还有一个多小时的时候,我们已经拆除了报告厅的炸弹了。上官教授以为炸弹还在报告厅中,下午两点前,他看到警方迟迟没有行动,会以为警方没有找到报告厅这个爆炸点,这样的话,他就会采取行动,逃离报告厅。"

霍奇侠总算明白思炫的意思了,"你是说,如果上官教授在两点前离开了报告厅,就可以证明他是大鬼?"

"是。"

"万一他只是碰巧要离开报告厅呢?"

"我们先在外面把报告厅的门上锁,如果他真的是大鬼,自然会露出马脚。"

两人正聊着,宇文雅姬也来到理工大学跟他们会合了。霍奇侠把思炫的推理以及计划告诉了雅姬,雅姬没有异议。接下来,三人便前往报告厅蹲点。思炫和雅姬守着报告厅的正门,霍奇侠则守着报告厅的后门。接近下午两点时,他们便在外面把两扇门都锁上了。

果然,在离两点还有五分钟的时候,上官教授终于行动了。

此时上官教授听思炫叫自己为大鬼,长叹一声,深有感触地说:"慕容思炫,这么多年了,你始终是我们组织最难对付的对手啊。"

雅姬见上官教授承认自己是大鬼,便说道:"除了地球村大酒店和这个报告厅的炸弹,其他七组炸弹我们都已经找到了,并且成功拆除了。此外,很遗憾地告诉你,蒋鹤宜也已经被我们救出了。直到刚才,只有七十多万人投了'该死'票,落下的沙子并不足以掩埋蒋鹤宜的口鼻。"

上官教授叹道:"没想到我两次都杀不了这个蒋鹤宜!难道这是天意?"

思炫双眉一蹙:"两次?"

"是啊,这是我第二次试图杀死蒋鹤宜了。"上官教授想起遥远的往事,目光有些游离,淡淡地道,"六十年前,我作为当时鬼筑头号杀手,就曾经刺杀过他一次。"

插曲:大鬼篇(三)

一九六〇年八月。

第八章　大鬼之死

鬼筑第一代大鬼屠天堂遇害的两年后。

屠天堂的大徒弟、鬼筑第二代大鬼雷宁，派遣鬼筑的头号杀手"稻草人"刺杀蒋鹤宜。

然而由于内鬼告密，刺杀行动失败，和"稻草人"一起参加刺杀行动的鬼筑成员全部遇害，"稻草人"也身受重伤。

雷宁去探望"稻草人"的时候对他说："语轩大哥，你好好养伤，等你康复以后，我们再筹划下一次刺杀蒋鹤宜的行动。"

"下一次，我一定不会失败！"代号为"稻草人"的杀手上官语轩咬着牙说道。

可是雷宁和上官语轩都没有想到，此时蒋鹤宜已经逃到国外。他们更没有想到，蒋鹤宜在六十年后才回国。

再说当时，上官语轩为了报答屠天堂的救命之恩，一直辅助着雷宁管理鬼筑。

一九九四年一月，六十二岁的雷宁把大鬼之位交给了自己的继承者裘夜留，裘夜留成为第三代大鬼。雷宁退出鬼筑，上官语轩则继续留在鬼筑，辅助着裘夜留。

二〇〇九年二月，裘夜留病危，交出了大鬼之位。

10

"你就是周宇今天上午所讲述的那个关于鬼筑的故事中，在L

市警方对鬼筑实施围剿行动时,被第一代大鬼屠天堂救下的那个鬼筑成员?"宇文雅姬向上官教授问道。

上官教授微微地点了点头,讲述起当年的事。

"是的,为了报答屠天堂的救命之恩,我一直在辅助着屠天堂的大徒弟,即第二代大鬼。后来,第二代大鬼老了,于是把大鬼之位传给第三代大鬼,我则留在鬼筑,继续辅助第三代大鬼。

"据我所知,你们掌握了不少第三代大鬼的资料,对吧?既然如此,我也没必要隐瞒了。第三代大鬼叫裘夜留,他同时也是鬼王社的帮主。

"十一年前,裘夜留病危,于是传位给我,从此,我便成为鬼筑的第四代大鬼。这几十年来,每一个大鬼都把杀死蒋鹤宜作为自己的最高使命。我们一定要杀死蒋鹤宜,为当年鬼筑枉死的兄弟们报仇,也为这个本来不该存在的犯罪组织鬼筑的所有成员讨回一个公道。"

"第二代大鬼是谁?"雅姬追问。

上官教授摇了摇头,"无可奉告。"

思炫却已经猜到了,"是雷宁,对吧?"

霎时间,上官教授那张布满皱纹的脸上狠狠地抽搐了一下。

"我之前一直在监视的那个叫雷宁的老人,就是当年把大鬼之位传给裘夜留的第二代大鬼。宇文查到在裘夜留病逝前,雷宁曾跟裘夜留多次接触,不是因为雷宁是裘夜留的继承者,而是因为

第八章 大鬼之死

雷宁去探望自己的继承者裘夜留。至于雷宁数次接触黑桃会成员，自然也是以前任大鬼的身份。

"这个雷宁作为曾经的大鬼，还真是有两下子，某天晚上我和霍奇侠跟踪他，他作为一个八十多岁的老人，竟然成功摆脱了我们……"

上官教授打断了思炫的话："你说的雷宁到底是谁啊？我不认识。慕容思炫，没想到你也有推理错误的时候啊。"

思炫不紧不慢地说："根据我此前的调查，雷宁的出生日期是一九三三年六月二十五日，他今年八十七岁。当然，他的出生日期并不能证明他是第二代大鬼。不过，你让冒牌大鬼在直播间讲述的那个故事，却无意中透露了重要信息。

"当时周宇说，一九五八年六月，在蒋鹤宜的安排下，L市警方对鬼筑实施围剿行动，屠天堂被杀，数天后，在屠天堂的大徒弟二十五岁生日那天，他正式接任大鬼之位。一九三三年六月出生的雷宁，在一九五八年六月，正好是二十五岁。"

上官教授愣了一下，反驳道："这只是巧合而已。你总不能说所有在一九五八年六月正好二十五岁生日的人都是第二代大鬼吧？"

思炫没有理会上官教授的辩解，继续推理。

"在此之前，一切都在你的计算之中。你故意安排同一组鬼筑成员分别到银河城、地球村大酒店、理工大学的报告厅等十个地点去安放炸弹，目的就是让我们以银河城为线索展开调查。你早就料到我们会排查银河城的监控录像，从而找出理工大学这个炸弹安放点，接着对在理工大学开设讲座的你产生怀疑，并且提前拆除炸弹，再设局让你露出马脚。

"是的，我们被你的'剧本'所引导，最终在这里揭穿你的大鬼身份。而你之所以让我们查出你是大鬼，就是为了保护雷宁。你知道我们在调查雷宁，所以自己挺身而出，转移我们的视线，当我们查到你是大鬼，自然就不会再去调查雷宁了。"

此时雅姬的手机响起。她接通了电话，低声跟对方聊了几句。与此同时，思炫继续说道："也就是说，你在自己开设讲座的报告厅安放炸弹，不是为了给自己洗脱嫌疑，相反，你是为了让我们对你产生怀疑，把你揪出来。你之所以这样做，自然是因为你在屠天堂临死前答应过他，要竭尽全力保护他的大徒弟雷宁。"

上官教授默然不语。

这时候雅姬挂掉了电话，接着思炫的话说道："上官语轩，我的同事已经查到了，你患了癌症，生命只剩下几个月了，所以，你决定'自爆'，从而达到保护雷宁的目的。"

上官教授摇了摇头，从容不迫地说道："你们说了这么多，都只是猜测而已，根本没有证据。我今天所做的一切到底是为了什么，你们自己去找答案吧。但有一点我可以肯定地告诉你们，我一定会杀死蒋鹤宜，为鬼筑——这个本来不应该存在的组织——

第八章 大鬼之死

的所有成员讨回公道。

"你们以为把蒋鹤宜从那个玻璃箱中救出来就没事了？慕容思炫，你还记得黑桃2吴依伦子是怎么死的吗？她被黑桃4在大脑中植入了一枚微型炸弹。我说到这里你应该也明白了，是的，我在蒋鹤宜的大脑中也植入了这样一枚微型炸弹。

"这枚微型炸弹的引爆器跟我的脉搏连接，只要我的脉搏停止跳动，炸弹就会引爆，也就是说，蒋鹤宜将会和我同时死亡。"

雅姬立即提高警惕，防止上官教授自杀。

上官教授淡淡一笑，"宇文队长，你放心吧，我是不会自杀的。把蒋鹤宜这个千古罪人一下子炸死，真是太便宜他了。他自己也知道他的大脑中被植入了微型炸弹，还知道他的命跟一个癌症病人的命绑在一起，就让他过上几个月担惊受怕的生活吧。对了，最后提醒你们一下，不要试图拆除那枚微型炸弹，否则炸弹会立即引爆。"

雅姬冷然道："为了杀死蒋鹤宜，你也算是煞费苦心了。"

"不管怎样，我们鬼筑和你们的战斗，到今天总算可以画上一个句号了。六十多年了，我累了，我真的累了。"上官教授有些疲倦地说，"这一次，我真的要好好休息一下了。"

最后，上官教授被数名警察带走。

当他从思炫身边走过时，思炫忽然闻到一丝香味。

"我们和鬼筑长达十多年的战斗，总算结束了。"雅姬想起昔日的那些战斗，心中也颇有感触。

然而思炫却说："或许还没结束。"

雅姬一怔，"为什么？"

思炫只说了两个字："香味。"

此时，把上官教授押走的一个警察跑回来，有些慌张地说："队长，刚才上官教授说要上厕所，没想到他竟然在隔间里用刀片割喉自杀了！"

"什么？"这倒在雅姬的意料之外。

思炫咬了咬手指，"他刚才说自己不会自杀，其实就是为了让我们对他放松警惕。现在他死了，一切都死无对证了。"

插曲：大鬼篇（四）

一九九四年一月。

第二代大鬼雷宁传位给第三代大鬼裘夜留之时，只有上官语轩一个人在场。

"夜留，从现在开始，你就是鬼筑的大鬼了，为了掩饰身份，你同时还要出任鬼王社的帮主。"雷宁交代道。

裘夜留恭恭敬敬地道："是的，大鬼大人。"

雷宁接着又看了看上官语轩，"语轩大哥，夜留就交给你了。"

上官语轩向雷宁拱了拱手，"大鬼大人，你放心吧，我会好好辅助新一代的大鬼大人的，我们一定会让咱们鬼筑逐渐强大，总有一天，当我们的势力扩展到海外，我们便可以把蒋鹤宜那个奸贼揪出来了。"

11

上官教授在洗手间的隔间里割喉自杀的同时，蒋鹤宜大脑中的微型炸弹果然引爆了。

这个鬼筑的真正缔造者就此一命呜呼。

当天，第二代大鬼雷宁也被带回警察局接受调查。

翌日下午，宇文雅姬来到慕容思炫所住的出租屋，找到了思炫。

"我根据你的要求，重点调查了黑桃Ａ吕永杭一生的经历，"雅姬顿了一下，脸色凝重地说，"果然发现了一个重要的疑点。"

"是什么？"

"根据此前的调查，二〇〇三年七月十八日，蜈蚣帮的帮主鲍剑波杀死了刘一鸣的母亲沈琦、妻子赵惠茜和妹妹刘子昕，以此报复刘一鸣告密。紧接着，在当时的大鬼裘夜留的授意下，黑桃Ａ亲自招募刘一鸣加入鬼筑。

"然而我昨天却查到，吕永杭在二〇〇三年上半年出国了，直到二〇〇四年的年初才回国。也就是说，黑桃Ａ招募刘一鸣加入鬼筑的时候，吕永杭根本不在国内。"

思炫点了点头，淡淡地道："和我推理的一样，吕永杭根本不是真正的黑桃A。"

"哦？"虽然雅姬也有过这样的猜想，但从思炫口中听到这样的推论，还是心念一动。

思炫接着分析："二〇一三年八月，小鬼萧素召集黑桃会成员到鳄鱼峰山顶见面。在此之前，除了大鬼，没有人知道黑桃A的身份。此时，黑桃A让自己的心腹吕永杭代替自己去开会。从此，吕永杭便成为黑桃A的替身，以黑桃A的身份出现在其他黑桃会成员面前。而真正的黑桃A则在幕后操控着吕永杭的行动。"

雅姬倒抽了一口凉气，"这么说，真正的黑桃A果然是……"

"是的，就是上官语轩。"思炫语气肯定。

"你是怎么发现他有可疑的？"雅姬有些好奇。

"昨天，在上官语轩被带走之前，我闻到他的身上有一股栀子花古龙水香味。三年前，吴依伦子遇害前曾告诉过我，当年收养她的黑桃A的身上散发着栀子花的香味，而她也是因为这种香味对黑桃A产生信任的。"

雅姬总算明白了，有些感慨地说："没想到当时吴依伦子无意中说出来的话，却成为三年后我们揭穿黑桃A最后的诡计的关键线索。"

思炫抓了抓自己那杂乱不堪的头发，进一步分析起来。

第八章　大鬼之死

"此前我们以为吕永杭是黑桃 A，实际上吕永杭只是黑桃 A 的傀儡，真正的黑桃 A 是上官语轩；我们以为上官语轩是现任大鬼，实际上真正的大鬼另有其人。

"自始至终，上官语轩都是以黑桃 A 的身份在辅助大鬼，他自己根本没有接任过大鬼之位。他之所以制定这个计划，让我们认为他是大鬼，不光是为了保护雷宁，更重要的是保护现任大鬼。"

雅姬"嗯"了一声，"黑桃会已经全军覆没了，鬼筑气数已尽，第四代大鬼的身份即将曝光，上官语轩当年答应过屠天堂要全力辅助大鬼，而且他又患癌，命不久矣，所以他便冒充大鬼，为鬼筑画上句号。"

"他之所以急着自杀，就是为了让我们不能在他口中问出任何跟现任大鬼相关的信息。"思炫补充道。

"现在我们只能尝试从雷宁口中问出现任大鬼的信息了。"雅姬说。

思炫却摇了摇头，"恐怕雷宁也不知道。当年雷宁把大鬼之位交给了继承者裘夜留后，应该就不再插手鬼筑的事了。所以，他也不知道裘夜留的继承者是谁。

"十一年前，裘夜留把大鬼之位交给自己的继承者，这件事作为大鬼心腹的黑桃 A 上官语轩自然知道。从此，上官语轩便全力辅助第四代大鬼。"

雅姬秀眉一蹙，"这么说，知道第四代大鬼身份的人，就只有裘夜留、上官语轩和大鬼本人，现在裘夜留和上官语轩都死了，恐怕再也难以查出大鬼的身份了。"

在离鬼筑的最终秘密只有一步之遥的时候，思炫和雅姬却不得不止步。

插曲：大鬼篇（五）

二〇二〇年七月十七日。

银河城爆炸前一天晚上。

上官语轩和鬼筑的大鬼在一个偏僻的地方见面。

两人都知道，这是他们的最后一次见面了。

"大鬼大人，以后没有我在你的身边辅助你，请你多加小心。"上官语轩的语气有些伤感，他顿了一下，又叮嘱道，"到了合适的时机，你一定要东山再起，重建鬼筑。"

大鬼微微颔首，用稍微有些激动的语气说道："您放心吧，鬼筑是不会消失的。假以时日，我一定会卷土重来，到时候，我会把鬼筑今天所受的耻辱，向警察、向慕容思炫，十倍讨还！"

<全书完>